あやし　あやかし

彼誰妖奇譚　上

久能千明

illustration：蓮川　愛

あやし　あやかし

彼誰妖奇譚　上

空気が変わった。

青江冬哉《あおえとうや》は立ち止まって空を仰いだ。

樹間が密で、緑陰が濃い。

湿度が高い。匂いが違う。気温が低い。そして何より、ヒトの気配がまるでない。

競《きそ》うように枝葉を広げる木々が重なり合って、晴天の昼前だというのに周囲は仄暗《ほのぐら》かった。

「木《こ》の下闇《したやみ》、か……」

呟《つぶや》いて、また歩きだす。

膝までくる笹《ささ》や下草を掻《か》き分けながら足を進めると、草いきれと共に湿った土の匂いが濃厚に漂《ただよ》ってきた。

険《けわ》しい山だ。こんもりと緑に覆われた山容に誤魔化された。麓《ふもと》から見ていたときはなだらかに思えたが、いざ登ってみると勾配のきつい急峻《きゅうしゅん》な山だった。

それに加えて、思った以上に足場が悪い。

踏みしめると、靴先が湿った土にずくりと沈み込む。かと思えば、尖《とが》った岩や脆《もろ》い泥岩が草陰に隠れている。足元を確かめながら慎重に進まないと、思わぬ怪我《けが》をしそうだ。

それにしても、この山の空気は村の鎮守《ちんじゅ》の神というにはあまりにも人を寄せ付けない。

里山というには高過ぎるし急過ぎるが、本来であればもう少し住人が気軽に立ち寄って利用できるはずの近さに五頭竜山《ごずりゅうさん》はあった。

「厄介な山だな……」

呟いて、舌打ちをひとつ。山登りに慣れた冬哉も、さすがに薄く汗をかいていた。

一度戻って、装備を整えて登り直すか。

いや、無理だ。一瞬頭をよぎった考えをすぐに打ち消す。

山に入ってはならないとあれだけ釘《くぎ》を刺されたにもかかわらず、注連縄《しめなわ》を無理矢理乗り越えて侵入したことを考えると、そう何度も機会があるとは思えなかった。

結界の先には絶対に侵入《はい》ってはいけませんよ。余計な好奇心など持たないことです。間違っても妙な気を起こしてはいけません。

神妙に頷《うなず》く冬哉の顔に何を見たのか、爪先立って長身の彼を見上げ、この地方独特の語尾を長く伸ばすゆったりとした喋《しゃべ》り方で何度も念を押した世話役の目には、禁を破ればただではおかないという、殺気じみた光があった。

そして、あの注連縄――。

冬哉は振り返って、もうとうに見えなくなった結界を思い出した。

通常であれば神社の周囲や御神体などを囲って常世《とこよ》と現世《うつしよ》を分ける注連縄が、下之社《しものやしろ》と呼ばれる神社の背後から山に沿って、目の届く限り延々と張り巡らされていた。

そもそも注連縄というのは太かろうが細かろうが一本だと思っていたのだが、ここでは違った。

下は足首くらいから上は六尺（約一八十センチ）を越える冬哉の頭の上まで、きつく捻《ねじ》り合わされて大人の胴体ほどになった太く厚みのある注連縄が何本も束ねられ、切れ目なく木と木を結んで、樹間を縫うように延々と山を囲んでいたのだ。

ここまでくると、神聖なはずの注連縄も忌まわしい呪具に見えてくる。

その異常なまでの長さと数に、冬哉は神域を囲う結界というより、徹底的に人間を排除し、断固として寄せ付けまいとする執念じみた意志を感じた。

「……いや、畏《おそ》れ、か……？」

だとしたら、誰の意志で誰の畏れだ？

「――はっ、俺の知ったことか」

浮かんだ疑問を切って捨て、冬哉はまた足を踏みだした。

ここまで土が湿っていると、蛇が潜んでいるかもしれない。岩に足を取られても面倒だ。

歩きながら目を細めて前方を透かし見ると、藪《やぶ》の中に細い道があるのが判《わか》る。獣道だ。

ほんの微《かす》かな痕跡だったが、山に慣れた冬哉の目には押し分けられた藪の隙間、大型の獣が折った枝、何度も通って踏みしめられた道が見える。それを辿《たど》れば、他よりは少し歩きやすい。

冬哉は折り取った枝で藪を払いながら、少し速度を上げた。

登り始める前は昼頃には中之社《なかのやしろ》に辿り着き、一気に上之社《かみのやしろ》まで行くつもりだった。

その後は夕暮れまでに出来るだけ村から離れた場所に下り、夜になるのを待って結界の外に出て町まで歩こうと計画していた。

時間がかかっても夜通し歩けばいい。それが面倒なら山中で一泊する。体力には自信があるし、野営は慣れたものだ。装備はないが、温暖な土地で季節も初夏だから凍える心配はない。

その程度の軽い心積もりをして連《つら》なり重なる注連縄を無理矢理越えた。

だが、ここまで来るのに時間がかかり過ぎた。正午を過ぎても中之社にすら辿り着けていない。

峻《けわ》しくて歩きにくい山なのも確かだったが、最大の理由は村人達の監視の目だった。

帝都に帰ると言った自分が本当に村を離れるか、村の外れを過ぎても尚《なお》、数人の村人が見張っていたのだ。彼等がもう大丈夫だと判断して戻って行った時には、隣村へ入って半ばを過ぎていた。

それが冬哉に火を点《つ》けた。

こうなったら絶対に登ってやる。

どうしても逆らえない〝命令〟で渋々やって来た場所だったが、ここまで警戒されるとこっちも意地になる。

人にも物にも関心が薄く、何に対しても執着がないと言われる冬哉だったが、負けん気だけは人の何倍も持っているのだ。

「……こりゃあ山中一泊覚悟だな……」

ちっ。舌打ちをして生い茂る笹を持っていた枝で払う。大きく一歩踏み出したとき、今まさに足をつこうとした場所で何かが鈍く光った。

「――――っ!!」

罠《わな》!!　頭が認識するより早く身体が動いた。

足を引くとバランスを崩して倒れる。ならば逆に大きく踏み出して飛び越えようとした先に、巧妙に隠された括《くく》り罠の踏み板があった。

「く――っ!!」

浮いた足を振って反動をつけ、もう一方の足に力を込めて横っ飛びに跳ぶ。

体勢が崩れて大きくよろけ、倒れかける身体を支えようと浮かせていた足を踏みしめた瞬間、靴底に硬い金属の感触があった。と同時に、罠が撥《は》ねる微かな音。

しま――――っ!!

咄嗟《とっさ》に持っていた枝を足元に突き刺すのと、足首に鋼鉄の歯が喰《く》い込むのは殆《ほとん》ど同時だった。

「――――――っ!!」

脳が爆《は》ぜるような激痛。

一瞬暗くなった視界が赤く染まる。

支えを探した手が虚《むな》しく宙を摑《つか》み、身体が大きく傾《かし》いだ。

しかし、罠はそれだけではなかった。まるで倒れ込む場所を知っていたかのように、別の罠が鋼鉄の歯を開いて待ち構えていた。

「く……っ」

身体を捻《ひね》り、ぎりぎりでそれを避《よ》けて倒れ込んだが、すぐ脇に仕掛けてあった括り罠は避けようがなかった。

投げ出した腕が踏み板を叩《たた》くと同時に埋めてあった輪状の針金が腕を搦《から》め取り、たわんでいた枝ごとぴんと跳ね上がる。

冬哉はきつく唇を噛《か》み締めて、喉元で膨れ上がる悲鳴を押し戻した。

「ぐ……っ、ぅ――っ……っ!!」

――落ち着け！　無闇に動くな！

本能的に跳ね上がろうとする身体を意志の力で抑えつけ、無理矢理身体の力を抜く。

「……っ、はっ、はっ、は……、は……っ、は――っ……」

激痛をやり過ごすために浅い呼吸を繰り返し、目を閉じて自分の身体の状態に集中した。

二つの罠で足と腕を拘束され、身動きを封じられている。

右足に灼熱《しゃくねつ》の痛み。トラバサミが深々と歯を立てている。閉じた瞼《まぶた》の裏に星が飛び、金属的な耳鳴りが頭蓋を掻き回している。

左腕、肘のすぐ下に、細い針金が喰い込んでいるのが判る。括り罠だ。シャツ越しのためか痛みはあまり感じないが、早くも指先が冷たくなってきている。迂闊《うかつ》に動けばさらに輪が絞まるだろう。

動くな。動くな。これ以上傷を広げるな。冬哉は自分に言い聞かせる。

折れた骨はしっかり固定しておけばいずれ繋《つな》がる。本当に問題なのは、出血と神経の切断とトラバサミが喰い込んだ傷だ。動物は暴れることで自分の肉を裂き、失血を早めてしまう。単純な切傷、刺し傷を厄介な裂傷にしてしまう。

「ふ……っ、ふっ、は……っぁ――」

気を抜くと速くなってしまう息を慎重に逃がしながら、冬哉はゆっくりと目を開いた。

まず足元を見る。大型の獣用のトラバサミが、鋸状《のこぎり》の歯で足首をがっちりと捕らえている。

「ぐ……っ……」

歯を食い縛って足先を動かすと、脳天に突き刺さる激痛を道連れに僅かだが動いた。

感覚はある。どうやら神経は繋がっているようだ。

挟まれた足の脇に、咄嗟に突っ込んだ枝が二つに折れて転がっていた。

トラバサミは大型で、人間の足首など骨ごと粉砕するか、切断してもおかしくない代物《しろもの》だったが、挟んだ枝ごと罠が閉じたため、威力がほんの少し削《そ》がれたらしい。

とはいえ出血がひどい。吹き出す鮮血で靴もズボンも赤く染まり、早くも地面に血溜《だま》りが広がっている。

――血を止める。さもなければ命はない。早く、早く。だが焦るな。

鞄《かばん》の中にナイフがある。肩から下げていたそれを目で探すと、吊《つ》られた左腕から二メートルほど離れた草叢《くさむら》に転がっていた。

無理だ。届かない。すぐにナイフを諦める。

冬哉は左肘を拘束する針金がこれ以上締まらないよう、吊られた手首を回して手に針金を巻きつけた。針金を摑んだ左腕に力を込めて引っ張ると、ほんの少しだが身体を動かす余裕が出来る。

慎重に上半身だけを横にして、激痛のあまりよく動かない右手で腰を探る。何度か失敗しながら震える指先でベルトのバックルを外し、一気に引き抜いた。

腰を浮かせた拍子に下半身に力が入り、トラバサミがさらに喰い込む。

「……っ、っぐ――――っ!!」

痛みは忘れろ！　まずは止血だ――――!!

砕けんばかりに奥歯を噛み締め、僅かに出来た余裕の限界まで身体を丸めて膝のすぐ下にベルトを巻く。折れた枝を巻いたベルトに挟み、力一杯捻ってさらに締め上げた。

「っは……っ、は、は……っ――っ……」

頭の中で激痛が金切り声を上げ、視界が歪《ゆが》む。それに構わず渾身《こんしん》の力を込めて枝が動かなくなるまで回し、冬哉はようやく身体から力を抜いた。

…………これが、今出来る精一杯だ…………。倒れ込んだまま荒い息を吐く。

「は……っ、はっ、はっ、はっ、は……ぁ……っ」

取りあえず止血はした。不出来な止血帯だが、少しは出血を減らせるはずだ。

「――――で、どうなるって……?」

思わず呟いて、唇が引き攣《つ》れた。

絶対に入ってはいけないと言われた禁忌《きんき》の地。人間の気配はない。人がいるとすれば中之社だが、そこまではまだ距離がある。叫んでも声は届かない。

止血したところで助けは期待できない。このままじわじわと出血し続けて失血死するだけ。止血でほんの少し時間を稼いだとしても、それはこの凄《すさ》まじい激痛を長引かせるだけだ。

それにこの罠は猪《いのしし》や鹿、熊や狼《おおかみ》など大型の獣が対象だ。

貴重な鉄製のトラバサミや括り罠を複数仕掛けたということは、いる、いるということだ。今は昼だから姿はないが、夜になれば血の匂いに誘われてやって来るかもしれない。

絵に描いたような絶体絶命。孤立無援。四面楚歌《そか》。

「…………はぁ、どうすっかなぁ…………」

気が狂いそうな痛みに負けまいとことさら呑気《のんき》に呟いて、冬哉は不意に目を見開いた。

「────？」

自分の荒い息遣い以外に、人工の音がする。

──ほら、また聞こえた。

澄んだ金属音。

──どこから？

音のする方を向こうと仰向《あおむ》いた拍子に、罠に噛まれた足が動いた。

「うわ…………っ」

鋭角な痛みが脳に捩《ね》じ込まれる。一瞬意識が飛んで、目の前が暗くなった。

激しい苦痛と目眩《めまい》を歯を食い縛って怺《こら》え、霞《かす》む目を無理矢理開いて音を辿る。

──上……？

吊られた左腕を見、腕に喰い込む針金の先を目で追うと、頭上で鈴が揺れていた。括り罠が跳ね上がると鳴り、掛かった獲物が暴れればさらに鳴って報《しら》せる仕組みらしい。

勘も耳も人並み外れて鋭敏な冬哉だが、今まで気づかなかった。最初は激痛で、次に止血するのに懸命で。あまりの異常事態に、周囲の音が耳に入っていなかった。

「──────……」

躊躇《ためら》ったのは一瞬だった。冬哉は手に巻きつけた針金を大きく引いた。

リン。澄んだ音が薄暗い森に響く。さらにもう一度。続けてもう一度。

風が揺らしているのではないと判るように、何度も何度も繰り返し引っ張る。

鈴の音を聞きつけた人間がいたとしても、侵入者を救《たす》けてくれる可能性は低い。それでもこのまま失血死するか、生きたまま獣に喰い千切られるより、人間の手にかかるほうがマシだ。

こんな不様な姿で死を待つくらいなら、一思《ひとおも》いに殺してくれ。

冬哉は覚悟を決めて鈴を鳴らし続けた。

──ああ、まずい。足の感覚がなくなってきた……。

身体が裏返るような激痛を感じなくなるのは正直有《あ》り難《がた》かったが、それは死を意味する。熱いくらいだった血も灼《や》けるような痛みも感じなくなって、身体が冷えてきたのが判る。

「……っ、く、そ……っ……」

冬哉は舌に犬歯を突き立てた。

口の中に鉄の味が広がり、一瞬鮮明になった意識に縋《すが》って左腕を動かす。

──目を閉じるな！　正気を保て‼

そう自分に命令するのに、瞼はどんどん重くなる。全身をしとどに濡らした汗が冷え、風が体温を奪ってゆく。

痺《しび》れは上半身まで広がって、針金を握っているのが難しくなってきた。

――腕、を……引け。……鈴、を……鳴……らせ…………。

冬哉は歯を食い縛って目を見開く。

――血を吸った服が重い。視界に霞がかかる。……腕が、もう。動か――――……。

「……寒い。さむ、い。さ…………」

針金を握っていた手から力が抜けた。

投げ出された腕に引かれて、括り罠が跳ね上がる。

リン！

ひときわ大きく揺れた鈴が澄んだ音を響かせたが、冬哉の耳にはもう聞こえてはいなかった。

「滝守《たきもり》村、という村があるんだ」

久しぶりに冬哉を呼び出した柏原《かしわばら》左京《さきょう》は、読んでいる手紙から顔も上げずに言った。

「街道から少し離れた山の中だけれど、土地が肥沃で田畑も多く、おまけに温泉も出るから湯治客も多くて、近隣では知られた豊かな村らしい」

「……それが？」

「その滝守村の背後に五頭竜山《ごずりゅうさん》という山があって、山そのものが信仰の対象になっているんだ。祀《まつ》っているのは五頭竜様《ごずりゅうさま》という水神だよ。山の名前そのままだ。山全体が禁足の地で、今でもその掟《おきて》は固く守られているんだって。今時珍しいよね」

「………はあ」

冬哉をおいてけぼりにして、左京は自分のペースで話を進める。いつものことだから腹も立たないが、話が長くなりそうな予感に内心でため息をついた。

「第一、滝守村ってのが変だよねぇ」

「………」

話が飛んだ。同意を求めるように上目遣いに見られても、冬哉には返事のしようがない。

「調べてみたけど、滝守村には滝はないんだ。近くに五頭竜山はあるけど村自体は平坦で、水が流れ落ちるような傾斜もなければ大きな川もない。もちろん川はあるよ。だがそれは平地を潤す小川で、せいぜい大人の膝丈くらいの水深しかない。滝守村に滝はないんだよ」

「………」

そんなことを力説されても困る、と言いたいのを怺《こら》えて、冬哉は曖昧《あいまい》に頷いた。どうやら絶好調らしい左京の話は、下手に突っ込むと斜め上に加速する。

「そこで僕は考えた！　滝は竜が変化したもので、元の名は竜守村《たつもり》だったんじゃないかって！」

目を輝かせて拳《こぶし》を握った左京と反対に、冬哉の肩が落ちる。

「竜守、たつもり、たきもり、滝守。どう？　滝という字に竜が入っているのも意味深だよね」

「そんな強引な」

思わず出てしまった呆《あき》れ声に、左京は極上の笑みを返した。

「推論の飛躍と言ってほしいな。実際、言い間違いが定着したり、言いやすい言葉に変化してしまったりして、長い間に元の言葉が変わってしまうことはよくあるんだよ」

「俺にはあなたが自分の都合のいいように言葉を置き変えているだけにしか聞こえません」

「相変わらず冬哉は頭が固いねぇ。若いんだから、もっと柔軟な思考をしなきゃダメだよ」

「……努力します」

手紙を読む姿勢のまま目だけを上げ、やれやれと首を振られて、冬哉が仕方なく頷く。

「で、その五頭竜山だけど」

「………はあ」

また話が飛んだ。というか、戻った。冬哉は辛抱強く先を促す。

「五頭竜様は名前の通り頭が五つある竜だ。そしてその五頭竜様には変わった言い伝えがあってね、というか、そもそも五頭竜様って神様なのかなぁ……」

ぼんやり呟いて、左京がようやく手紙から顔を上げた。

初めて会ったときから全く変わらない、年齢不詳の端正な面差《おもざ》しを向けて小首を傾げる。

「冬哉はどう思う？」

「どう、と言われても、俺にはさっぱり」

呼び出しておいて説明らしい説明もない。話は飛ぶし、呟く言葉は断片的だし、これで判る訳がないだろう。という思いを込めて、左京の顔をじっと見つめる。

冬哉は並外れた長身で顔立ちもきつい。髪も目も色が薄く、体格も容姿も日本人離れしているから、よく西洋人に間違えられる。加えて表情が乏しく目付きも鋭い。呼ばれて嫌々来た身としては愛想を振り撒《ま》く気もない。

そこにいるだけで他を威圧する冬哉に硬い顔で見つめられれば、普通の人間はまず怯《ひる》む。視線を避けて目を伏せる。

「うふふ、そうだよねえ」

しかし、左京は全く気にならないらしい。口元に笑みを浮かべて、冬哉を見つめ返してきた。

華族という出自に相応《ふさわ》しい上品な立ち居振る舞いとおっとりとした口調、やさしい面差しをしているが、左京の目の輝きは強い。そのきらきらと輝く少年のような眼差《まなざ》しが、全体的にふんわりと女性的な印象を裏切って、柏原左京という男を一層年齢不詳にしている。

「五頭竜様の由来を簡単に説明すると、昔から一帯を守っている巨大な竜で、普段は水源を守護してくれて温泉まで出してくれる有り難い神様なんだって。おかげで滝守村は周辺のどの村よりも豊かだ」

「結構な話じゃないですか」

左京は気が済むまで話し続けるつもりだ。覚悟を決めて、冬哉は豪華なソファに背中を預けた。

「それがそうでもないんだよ」

気のない相槌《あいづち》に上機嫌の笑みを浮かべて、左京が身を乗り出してきた。

「五頭竜様は気難しい神様でね、きちんと祀らないと大層お怒りになるんだそうだ。怒った五頭竜様は山を駆け下りて水を溢《あふ》れさせ、山津波を起こして村を飲み込むんだって。記録にある限りでも村は三度、土砂に埋もれて壊滅している。二十年くらい前にもそれが起こって、山側の民家や田畑が潰れたんだって。山には五頭竜様が下った跡が五筋、くっきりと刻まれているらしいよ。とんだ荒神様だ」

「竜というのは西洋では火を現《あらわ》す場合が多く、東洋の竜は川の化身、というか、水を現す場合が多いらしいですね。その五頭竜山にも水量豊富な水源があって、普段は恩恵を与えてくれるけれど、一度氾濫すると手に負えない災害をもたらすことを竜に例えているんじゃないですか」

長い足を組み、ソファの縁に肘をついて、冬哉が面倒臭そうに言った。

「人間は自分達ではどうしようもない悲劇を、神の仕業だと言って無理矢理自分を納得させるじゃないですか」

目を見張って冬哉の話を聞いていた左京が、ぱちぱちと手を叩いた。

「すごい！　考察が深いね！　冬哉は石掘りなんかやめて民俗学をやるべきだよ！」

「何を言っているんですか。今のは全部あなたからの受け売りですよ。それに、俺のしているのは石掘りじゃなくて地質学と冶金学《やきんがく》です。第一、俺はお伽話《とぎばなし》に全く興味がありません」

「おいおい、お伽話と伝説は似て非なるモノだよ」

銀座《ぎんざ》で一番のテーラーに仕立てさせた最高級のスーツを身に纏《まと》った成人男性なのに、手を叩いてはしゃぐ仕草がまるで違和感のない左京が唇を尖らせる。

「俺には区別がつきません」

子供っぽく拗《す》ねても端正さを失わないことを毎回不思議に思いながら、冬哉は素っ気なく返した。

「民俗学は立派な学問だし奥が深いよ」

「そうかもしれませんが、俺は地質や岩石の組成を調べるほうが面白《おもしろ》い。それに、岩石の歴史は五十億年以上遡ることが出来ます。奥の深さならこちらの勝ちですね」

「イヤだなあ、勝ち負けの問題じゃないのに。そもそも深さの定義は時間の長さじゃなくて、人の心の有り様だよ」

よく光る目を細め、左京が掬《すく》い上げるように冬哉の顔を覗《のぞ》き込んだ。

柏原左京という人物は、子供っぽい仕草と宝物に目を輝かせる少年のような瞳が人を惹《ひ》きつけ、彼の言うことを無条件で聞いてやりたくなる雰囲気を纏っている。

しかし、左京が冬哉の迫力に気圧《けお》されないように、冬哉もまた左京の不思議な空気に惑《まど》わされない。

「繰り返しますが興味がありません。あなたがそう言うならそうなんでしょうが、俺にはココロノアリヨウとやらは感じられないです」

「ふう……、強情だなぁ」

全くノってこない冬哉に、左京がため息をついて珈琲《コーヒー》に手を伸ばした。

「きみみたいなのを理系脳と言うんだろうねえ。科学的根拠が思考の基本で、証明され、数値化されたモノ以外は信じないというワケだ」

「そこまでは言ってませんよ」

肩を竦《すく》め、冬哉もテーブルの珈琲に手を伸ばす。

「でも――」

カップ越しに冬哉を見つめた左京がくふんと笑った。

「同じ理系でも、冶金科を選ぶのは君らしいね」

「――……」

その悪戯《いたずら》っぽい微笑に、冬哉の動きが止まった。

ゆっくりと身体を起こし、長身を利して頭一つ上から左京を見おろす。

「――何が言いたいんですか……？」

「わあ、怖い顔」

迫力のある無表情にまともに見つめられても、左京は動じない。にこりと笑って珈琲を口に含む。

「好きなんでしょ？　石掘り。だから君らしいって言っただけなんだけど」

それのどこが気に障《さわ》るの？　おっとりと微笑《ほほえ》んで、左京が小首を傾げた。

やわらかな面差しとやさしい微笑、邪気のない瞳がきらきらと冬哉を見つめている。

「…………質問を変えます」

視線を逸《そ》らしたのは冬哉のほうだった。身体から力を抜いて、大きく息を吐く。

「俺に、何をさせたいんですか」

「あれ？　言ってなかったっけ」

目を伏せた冬哉に、左京がきょとんと彼を見た。

「滝守村のことは説明したよね。そこに行ってくれとお願いしたつもりだったんだけど」

「そんなことは一言も言ってませんよ。第一――」

言葉を切って、冬哉が顔を上げた。唇を吊り上げて左京を見る。

「俺が否と言えないのを知っているくせに。あなたはお願いじゃなくて命令すればいい」

凄味《すごみ》のある薄笑いを浮かべた冬哉に反応せず、左京はゆっくりと珈琲を飲み干した。カップをソーサーに戻し、優雅に足を組んで冬哉に微笑みかける。

「滝守村に行ってくれるかな」

ようやく本題を告げて、左京が読んでいた手紙を差し出した。

「そこで御蔵悟堂《みくらごどう》という人物に会ってほしい」

手渡されたのは古風な封書。

達筆な文章の末尾には、御蔵悟堂という名が墨蹟《ぼくせき》鮮やかに綴《つづ》られている。

「御蔵悟堂氏の話を聞いて、滝守村と五頭竜山を冬哉の目で見て、何を感じたか僕に教えて」

無表情を崩さない冬哉の硬い顔に、左京が極上の笑みを浮かべて小首を傾げた。


「……だから、俺はあんたが嫌いなんだ……………」

呟いた言葉は、殆ど声にならなかった。

代わりに乾いた咳《せき》が込み上げる。しかし冬哉の身体には、咳《せ》き込むだけの力がなかった。口を開けても荒い息が漏れるだけ。干上がった喉が熱く痛む。

「ぐ……っ……」

「――――しゃべらないで」

閉じた瞼越し、揺らめく明かりがふっと翳《かげ》って、聞いたことのない声がした。

身体の感覚がない。瞼が重くて開かない。……俺は……何、を……して……いた…………？

「…………ぁ」

「動いちゃダメ。ひどい怪我と高熱なんだ」

僅かに身動《みじろ》ぐと、額に冷たい手が触れた。

「み……、の………」

水をくれ。喉が灼ける。言いたいことを察したように、濡れた布が唇を湿らせた。

足りない。水を、もっと。強烈な渇きと荒れた喉が水を欲する。

もどかしさに口を開くと、乾いて切れた唇に、やわらかなモノがそっと押し当てられた。

「……む……ぅ」

しっとりと濡れた感触と共に、僅かな水が口に流れ込んだ。

「――――っ」

「ゆっくり、少しずつ」

焦って飲もうとする冬哉をたしなめながら、声の主が冷たい水を少しずつ注ぎ込む。

「……っ、ごっ、ごほ……っ」

与えられた水が口内を潤し、喉を流れて、冬哉はようやく咳き込むことが出来た。

「……こ……こは…………っ」

「いいから」

途切れかける意識を掻き集め、なんとか意味のある言葉を押し出した冬哉の唇に、またやわらかな感触。今度の水は、くせの強い苦味があった。

「――――っ」

「驚いた？　薬湯だよ。解熱剤。飲んで」

反射的に吐き出そうと動いた舌をやさしく押し戻して、さらに流し込まれる。

「これで熱が下がればいいんだけど……」

「あ、ん……た……」

「話はあと。眠って」

「そ……は、い、かな………」

朦朧《もうろう》としたまま呟く冬哉の唇に、また薬湯が注ぎ込まれる。

「今はダメ。眠るんだ」

眠って。眠って。今、あなたに出来るのはそれだけ。

耳元に静かな囁《ささや》きが注がれる。

体力はとうに尽き、意識を保つのも限界で、冬哉はその声に誘われるように、息苦しい眠りに落ちていった。


「御蔵悟堂と申します。遠路はるばるご足労頂いたこと、御礼申し上げる」

堅苦しく告げると、冬哉の向かいに正座した男が背筋の伸びた一礼をした。

御蔵悟堂は姿勢の良い男だった。

痩せてはいるが長身で、深く彫り込まれたような厳しい顔立ちとぴんと張った背筋、立ち居振る舞い全てが古《いにしえ》の武士か、手練《てだ》れの剣豪を思わせた。

「柏原左京の名代で参りました。青江冬哉です」

冬哉も一礼する。

「護主様《もりぬしさま》、と御呼《およ》びしたほうが宜《よろ》しいでしょうか」

この人物がそう呼ばれていることは、宿の主人や村人から聞いて知っている。

「それはこの近辺だけの呼称です。どうか御蔵とお呼びください」

「では御蔵様、と……」

柿黒色の作務衣《さむえ》と野袴《のばかま》、袖無しの羽織という軽装だったが、御蔵悟堂には身に備わった威厳があった。六十過ぎの老人だと聞いていたが、無造作に束ねられた髪にちらほらと白髪があるくらいで、顔に皺《しわ》も少なく声にも身体にも張りがある。壮年と言って通りそうな男だ。

枯れたところの微塵《みじん》もない御蔵悟堂が、冬哉を見つめて僅かに眉を寄せた。

「――きみが青江冬哉殿、ですか」

「はい。柏原からの書面も持参しております」

「ああ、申し訳ない。疑った訳ではありません」

冬哉が鞄から手紙を取り出そうとするのを悟堂が手で制する。

「あの柏原殿が全幅の信頼を置いている方が、思った以上にお若いので少し驚いただけです」

「信頼されているのではなく、学生の身軽さを便利に使われているだけです」

左京にも悟堂にも媚《こ》びるつもりはない。冬哉は悟堂の顔を見て言葉を続ける。

「後見人として面倒を見てもらっている身なので、道楽に付き合わせるのに都合が良いのでしょう」

「ふふ、はっきりとものを言う」

気難しげな相手にぶっちゃけ過ぎかと思ったが、悟堂は唇を綻ばせた。

「学生というと、所属はやはり国文学かな。民俗学？　とかいう……」

「いいえ、理工学部です。専攻は土木学冶金科、現在は修士課程に在席しています」

「ほう……、学士ですか。今は田舎の神主ですが、私も帝都で医学を学びました」

「――なので、文系は完全な畑違いです。こちらには、柏原の命令で参りました」

懐かしそうに目を細めた悟堂にほんの少し居心地の悪い気分を味わった冬哉が、強引に話を戻す。

「御蔵様に伺ったお話をそのまま柏原に報告するだけの、子供の使いと変わりありません」

「柏原殿はそうは言っておりませんよ。青江殿は――」

「敬称は結構です。どうか青江とお呼びください」

「では青江くん。柏原殿は手紙に『今回の件に最適な人間を向かわせます』と寄越しました。『本物を見抜く目を持っている男です』と」

そう言って、悟堂が冬哉を見た。冬哉の内側を探るように、鋭さを増した目が覗き込む。

「――光栄です、と言いたいところですが、彼が何を言っているのか判りません」

一瞬躊躇った後、冬哉はその眼差しを受け止めた。

「そう……かな……？」

質量のある凝視が注がれ続けるのに肩を竦め、冬哉は苦笑を返した。

「是が非でも御蔵様のお話を伺いたくて、若輩者の私に箔《はく》をつけたつもりなのでしょう。本当なら自分が行きたかったと、駄々《だだ》っ子のように焦《じ》れていましたから」

「ふふ……、柏原殿というのは相当変わった御人《ごじん》のようだ」

満足したのか、悟堂はようやく視線を和《やわ》らげた。

「『当代の根岸鎮衛《ねぎしやすもり》を目指している』、でしたか。最初に聞いたときは面食らいましたが」

当時のことを思い出したのか、悟堂が小さく吹き出した。

根岸鎮衛。

正式には根岸肥前守《ひぜんのかみ》鎮衛。江戸時代に長く南町《みなみまち》奉行を勤めた武士で、激務の傍ら、巷間《こうかん》に伝わる伝説、伝承、奇譚《きたん》、怪談などを聞き集めて『耳嚢《みみぶくろ》』という随筆集にまとめた人物だ。

柏原左京は彼に心酔していて、常々自分に生き甲斐《がい》をくれたと言っている。

「根岸翁に張り合うつもりなのか、ムキになって話を掻き集めていますよ」

「しかし、柏原殿はただ集めるだけでは満足できなかったのですね」

口元に笑みを刻んだまま、悟堂が懐から分厚い手紙を取り出した。左京が彼に送ったものだ。

「様々な地方から集めた膨大な話の中に、本物があるかもしれない。百のうち一つ、五百のうち一つ、千のうち一つかもしれないが、逸話、奇譚、怪談、神話、伝説に記される神、幽霊、妖怪が、本当に居るかもしれない。それが見たい、と……」

「そんなことまで話したのですか」

冬哉が目を見張った。左京が他人に本心を明かすことは滅多にない。

当たり障りのない言葉と適当なおべんちゃら、凄腕の実業家の財力と華族という出自を利用して、相手の口を開かせるのが普段の左京の常套《じょうとう》手段なのだ。

「実を言うと、本家からこの話が回ってきたとき、一度お断りしたのです」

「……そうでしたか」

それは珍しい反応だった。大抵の場合、地方の逸話を集めていると告げれば相手は嬉々《きき》として教えてくれる。柏原の使いで地方を訪ねたことは何度もあるが、帝都から出向いてまで自分の話を聞きたいと請われて、断った人間は今までいない。

「しかし、柏原殿は諦めずに何度も手紙を寄越しました。こちらが面食らうほど熱心にね」

「ご迷惑をおかけしました。彼は断られると燃えるタチなので……」

苦笑する御蔵悟堂に冬哉が頭を下げる。

「柏原殿の粘りに根負けして、この地の伝承が知りたいのなら村の古老を紹介すると書き送ったら、それでは足りないと。今も伝説、神話の中に住む人間の話を直接聞きたいのだと返されましたので、理由を聞きました」

つまり、この老人にいつものやり口は通用しなかったという訳か。冬哉の唇が引き攣れる。

「――柏原の悪趣味に御蔵様が付き合う必要はありません。手伝いをしている身ですが、俺は長きに亘《わた》って大事に護《まも》ってきたモノを、興味本位に覗き込むような彼のやり方に反対です」

左京の本音を引き出した御蔵悟堂という老人に好意めいたものを感じて、冬哉は珍しく自分の本音をさらして頭を下げた。

「申し訳ありませんでした。まるで子供の我侭《わがまま》ですよね。その子供が金と力を持っているからタチが悪い。適当な人物を紹介してください。その方から話を聞いて帰ります。俺が御蔵様の機嫌を損ねたと言えば、柏原も諦めるでしょう」

「……青江くんが、数ある伝承の中から本物を探すという柏原殿の悪趣味に反対なのは判った」

冬哉の話を黙って聞いていた悟堂が口を開いた。

「で、きみはどう思う？　柏原殿の言う、本物はいると思うかな？」

口元には笑みを浮かべているが、その目は射抜くように冬哉を見ている。

「どうもこうもありません。全部本物だ。信じている人間にとっては、それが全てです」

冬哉が即答する。

「そこに暮らす人間があると言えばあるし、いると言えばいるんです。それを本物と偽物に分けるなんて不遜《ふそん》な考えだ。余所《よそ》者が首を突っ込む余地はないと思っています」

冬哉の口調は感情の色のない、淡々としたものだった。

「きみは、どう思う？」

悟堂が同じ問いを繰り返す。

やはり気づかれたか。冬哉は胸の中にため息を落とした。

今言ったことは本心だし、常々思っていることを口にしたのだが、老人は冬哉が彼の問いかけを微妙にはぐらかしたことを聞き逃してはくれなかった。冬哉は姿勢を正して顎を引いた。

「――俺は、いないと思っています」

「ふ……っ」

瞬《またた》きもせずに冬哉を見つめ、その言葉に耳を傾けていた老人が息を吐いた。

「ご不快でしたら謝罪いたします」

「ふふ、ふふふ……、逆です。気に入りましたよ。柏原殿も青江くんも」

「は？」

「そもそも、是非おいでくださいと言ったのは私です。一度はお断りしましたが、柏原殿の興味の趣旨を伺い、最終的には私がお招きしました」

「――――御蔵様は、自分の祀る神を暴きたいのですか？」

「というより、判断してもらいたいのです」

「判断？」

「そう。私は内側の人間です。否定も肯定も内側の価値観でしか下せない。だから外側の人間の判断が欲しい。外側の目で見て、耳で聞いて、感じたことを教えて欲しい。私はあまりに深く取り込まれていて、もう判断が下せないのです」

「…………」

「いつか本物を見てみたいと真剣に願う柏原殿、そんなモノはいないと断ずる青江くん。この組み合わせは絶妙です。バランスが取れている」

「……そんなふうに言われたのは初めてです」

「おかしいですか？」

「というか、今までこんな話になったことがないので面食らっています」

「ふふ……、田舎の爺《じじい》が、たかが昔話に大袈裟《おおげさ》なことを言う、と？」

「いいえ。ここまで真剣に柏原の話を受け止めてくれる人に出会ったことがないので、どう返せばいいのか判らないというのが正直なところです」

「――――まあ、全ては私の話を聞いてから判断してください」

そう言って、御蔵悟堂が窓の外に視線を投げた。

開け放たれた窓からは温泉街の賑《にぎ》わいと、五頭竜山のこんもりと丸い山容の端が見える。それに視線を向けながら、御蔵翁がついでのように言った。

「青江くんを迎える見返りとして、私が出した条件を柏原殿が了承したことも付け加えておきます」

「条件？」

「前置きが長くなってしまいましたね」

それは何かと問おうとした冬哉を御蔵悟堂が遮った。厳《いかめ》しい顔立ちを緩めてにこりと笑う。

「当地の伝説について、柏原殿からどこまで聞いていますか」

その笑顔とようやく辿り着いた本題が、冬哉にそれ以上問い質《ただ》させなかった。

「――――何も。御蔵様から直接話を聞く前に、余計な先入観を持たせたくないから、と」

「賢明な判断ですな。……で、それは宜しいのかな？」

一つ頷いた御蔵翁が、座卓の上に置かれた帳面と万年筆を目で示した。

「あとで書き起こしますが、今は聞くことに専念したいと思います。幸い記憶力は良いほうなので」

「ほう……。それも、柏原殿が青江くんを見込んだ理由の一つでしょうな」

口元を綻ばせて、温《ぬる》くなった茶で口を湿す。

「年寄りの昔語りです。前後することや意味が通らないこともあるでしょうが、質問は話し終えるまでお待ち願いたい」

「了解しました」

冬哉が頷くのを待って、御蔵翁が背筋を伸ばした。

「さて、どこから話そうか――――」

痩せた老人から出たとは思えない深みのある声で、御蔵悟堂がゆっくりと語りだした――――。

「…………っ……」

冷たい手が額に触れた。

朦朧《もうろう》としたまま身動ごうとして、身体が拘束されているのに気づく。

それだけではない。目は目隠しがされ、口も湿った薬臭い布で猿轡《さるぐつわ》を嚙まされていた。

「ふ……ぐ…………っ」

「あれ、起きた？　眠り薬をたっぷり含ませてるのに、スゴいね。悪いけど縛らせてもらったよ。アンタみたいにデカい男に暴れられたら止められないから」

耳元に口を寄せた相手が囁く。

「もう少し眠っていて。ってゆうか、気を失っていて。そのほうがアンタのためだから」

「……む………ん………」

「今から傷口を開いて奥まで消毒する。化膿《かのう》したら足を切断しなきゃになるし、身体に毒が回ったら命がないんだ。物凄く痛いと思うけど我慢して」

もう少し薬を足しておくか。独り言めいた囁きが遠のいて、代わりに猿轡が濡れてきた。

「…………っ……」

苦味のある液体が喉を流れ落ちて、ただでさえ途切れがちな意識に濃い霞がかかってゆく。

「――――――っ!!」

そして激痛。逃れようとしても身体は動かない。

叫んだつもりの声は猿轡に阻まれ、喉で爆発した。

ごめんね。ごめんね。ごめんね。お願い。死なないで。ごめんね…………、

繰り返される言葉をどこか遠くで聞きながら、冬哉はまた意識を失った。

―――――

――その昔、まだ神がそのお姿をお見せくださり、そのお言葉を人間が直《じか》に聞くことが出来た時代があった。山川草木《さんせんそうもく》全てがモノを言い、人と獣、人と神が今より近かった頃から続く話だ。

人間がこの地に根付く遥《はる》か昔、雷鳴と共に神が降臨した。

雷鳴が空を灼《や》き、地鳴りが大地を揺るがして、あたり一面に神の降臨が告げられた。

神はこの地を気に入り、一帯を統《す》べることにした。そのお姿は五つの頭を持つ巨大な竜

で、山の頂上から周囲を睥睨《へいげい》していた。

それが五頭竜様だ。竜神の住まいである山を人は五頭竜山と呼んだ。

気性の荒い神ではあったが、水を司《つかさど》り、大地を潤して実りを齎《もたら》す良神でもあった。

おかげでこの地一帯は他より豊かで暮らしやすく、自然と人間が集まってきた。

しかし、五頭竜様は誇り高く、人嫌いで気難しい神でもあった。

人気《じんき》を嫌い、自分の領地に侵入することを許さず、禁を侵せば容赦しなかった。

逆鱗《げきりん》に触れたときの五頭竜様の怒りは凄まじかった。雷鳴を伴って山を駆け下り、山崩れや鉄砲水を起こして出来かけた村を何度も壊滅させた。

人間は五頭竜様の怒りを深く恐れていたが、決して憎んだり嫌ったりはしなかった。

荒地ばかりの山間《やまあい》にあって、ここだけが奇跡のように沃野《よくや》なのは、この地に五頭竜様が御座《おわ》し、その加護があるからだと知っていたからだ。

人間は豊かなこの地を諦められなかった。どうしても欲しかった。

村を作っては潰され、その都度多大な犠牲を払いながらもこの地にしがみついた。

人々は禍福両方を齎す五頭竜様の怒りに触れることを畏れながら、息を潜めて日々を暮らしていた。畏れると同時に敬い崇《あが》め、田を耕し畑を作って季節ごとに供物を捧げた。

そんな折り、五頭竜様が一人の娘を見初《みそ》めた。村長の一人娘だった。

人嫌いの竜神が山を下り、初めて怒り以外の言葉で村長に話しかけた。

娘を寄越せ。生贄《いけにえ》としてではなく、娶《めと》る。代わりに村を護ろう。

我が再び天に還《かえ》るまで、ふんだんな水と豊かな土地を与える。風水害、旱魃《かんばつ》からも護ってやろう。

村長は喜んで了承し、娘も申し出を受けた。

それから娘は五頭竜様のもとで暮らし、二人の子供をもうけた。


神と村娘は二人の子を成《な》した。さらに五頭竜様のお告げが下った。

子供は半分神で半分人だ。我と里人を結ぶ絆《きずな》だ。一人が里に下りてこの地の領主となり、もう一人は山に残って我を祀れ。

我が子孫以外の山への侵入は禁ずる。社《やしろ》を作り、祈りと供物を捧げよ。

この約定《やくじょう》を守り続ける限り、我は永代《えいたい》にこの地と人を護り続ける。

里の人間は、生まれたばかりの赤子を押し戴《いただ》いてその要求を飲んだ。

それからの十数年で、五頭竜様の加護を受けた村はさらに富んだ。

その間、何度も旱魃や冷夏があり、周囲の村が飢饉《ききん》に苦しむことがあっても、五頭竜様の里だけは実りが枯れることはなかった。


「それが、御蔵家の祖先だと言われている」

淡々と話していた御蔵悟堂がほんの少し口調を変えて、引き攣れたように唇の端を上げた。

村人は五頭竜様を崇め奉《たてまつ》り、日々感謝を忘れなかった。平和な時が続いた。

「しかし、このまま『めでたしめでたし』で終わらないのが伝説の常だ。人は恩を忘れる生き物で、与えられる以上を欲しがる生き物だからな」

御蔵悟堂が肩を竦めた。


五頭竜様と約定を交して十数世代を経た。

山に住んで五頭竜様を祀るはずだった神官は何時《いつ》の間にか里に住んで領主となり、祭祀《さいし》の時だけ山に来るようになった。人の入らない社は荒れ、信仰も畏怖も薄れて祀りは祭りになった。

そうして、人は五頭竜様を忘れた。そして、改めて五頭竜山に目を向けた。

山には高値のつく大木があり、日々の暮らしを潤す山菜や果実があり、猪や鹿、雉《きじ》や山鳥などの獲物が多く棲み、様々な病に効く薬草が豊富にあるのが判っていた。

五頭竜山は、文字通り宝の山だった。

村が豊かになるにつれて人が増え、土地が手狭になってきたという事情もあった。

少しくらいならいいだろう。

村人は山裾に手をつけた。木を伐《き》り、獲物を狩り、山菜を採った。

五頭竜様は動かなかった。

村人はもう少し山に入り込んだ。

木を伐って土地を均《なら》し、下草を焼いて畑を作った。罠を掛けてもっと大きな獣を狙った。

それでも五頭竜様は沈黙したままだった。

村人はもっと欲しくなった。畏れを忘れ、大胆になった。

その頃、里に行者がやって来た。

この山には宝が埋まっている。それを掘り出せば、もっと豊かになる。

宝。里の人間はさらに貪欲になった。

行者に連れられて、村人は山に入った。最後まで手をつけなかった山頂へと登り、連日連夜『宝』を探した。

山の木を伐って火を焚《た》き、大きな松明《たいまつ》で辺《あた》りを照らした。宝探しは夜を撤して行われ、その灯《あか》りは里からも見えたという。

行者と村人は神の御座す山を踏み荒らした。

火気を嫌う水神の住みかで火を灯《とも》した。

――そして、ついに五頭竜様の逆鱗に触れた。

今までで最大の怒りを爆発させた五頭竜様が山を駈け下った。

草木を薙《な》ぎ倒し、大岩を転がり落として村を埋めた。ここ暫《しばら》くは雨が降らなかったにもかかわらず、大量の水が山を流れ下り、田畑や人家を押し流して、里は壊滅した。

生き残った僅かな村人は自分達の慢心を深く悔い、五頭竜様に許しを乞うた。

二度と神域は侵しません。潰された社は今より大きく立派に建て直します。常に五頭竜様の末裔《まつえい》が社に住まい、神事を執り行います。里の人間は心から五頭竜様を崇め奉り、供物と祈りを捧げます。

しかし、五頭竜様の怒りは収まらなかった。

ならば生贄を寄越せ。お前達が適当に投げて寄越す者などいらぬ。我が選ぶ。

我の徴《しるし》を刻む。その者を贄《にえ》にせよ。

頷くしかなかった。

選ばれたのは村長とその娘。幼い息子を残して二人は山へ入り、そのまま帰らなかった。

里は許され、また村が作られた。

しかし、一度神域を穢《けが》された五頭竜様はひどく怒りっぽくなった。

里が全滅するほど痛めつけはしなかったが、時折、自分の力を見せつけるように山を駆け下って田畑を押し流し、生贄を求めた。

人家を潰され、親や子供を失う都度、村人は恐れ畏《かしこ》まって五頭竜様の望む生贄を捧げた。

それでも五頭竜様は気紛《きまぐ》れに荒れた。その都度生贄が捧げられた。

度重《たびかさ》なる山下りで、五頭竜山には五頭竜様の五つの頭の跡がくっきりと刻まれた。

山を抉《えぐ》る五条の傷と、次は自分や家族が生贄となるかもしれないという恐怖が、里の人間に五頭竜様への畏れと恐れを深く植えつけた。

村人が五頭竜様の怒りを忘れることはもうなかった――――。

「――よくある話だろう？」

ふっと息を吐いた御蔵翁が、すっかり冷えてしまった茶に口をつけた。

「神話や伝説を集めているなら、どこかで聞いたことがある筋立てかもしれない」

話を遮るなと言われていた冬哉が、喋っていいかと目で問うと、笑みを刻んだ御蔵翁が頷く。

「……二つ、お聞きしたいことがあります」

「よかろう」

長い話を語り終えたせいだろうか。悟堂の口調から敬語が消え、いつもの彼らしくなったようだ。

「まず、五頭竜様の最大の怒りのきっかけとなった『宝』とはなんですか？」

村を全滅させる契機となったはずのものなのに、さらりと触れただけで具体的には何も判らない。

冬哉の問いかけに、御蔵悟堂が茶を飲む手を止めた。

「――それは……っ……」

一言呟いて冬哉を見る。その目が鋭く冬哉を凝視した後、微妙に視線が逸らされた。

「伝説にはただ宝、としか伝わっていない。竜の宝ならば宝玉だろうが、気になるなら古い文献を当たってみよう」

はぐらかされたのが判ったが、冬哉には深く掘り下げるつもりはない。

「では、それは後日ということで。もう一つは、俺が一番不思議に思っていることです」

「聞こう。きみのものの見方は面白い」

「何故《なぜ》、五頭竜様は伝説になっていないのか、です」

その問いに、御蔵悟堂が怪訝《けげん》な顔をした。

「……私は、伝説を語ったつもりだが……」

「伝説というのは、かつてそれがあったと信じられた歴史です。伝承も言い伝えもしかり。実際にあったかどうかは別として、事実として長く伝えられた口伝《くでん》です。しかしそれは全て過去の話、つまり昔話です」

「五頭竜様はそうでない……と？」

御蔵悟堂が鋭い視線を冬哉に注ぐ。

「はい。御蔵様もよくある昔話の一つのように語ってくださいましたが、俺にはかつてあった過去の話を聞いているようには思えなかった。昔話というには、御蔵様が五頭竜様を語る口調が生々しい。妙な言い方ですが、五頭竜様はまだ伝説になりきっていないと感じました」

「――……」

「それはここに住む人達も同じです。愛想良く迎え入れてくれた宿の主人が、五頭竜様伝説を聞きに御蔵様に会いに来たと言った瞬間、笑顔を強張《こわば》らせて一歩退《しりぞ》きました。御蔵様、護主様への態度も、鎮守の森を守る神主に対するものじゃない。まるで護主様が五頭竜様そのもののように恐れ畏まり、恭《うやうや》しく崇《あが》め奉《たてまつ》っている。これも、まだ伝説として枯れ切っていない証拠ではありませんか？」

「――……」

「ここに来て最初に感じたのは、この村独特の空気です。肥沃な土地と温暖な気候、たわわに実る作物、街道からは外れているが、温泉を求めて人が来る。村の人間は穏やかで人当たりもいい。恵まれた土地だと言えるでしょう。――しかし、この村は閉じている」

「閉じて……？」

「はい。外から来た人間は温かく迎え入れる。大人も子供も愛想が良くて親切だ。でも、それは外から来て、また出てゆく人間に向けられた余所行《よそゆ》きの顔だ。そこから踏み込もうとすると、彼らは顔を強張らせて一歩退く。違いますか？　それは、五頭竜伝説と何か関係がありますか？」

「――……」

御蔵悟堂はそれに答えず、目を細めてじっと冬哉を見つめていた。

睨《にら》むような鋭い眼光が、冬哉の内側に目を凝らしている。

「無知な青二才の拙《つたな》い私見です。失礼がありましたら幾重にもお詫《わ》び申し上げます」

「ふ……、ふふ、ふふふ……。いや、失礼などない」

低く笑って、悟堂が頭を下げようとした冬哉を制した。

「流石《さすが》は柏原殿が見込んだ男だ。いい目をしている」

「はあ……」

どう返せばいいのか判らず、半端に頷いた冬哉に、悟堂が座卓越しにずいと身を乗り出した。

「三日後に、下之社に来ていただけないだろうか。そこで御蔵家に伝わるもう一つの伝説を話そう」

「もう一つの伝説……？」

「里に伝わっている話とは少し違う、御蔵家だけに伝わる門外不出の五頭竜様伝説だ」

「――それは、俺が聞いてもいいモノですか」

「正直に言うと、そこまで話すつもりはなかった。だが、青江くんに会って考えが変わった」

「…………」

なんだか妙なことになった。左京に言われた場所に出向いて話を聞き、自分なりの考察を加えて報告するという、いつもの流れからどんどん逸れてゆく。

「言っただろう。きみに判断してほしいと」

困惑する冬哉を御蔵翁が見つめる。

ああ、またあの目だ。冬哉の中に何かを探すような、質量を持った重い視線。

「――きみになら、託せるかもしれない…………」

ぽつりと呟いて、ふっと息を吐く。

途端に顔が緩《ゆる》み、御蔵悟堂が一気に年老いた。長年の疲労に押し潰されたように肩が下がって背中が丸まる。

「なに、を――」

「ああ、思ったより時間がかかってしまった。一人語りは疲れるな」

託すつもりですか？　続く言葉は御蔵翁に遮られた。

「里の人間は余所者が山に近づくのを嫌う。世話役に話を通しておくから、当日は下之社まで付き添ってもらってくれ」

背筋を伸ばしてきびきびと話す御蔵悟堂は、元の若々しさを取り戻していた。一瞬垣間《かいま》見《み》せた、年相応の老いと疲れはどこにもない。

「里の人間からも話を聞きたいのだろう？　きみの質問には出来るだけ答えるように命じておく。鄙《ひな》びた田舎だが、飯は旨《うま》いし温泉もある。こちらの用意が整うまで、ゆっくりしていてくれ」

てきぱきと話をまとめ、御蔵翁が立ち上がった。

「では三日後に。待っている」

「……ありがとうございます」

一礼する冬哉ににこりと笑いかけ、御蔵悟堂は背中を向けた。

大股で部屋を横切り、襖《ふすま》に手をかけて、肩越しに振り返る。

「青江くんの言う通りだ。五頭竜様は生きている。――――まだ」

「は……？」

ぽかんと見上げた冬哉に酷《ひど》く疲れた笑みを残して、御蔵翁は部屋を出て行った。

痩せた背中を見送った冬哉は、呆気《あっけ》に取られたまま閉められた襖を見つめていた。

――それが、御蔵悟堂の姿を見た最後だった。

覚醒は、ひどく緩慢なものだった。

眠っていたという感覚はなく、ただ粘着質の水の中で藻掻《もが》いているような息苦しさと痛みをずっと感じ続けていた。

このままでは窒息する。息をしなければ。ぼんやりした焦りにかられ、思い通りにならない身体を遮二無二動かし、まとわりつく水を掻き分けて上へ、上へ――――。

熱くて寒い。頭が痛い。身体も。全身くまなく苦痛にまみれている。それでも上へ……。

「……っ、は……っ……はっ、は――――っ」

ようやくまともに息が出来て、張りついたような瞼を無理矢理抉《こ》じ開けた冬哉は、見覚えのない天井を見上げていた。

「…………」

ここはどこだ？

まだ完全には覚めていないらしく、視界に薄く膜がかかっていた。身体も動かない。

目覚める前の記憶を辿ろうとしたが、自分が見たこと、聞いたことが途切れ途切れに浮かんでまとまりがつかない。

まるで自分の行動を細切れの活動写真にして、少し離れた所から見ているような、以前やったことをもう一度追体験しているような、非現実的な感覚があった。

時間の感覚も曖昧で、自分がどこに居るのか、何故ここにいるのか、意識を失ってから目覚めるまでどのくらい経《た》ったのかも判らない。

何度か瞬きを繰り返すと、ぼやけていた景色がゆっくりと輪郭を取り戻してきた。

周囲を確認しようと、錆付《さびつ》いたように動かない首をゆっくり回す。

やはり見覚えはない。開かれた障子の向こうに廊下、濡れ縁、小さな庭らしきものがあって、その先はすぐ鬱蒼《うっそう》とした森だった。森？

「………っ」

五頭竜山。俺は五頭竜山の山中に居る。

そうだ、俺は無理矢理山へ侵入《はい》って、そこで罠に――――、

「――――っ!!」

一気に戻ってきた記憶を叩きつけられて、冬哉は目を見開いた。

足首に激痛。灼けるような痛みと同時に、殆ど機能していなかった五感が蘇った。

まず視覚。目に痛いくらい白い障子、黒く見えるほど密な濃い緑の木々。陽射《ひざ》しが斜めに射し込んでいるということは、そろそろ夕暮か。

次に嗅覚。吹き込む風が植物と土の匂いを運んでくるが、部屋にはそれを圧倒する薬品臭が立ち籠《こ》めていた。それが消毒薬だと判るまで少し間があって、その刺激のある匂いに微かな獣臭が混じるのに気づくのが遅れる。

そして最後に戻ってきた聴覚が、低い唸《うな》り声を拾った。

「――――っ!?」

庭に向けていた顔を一気に回すと、部屋の隅に大きな獣がいた。

痛みも忘れてその姿に見入る。

狼？　いや、山犬か。それにしても大きい。小牛ほどもある巨大な犬が、寝そべったまま顔だけを上げて、喉を震わせていた。

黄色い瞳が瞬きもせずに冬哉を睨んでいる。長い鼻面に皺を寄せ、白く長い牙を覗かせて、腹に響く唸り声を漏らしながら全身で威嚇《いかく》していた。

視線を逸らすな。冬哉は自分に言い聞かせた。呼吸は深く、声も漏らすな。迂闊に動けば襲ってくる。あの大きさなら、ひと咬《か》みで俺の喉笛を喰い千切るだろう。

生き延びたと思った途端、また新たな危険と顔を突き合わせるなんて。これも不入《いらず》の山を侵した報いか？

「ふ……っ……」

らしくない思考に、そんな場合ではないというのに苦笑が零れた。

洩らした息に獣が反応する。身体に緊張が走り、灰色がかった白い毛が逆立った。

「ん――――……」

まずい、殺《や》られると思った瞬間、飛び起きようとした山犬の身体を背後から回った手が止めた。

「……動かないで、清姫《きよひめ》。まだ眠い……」

場違いに気の抜けた声と同時に、白い腕が犬の太い首を抱く。

その声と首に絡んだ腕に、今にも飛び掛かろうとしていた山犬が力を抜いた。唸るのをやめ、改めて寝そべって、首の毛を摑んだ指を長い舌でちろりと舐《な》める。

「……もう、時間……？」

間延びした声が言って、欠伸《あくび》を一つ。山犬の後ろで誰かが眠っていたらしい。

うんしょ。獣の巨体に遮られて見えなかった声の主が、小さく掛け声をかけて起き上がった。

細い身体、顔を覆った長い髪。――子供？　少女か？

事態が飲み込めずに呆然としている冬哉を余所に、少女はもそもそと巨大な山犬の身体を乗り越えて前に出てきた。長い髪を引きずりながら、四つんばいで冬哉に近づく。

頭も身体もまだ眠っているらしい。ふらふらと揺れながら手探りで湯呑《の》みを手に取ると、中身を口に含んで冬哉に覆い被《かぶ》さった。

「…………っ!?」

無造作に重ねられた唇から水が流し込まれる。少し温まった水が喉を潤すのを、冬哉は身動ぎもせずに受け入れた。

驚きすぎて無反応の冬哉に、また水が注がれる。それを飲み下して、自分がどれほど渇いていたか自覚した。状況はまるで判らないが、とにかく今は水が欲しい。

冬哉が自分から口を開いて催促する。それを感じ取ったのか、流し込まれる量が増えた。

口移しの水を受け取りながら、冬哉はようやく相手を観察する余裕が出来た。

寝乱れた長い髪に隠れ、顔は殆ど見えない。相変わらず寝惚《ねぼ》けているらしく、髪の隙間から僅かに覗く目は閉じている。伏せられた睫《まつげ》毛は長く、触れる唇はやわらかい。

粗末な野良着を着ているが、色は白く、襟元から覗く首はすんなりと長かった。

湯呑みが空になったのか、少女が身体を起こした。

膝を崩して座り込む。よほど眠いのか、背中を丸めてかくんと首を落とす。

「……あ〜、……く、すり………」

そのままこくりこくりと舟を漕《こ》ぎ始めた少女が、ぼやけた声で呟いて顔を上げた。顔に垂れ落ちる長い髪を鬱陶しそうにかき上げ、ふうっ、と一つ息を吐く。

「ふわぁぁぁ……っ……」

腕を天井に突き上げ、うんと伸びをしながら、顎が外れそうな大欠伸。少女は片手を髪に突っ込んでがりがりと頭を掻きつつ、もう一方の手であたりを探っている。

「……あれ？　どこに置いたっけ………」

目尻に滲《にじ》んだ涙を指で拭って呟くが、その目はまだ半分くらいしか開いていない。

「あ〜、くそ、眠ぃ……」

畳の上を手探りしながら、頭を掻いていた手で顎を掻き、首を掻き、襟元から手を突っ込んで脇の下あたりを掻きながら、ぶつぶつと文句を言っている。

薬の乗った盆を探しているらしい。

「――――も……し、ひ、だ……」

もう少し左だ。そう言ったつもりだったが、擦《かす》れて殆ど声にならなかった。口中に潤いが足りないのと、しばらく声を出さなかったせいらしい。

しかし、少女は聞き取った。

「……あ、ホント……、――――っ!!」

ぼんやり呟き、盆に手を伸ばした瞬間、少女が髪を乱して振り返った。

「意識が戻った!?　目!　見せて!!」

素早く這《は》い寄ると、さっきまで半分しか開いていなかった目をいっぱいに見開いて覗き込んできた。

「熱は!?　口、開けて!　――――もっと!」

瞼を引っ繰り返され、額に手を当てられながら、冬哉が言われた通りに口を開ける。真剣な目で冬哉を観察した少女が、最後に手首を握って脈を探った。

「――――まだ熱は高いけど、あのまま体温が下がり続けるよりずっとマシ。貧血がひどいね、瞼も口の中も真っ白だ。でも、脈はしっかりしてる……」

強張っていた肩から力を抜いた少女が、ほっと息を吐いて冬哉に笑いかけた。

「まだ気は抜けないけど、とりあえず峠は越えたよ」

「……っ、……あ……んたが、た……すけ、て、くれ………?」

一つ空咳をして口を開くと、さっきよりましな声が出た。

「え?　助け……?」

見上げる冬哉を、少女がきょとんと見る。

「わ、な……、俺………」

「う〜ん、えっと……、あは、あはは……っ……」

何が可笑《おか》しいのか、引き攣った笑い声を上げた少女の唇が震え始めた。瞳が潤み、頬《ほお》が痙攣《けいれん》して、顔全体がくしゃりと歪む。

「よ……っ、よかったぁ……っ!!」

悲鳴じみた声で叫ぶと同時に、見開いた瞳から大粒の涙が零《こぼ》れ始めた。

「まだ危ないけどっ！　ちょっとかなりスゴくヤバいけどっ！　とりあえず死んでないぃぃぃっ!!」

「―――？」

ぽかんと見上げる冬哉を余所に、少女は天井を向き、ぽろぽろと涙を零しながら口をいっぱいに開いて大声で泣いている。

「ころ……っ、殺、したかと、おも……っ、思ったぁ……っ!!」

聞き捨てならないことを言いつつ、少女は涙を拭いもせずにあ～んあ～んと子供じみた泣き声を上げ続ける。

「…………」

なんだか調子が狂う。冬哉はぺたんと座り込んで泣き続ける少女を見上げた。

口移しで水を飲ませる看護、目覚めた冬哉を素早く診た手際と冷静な判断、昏睡《こんすい》状態の時に夢うつつで聞いたやさしく穏やかな声も、多分この少女だ、と、思う。医療の心得があるのは間違いない。

なのに今、目の前で手放しで大泣きしている姿は子供そのものだ。というか、こんな恥も外聞もない号泣は、子供でもなかなか出来ない。

――聞かなきゃならないこと、考えなきゃならないことが山ほどあるのに、ガキの泣き顔に感心してるあたり、俺もまだ正気じゃないいな……。

妙に冷静に考えていると、手の甲で荒っぽく涙を拭った少女がきっと睨みつけてきた。

「どーして熊罠にニンゲンが掛かるんだよ！」

「――は？」

「あれは熊専用の罠で！　熊が掛かるように仕掛けたんであって！　それも俺が念入りに仕掛けた特別製で！　ニンゲンが掛かってイイ代物じゃない‼」

「へ……？」

冬哉は痛みも忘れてぎゃんぎゃん喚《わめ》く相手を見た。一瞬前まで大泣きしていたのに、今は目を吊り上げ、顔を赤くして怒っている。

「ってゆーか、あれ、熊の脚をへし折る強度があるんだぞ！　ニンゲンの足なんざ余裕で切断してるはずなのに、なんでアンタの足はついてるんだよ！　あんた熊より硬いのか⁉　おかしいだろ⁉」

華々しく叫んで、涙で膨れた目で冬哉を睨みつける。

「会心の出来だったんだぞ！　ニンゲンならそこは素直に足ブった切られとけよ！　俺、結構傷ついたかんな！　罠と、罠を仕掛けた俺に謝れ‼」

痛みも忘れて目を見張る冬哉を余所に、理不尽な文句を吐き散らした相手が、肩で息をしながら頬に零れた涙をぐいと拭った。

「……っ、罠に咬まれて！　手を吊るされて！　血溜りの中に倒れてるアンタを見たとき！　俺がどんなに怖かったか……っ‼　もうホントにホントにホントに……っ！　うぇ……ひっ、ひ……っ」

冬哉を睨んだままの瞳から、また大粒の涙が零れ始める。

「アンタ、全然動、かないし……っ！　血っ、血、がスゴくて……っ！　ど……、どんどん冷たくなってくし……っ！　や、やっと身体があったかくなったと思、思ったら、今度は高熱で……っ、ず、ずっと、う、魘《うな》され……っ」

途切れ途切れの声も、細い肩も、握り締めた拳も震えている。

「ず、ずっと、こわ、怖かった！　俺、ひ、とり、で……っ、ど、どうしようって……っ！　こっ、このまま、め、目が覚めないんじゃないかと……っ、怖、くてっ！　ずっと……っ!!」

しゃくり上げながら怒って泣いて、派手に感情を爆発させた相手が、ついに突っ伏した。

「ひっ、ふぇ……っ、こん、こんなにし、心配、させ、て……っ！　謝、れよ……っ！　ふぐっ、んふっ、っく、ひぃぃっく、お……っ、俺に……あやま、れぇっ！　うぇぇぇぇ……っ……!!」

豪快に泣き続ける相手を、冬哉は呆気に取られて見ていた。

恐怖と心配と安堵《あんど》と怒りとが綯《な》い交ぜになって、感情のタガが外れてしまったのだろう。少女は長い髪を畳に波打たせ、背中を丸め、全身を震わせて泣いている。

「ふ……っ」

冬哉が小さく息を漏らした。

自分のモノではないように感じる腕に力を込めて、畳に滑らせる。痺れて重い手を上げ、苦労して震える小さな頭に触れた。

「――――悪かったよ……」

蚊の泣くような声だったが、やっとまともに喋れた。

「………っ」

その声にか、頭に置かれた手の感触にか、突っ伏した身体がひくんと震えた。

「ニンゲンの分際でおまえ渾身の罠に掛かっちまったのも、足がもげなかったのも」

腹に力が入らない。長く昏睡状態だったせいもあるが、血を失い過ぎたのが原因だろう。

「とにかく謝る。あと、色々と聞きたいこともあるんだが、取りあえずあのデカブツをなんとかしてくれないか」

「でか……？」

小さく呟いて、少女が伏せていた顔を上げた。冬哉の視線を追って、肩越しに振り返る。

そこには、影に沈み込むように立つ大きな獣。頭を下げ、背中の毛を逆立てて、いつでも飛び掛かれるように前方に重心をかけて冬哉を睨んでいる。

「清姫」

身体を起こした少女が呼んだ。山犬は動かない。黄色い瞳は冬哉に据えられたままだ。

「心配しないで。俺はダイジョウブだから」

さっきまでとは打って変わった静かな声で話しかけると、巨大な山犬が脚を踏み出した。相変わらず冬哉を睨んだまま、畳に爪の音をさせて歩み寄る。

近くで見ると、思った以上に大きかった。するりと少女に身体を寄せた山犬が、大きな頭を細い肩に乗せ、長い鼻面を艶やかな黒髪に突っ込む。

振り返った少女が太い首に両手を回し、灰色がかった白い毛に顔を埋《うず》めた。

「――守ってくれてありがとう。もう行っていいよ」

少女が抱き寄せた耳に囁くと、それに頷くように一つ鼻を鳴らして山犬が離れた。

濃厚な獣臭を漂わせながら、横たわる冬哉の脇を通り過ぎる。開いた障子から縁側に出る際、威嚇するように冬哉を一瞥《いちべつ》し、長い尾を揺らして姿を消した。

「……ふう。なんだあのデカブツは。イヌ？　狼？」

「デカブツじゃなくて清姫だ。山犬だけど、狼の血も入ってるかも」

犬の消えた先を見ながら少女が返した。

「随分と迫力のある番犬だな」

「番犬じゃない。俺のトモダチ。アンタに気がついたのは清姫だ」

「そうか、じゃあ清姫サンには礼を言っといてくれ。俺は冬哉。青江冬哉」

「……うん」

少女が冬哉を見ずに頷く。うん？　遅ればせながらの自己紹介に返すには、おかしな返事だ。

「あんたは？」

「――――スイ」

暫《しばら》く躊躇った後、視線を外に向けたままの少女が答えた。

さっきよりも陰った陽が、少女の細い身体をオレンジ色に染めている。小さく口を開け、力の抜けた横顔を見せて、少女は放心したように座り込んでいた。

冬哉はその姿をぼんやりと見上げている。

脳が機能していない自覚があった。目覚める前後の情報が多過ぎ、そして異質過ぎる。加えて熱はまだ高い。身体が衰弱しきっている。どんなに無視しようとしても、凄まじい痛みが全身を灼いている。絶え間ない痛みと記憶の混乱、少しでも気を抜くと薄れてゆく意識。

徐々に濃くなる夕陽に身体の輪郭を溶け込ませて座る少女の姿が、まるで異界に紛れ込んだような非現実感と重なって、夢と現実の境を曖昧にしていた。

聞きたいことは山ほどあるが、今は無理だ。冬哉はあっさりと現実を把握することを諦めた。焦っても無駄だ。せめて、もう少しまともに考えることが出来るまでこのままでいよう。

そう決めて、冬哉は初めてきちんと少女を見た。

改めて見ると、スイと名乗った少女は鄙《ひな》には稀《まれ》な品のある顔立ちをしていた。乱れてはいるが、長く艶やかな漆黒の黒髪。盛大に泣いた所為《せい》で潤んだままの瞳はくっきりとした切れ長だ。膝を崩し、足を投げ出したしどけない姿勢。涙の跡が幾筋もついたなめらかな頰《ほほ》。

今まで気づかなかったが、少し吊り気味の目尻に小さな泣きボクロがあった。そのホクロが整った造形を少し崩していて、猫を思わせるキツめの顔立ちをやわらかくしている。

近くで見ると、スイは思ったよりタッパがあった。細いのは確かだが、肩も張っているし衣服から覗く手足もしっかりしている。骨格の割に肉付きが悪いのか、胸は薄くて膨らみがなく、長い首も骨張って――――……、おや？

「……おまえ……」

「――っ、なっ、なに!?」

呼びかけられて我に返ったらしい。ひくんと肩を揺らしたスイが、声を上擦らせて冬哉を見た。

「おまえ、男――か？」

すんなりした首のラインを僅かに待ち上げている喉仏。それをまじまじと見つめて、冬哉が思わず口にした。

「――――っ!!」

ぴょんと飛び上がったスイが、目を吊り上げて冬哉を睨んだ。

「ナニ驚いてんだ!?　男だよ！　俺は生まれたときからずっーと男だ!!」

髪を乱し、拳を握って力説する。

「その証拠に、サオもあるしタマもあるぜ！　待ってろ！　今見せるから!!」

「――いや、遠慮する」

片膝を立てて野良着の紐《ひも》に手を掛《か》けたスイを、冬哉が重い腕を上げて制した。

「今は野郎の股《また》グラを鑑賞する気分じゃないんだ。――悪いが、少し休ませてくれ」

「あ……っ、ごめっ……っ!!」

苦笑を浮かべた冬哉の顔色の悪さに気づいたスイが、慌てて薬盆に手を伸ばした。

「薬、痛み止めと熱冷まし。飲める？」

「……ああ」

冬哉が頷くと、にじり寄ったスイが背中に腕を回して湯呑みを口元に寄せてきた。

やはり男、だな。喉に絡む苦味とエグ味を飲み下しながら、冬哉は自分を支える細い腕を見た。

自慢ではないが、冬哉は筋肉質で図抜けた体格をしている。脱力しきった大きくて重い身体を片手で支え、湯呑みを傾けて少しずつ薬を流し込むスイは、大人より力があるかもしれない。

「何か食べられそう？　お粥《かゆ》と汁物があるけど」

薬を飲み終えた冬哉をそっと寝かせ、スイが覗き込んできた。

「……いや、今はいい……」

首を振って目を閉じる。目覚めてからの一連のやりとりで疲れ切っていた。

「判った。じゃあ、少し休んでからにするね」

囁いたスイが立ち上がる気配。

「――待て。一つだけ」

スイを呼び止め、冬哉が微かに目を開いた。

「ここは、どこだ？」

「え――……？」

それを聞かれるとは思っていなかったのだろう。きょとんと目を見張ったスイが、次の瞬間、不思議な笑みを浮かべた。

子供なのに大人、少年なのに少女。あどけなさと妖艶さが入り混じったその顔は、目元の泣きボクロと相俟《あいま》って、微笑んでいるのに泣き顔に見えた。

「中之社」

しかしそれは一瞬で、スイはすぐに背中を向けた。盆を持って立ち上がる。

「神域だよ」

短く付け足すと、そのまま部屋を出て行った。


五頭竜《ごずりゅう》山中之社《さんなかのやしろ》。不入《いらず》の山《やま》の、結界の中。

やはりそうか。ということは、俺は目的地に辿り着いたワケだ。

散々物騒な話を聞かされていたし、事実半死半生だが、すぐに殺されることはなさそうだ。

判らないことが多過ぎるし、この先事態がどう転がるか全く読めない。動くことも出来ない今の状況では、自分の生殺与奪はあの妙な少年に握られている。

だが、冬哉は自分でどうにもならないことをくよくよ思い惑う性格ではなかった。

取りあえず、今は生き延びることに専念しよう。腹を決めて、目を閉じる。

疲労と薬の作用で、睡魔が急速に襲ってきた。眠ればこの激痛から解放される。

冬哉はほっと息を吐いて、痛みに強張る身体から力を抜いた。

――そういえば、山には御蔵悟堂翁《おう》と孫娘しかいないと言ってなかったか……？

五頭竜山に入山が許されるのは、御蔵家のお二人だけです。護主様と護主様の孫娘のミドリ様が五頭竜様にお仕えしています。宿の主人がそう言っていた。

――ならば、あの少年、スイはいったい……………、ぼんやり不思議に思ったが、冬哉の思考はそこで途切れた。

「罠に掛かってから今日まで、五日経ってる」

時間の感覚が曖昧な冬哉の問いかけに、スイが応えた。

山犬の清姫が鈴の音に気づき、スイに教えたとき、彼はもう一つの罠を調べにかなり離れた場所にいたという。辿り着いたときには、手足を罠に咬まれた冬哉が血の海に横たわっていた。

意識のない冬哉を中之社に運び込んだ後、最初に意識を取り戻すまでに三日、一度目覚め、簡単な会話を交わした後も、半昏睡状態が二日ほど続いたと教えてくれた。

その間、スイは半ば眠ったままの冬哉に薬を飲ませ、傷口を消毒して包帯を替え続けたという。

「俺の足、どうなってる？」

熱が下がり、意識がはっきりして、ようやく半身を起こすことが出来た冬哉が自分の足を見おろした。包帯が巻かれ、両側から木で固定された足は、痛み以外の感覚を伝えてこない。

「腱が切れてる、と思う。骨も。でも足はちゃんと繋がってた。アンタ、ホントに硬いよなぁ」

「そりゃどうも」

妙な感心をするスイに肩を竦め、冬哉は彼が手にした椀《わん》から顔を逸らした。中には血の塊《かたまり》にしか見えないモノが山盛りにされている。

「とにかく血塗《ちまみ》れでさ。罠を外すとき、足が取れるんじゃないかと思ってスッゲェビビった」

物騒なことをさらりと言って、スイが顔を背《そむ》ける冬哉の口に無理矢理木の匙《さじ》を突っ込んだ。

「ぐぇ……」

涙目でえずくと、庭先に寝そべった清姫が組んだ前脚から顔を上げた。黄色い瞳が警戒心も露《あらわ》に冬哉を見ている。

緊張感を漂わせる一人と一匹に構わず、スイが冬哉の口にもう一匙押し込んだ。

「アレを見たとき、血の気が引いたよ。俺もう死ぬかと思った。ってか、アンタの方がずっと死にそうだったし血の気がなかったんだけどさ」

スイはまるでそれが冬哉の罪のように、膨れっ面で彼を睨んだ。

「とにかく血を流し過ぎてた。下半分は血で真っ赤、上半分は失血で真っ白でさ。なんつーか、紅白模様？　あれが血じゃなかったら、結構めでたい感じだったぜ」

「笑えない冗談だな」

「いや、冗談じゃなくてマジで真っ赤で真っ白だった。アンタ、デカいから血も多いんだな。あんだけ血を失ったら、普通は死んでるぜ。ってか、なんで死んでないんだ？　……ほら次」

「う……」

ぐっと口を結んで、冬哉が突き出された匙から顔を背ける。

「食えってば。血が足りねーときは、コレが一番手っ取り早いんだ」

「だからって、ナマの臓物《ぞうもつ》ってのは――――っぶっ」

「四の五の言わない！　こんな新鮮な熊の生き肝《ぎも》、滅多に手に入らねーんだぜ。有り難く思えよ」

眉を吊り上げたスイが、匙に乗った赤い肉塊を問答無用で突っ込んだ。

「新鮮も新鮮。死にたてのピッチピチ。さっきまで湯気が立ってたんだぜ」

「……それを聞いて、食欲が出ると思うか？」

げんなりと返す冬哉の口に、また匙が突っ込まれる。

彼が無理矢理食べさせられているのは熊の肝臓だ。

昨日、別に仕掛けておいたもう一つの罠に掛かったとスイが言った。冬哉を殺しかけた強力な罠は、この熊を狙ったものだった。

事の発端は、別の山で狩り損ねた熊が、五頭竜山に逃げ込んだという報せだった。見たこともないような大きな熊で、撃った弾は急所を外れて猟師が襲われた。

手負いの熊は狂暴になる。里に下りればどんな被害が出るか判らない。だが、禁足の山である五頭竜山に猟師は入れない。そこで罠を仕掛けたとスイが言った。

「あ、そうだ。清姫、勝手口に骨付き肉を置いたから食べておいで。俺は大丈夫だから」

まるで人に話しかけるように告げると、その言葉を理解したのか、大きな山犬がのそりと立ち上がって姿を消した。その後ろ姿を見送ったスイが話を続ける。

「でさ、六尺を越える大熊だっていうから、俺、結構考えたんだぜ。獣道を選んで、最初の罠が爆《は》ぜたら次に熊が動く場所に別の罠を仕掛けて、最後に括り罠で手か首を狙ったんだ。熊ってのは頭がイイから、他の獣が罠に掛かった場所には近寄らない。だから熊限定の、一撃必殺の特別製だった」

ため息をついたスイが、熊の肝を必死で飲み下す冬哉を上目遣いに見る。

「なのに、アンタが掛かるんだもんなぁ。あの罠は、ある程度の重量がないと作動しないから、小物は掛からない。鹿や猪なら最初の罠に掛かって終わりだ。あの仕掛けは、熊の膂力《りょりょく》と跳躍力に合わせた特別な罠だったんだぜ」

「だから謝っただ――っ、うぇ」

「違う」

容赦なく突っ込まれるナマの肝臓とスイの文句の両方に顔を顰《しか》めた冬哉に首を振る。

「アンタってスゲエなって言ってるんだ。アンタの運動神経と反射神経は野性の熊と同じで、ニンゲンなら絶対助からないはずの罠に掛かっても生きてた。――普通じゃないよ」

「それ、誉《ほ》めてんのか貶《けな》してんのかどっちだ？」

片眉を上げた冬哉にスイが俯《うつむ》いた。適当に結んだ髪がほつれて、スイの表情を隠す。

「どっちでもない。ただ、生きてくれてありがとうって言いたかった。それから………ごめん」

空になった椀を置いて、スイがぺこんと頭を下げた。

「ホントは最初に言わなきゃならなかったんだよな。なのに俺、逆ギレして怒って喚いて。……こんな酷《ひど》い怪我をさせて――ごめんなさい」

悄気《しょげ》てしまったスイに冬哉が苦笑する。

「まったくだ、と言いたいところだが、非は不法侵入した俺にある――」

「だよな！」

ぴょこんと顔を上げたスイが、食い気味に叫んだ。

「下之社から上は神域だから、無断で入ってきたヤツは殺されても文句は言えないんだ！　侵入者は死なない程度に痛めつけて結界の外に転がしとけって言われてんだぜ！　俺に感謝しろよな!!」

さっきの殊勝な謝罪はどこへやら、きらきらと目を輝かせたスイが踏ん反り返った。

「だったら、なんでそうしなかった？」

「え……？」

見つめる冬哉からスイが視線を逸らす。

「だ、だって、すぐに手当てしないと死にそうだったから……」

「侵入者は殺されても文句を言えないんだろう？　あのまま転がしとけば、俺は確実に死んでたぜ」

「死なせるワケにはいかないだろ！　だってアンタは……っ!!」

「その訳とやらを教えてくれ」

スイを見つめて、冬哉が返した。

「色々あり過ぎて頭がぐちゃぐちゃだ。そろそろ聞いてもいいだろう。何故俺を助けた？」

逃げ場を探すように一瞬腰を浮かせたスイが、くっと息を詰めて座り直した。背後の文机の下に手を突っ込んで、ズック製の鞄を引きずり出す。

「――これ、アンタの、だろ……？」

「ああ。……成程、御蔵さんの手紙か」

「護主様と呼べ！」

「俺には名前で呼んでくれと言ったぜ」

目を吊り上げるスイに返して、冬哉が鞄から古風な封書を取り出した。なくしたと思っていた鞄の中には、身分証明のつもりで持ってきた御蔵悟堂の手紙があり、その中に冬哉の訪問を了承する旨が書かれていた。その手紙をひらひらと振る。

「俺は、この手紙で命拾いしたわけだ。俺が御蔵さんに呼ばれたのが判って、慌ててここに運び込んで治療してくれたってことか」

「――うん。……ごめん」

「で、その護主様はどこだ？　指定された日時に下之社へ行ったが姿を現さなかった。それから三日間通ったが、宿で会ったきり音沙汰がない。どういうことだ？」

「それを聞きたいのは俺のほうだ！」

説明を求める冬哉に返ったのは、思いがけない言葉だった。

「護主様が一度里に下りたのは知ってる！　戻ってきてから難しい顔で考え込んでたのも知ってる！　次の日、少し出て来ると言ってそれっきりなんだ！　アンタからそれを聞けると思ってた！」

スイが必死の形相で冬哉を見つめる。

「護主様はどこ!?」

「俺が御蔵さんに会ったのは、村の宿屋が最初で最後だ。本当に何も聞いてないのか？」

「――なにも。俺は、護主様がアンタと会ったことさえ知らなかった……」

力なく首を振ったスイが、目に涙を浮かべて唇を噛んだ。

「そもそもおまえは何者だ？」

長い話になりそうだ。冬哉は怪我をしていない足を慎重に引き寄せ、片膝を立てて抱え込んだ。

「村にいる間に色々と聞いて回ったが、山には御蔵翁《みくらおう》と孫娘の巫女《みこ》しかいないと誰もが口を揃《そろ》えた」

咎《とが》めたつもりはなかったのだが、スイはその言葉にきゅっと身体を縮めてしまった。

「それは……っ、ちょっと、スゴく、難しいってゆーか……、ややこしくて……」

「ややこしいのは今更だ。判らないことが多過ぎるって言ってるだろ。さっさと話せ」

「――――俺は、数に入ってない……」

野良着の裾を握り締め、しばらく言い淀《よど》んでいたスイが、躊躇いながら話し始めた。

「本来、五頭竜山には御蔵家の御血筋の人間しか入れない。俺は御蔵家に拾われた孤児で、本当ならここにいる資格はない。だけどミドリ様が……、あ、ミドリ様ってのがここで巫女として五頭竜様に仕えてるはずの御蔵家の人なんだけど、ミドリ様は御本家の一人娘で……」

「ミドリという名の巫女は、御蔵さんの孫娘だと聞いたぜ」

「理由は判らないけど、なんかそういうコトになってるらしいね。でも、本当のミドリ様は御本家の人間だよ」

「で、大事な一人娘を、年寄りと一緒にこんな山の中に置けないって？」

よほど言いにくいのか、どんどん小さくなるスイの言葉を補足する。

「……うん。それもある、と思う。子供の頃は病弱だったっていうし。あと、スゴく不器用で神楽が舞えないのと、気が強くてワガママなのと、勉強がしたいから学校に行くって言い張ったのと……」

「我侭なじゃじゃ馬娘ね。嫌いじゃないな。で、おまえはその代わりか？」

「うんまあ……。俺は上手《うま》く神楽を舞えるし、淑《しと》やかな立ち居振る舞いを徹底的に仕込まれたから、ミドリ様よりよっぽど巫女っぽいんだ。あと、山仕事も得意だし器用だし早いし丁寧だし」

「さらっと自分を誉めたな。まあ、あの罠は見事だったよ。掛かった俺が保障する」

「えへへ……、ありがと」

上目遣いに冬哉を見上げたスイが、彼が怒っていないのを確かめてから、照れ臭そうに笑った。

「その長髪が孫娘のフリなのは判った。にしても、そろそろ誤魔化せなくなるだろう？　俺はすぐに気づいたぜ。今はギリ大丈夫だが、これから身体付きも声もどんどん変わるぞ」

「神楽を舞うときは御簾《みす》越しだし、里の人と話すのは護主様だ。季節ごとの節分の奉祀には御本家からミドリ様が来て、巫女として里の人間と会うから、もう少しイケるよ」

余計なお世話だと思いながら聞いた言葉に、視線を逸らしたスイが早口で答える。

「――おまえ、いくつだ？」

身代わりの件を言われるのを嫌がっているのに気づいて、冬哉が話題を変えた。

「え？　……たぶん十五から十八のどこかだと思うけど……」

露骨にほっとした顔をしたスイが言った。

「自分の歳《とし》を知らないのか？」

「うん。小さい頃にここに来て、それからずっと護主様と暮らしてるから」

「学校はどうした？　義務教育が制定されたのは明治《めいじ》時代だぞ」

「大丈夫。護主様が全部教えてくれるから。俺、読み書きも算盤《そろばん》も得意だぜ。三平方の定理も習ったし、帳簿もつけられる。医学書を読むのに必要だからって、最近独逸《ドイツ》語を勉強し始めたトコ」

つらつらと出てくる思いがけない言葉に、冬哉がぽかんと口を開けた。

「おいおい、ピタゴラスの定理は初等幾何学だぞ。それに帳簿？　独逸語だって？　なんだそりゃ」

「裁縫も得意だぜ。あんたの着てる浴衣は俺が縫った」

胸を張るスイに、冬哉が脱力する。

「――おまえ、デタラメだなぁ。それ全部御蔵さんが？」

「うん。何か変？」

長い髪を肩に流して、スイがこてんと小首を傾げた。

「変って言えばゼンブ変だな。おまえにとって、御蔵さんは何なんだ？」

「俺にとって？」

「ああ。血縁ではないんだろ？　だったら師匠？　雇い主？」

今まで考えたこともなかったのだろう。スイが眉を寄せて首を捻る。

「――全部、かな」

「師匠兼雇い主ってことか？」

「違う。俺の全てってコト。――うん、だから全部」

口にして初めて正解だと判ったという顔で、スイが晴れ晴れと笑った。

「俺には護主様しかいないから。物心ついてから今まで、ずっと護主様と暮らしてきた。里の人間にとって俺は巫女のミドリ様で、スイなんて奴《やつ》はいない。俺の名を呼んでくれるのも、俺に話しかけてくれるのも、護主様だけなんだ。あ、あとミドリ様も」

あっけらかんと言ったスイが、冬哉を珍しい動物を眺める目で見た。

「そういえば、護主様とミドリ様以外のニンゲンとまともに喋ったのは、アンタが初めてだ」

「――……」

いびつだ。歪んでいる。

冬哉はスイの話に声を失った。自分は物に動じない人間だと思っていたし、『普通』や『常識』から外れたモノを随分と見聞きしてきたが、スイの有り様はそれを越えていた。

他人と関わらずに山で暮らし、自分の歳も知らずに、少女の代わりに偽りの巫女を務めて、外の人間にはいないことになっている、一人の人間として認識されない存在。

スイは、人間扱いされていない。

「――五頭竜様ってのは、そこまでして祀らなきゃならないのか……?」

「当たり前だろ。神様だぜ」

「俺にはただの昔話だ。桃太郎やサルカニ合戦と変わらない。ああ、竜は蛇っぽいから三輪山《みわやま》伝説か」

何の疑問も持たないスイに苛立《いらだ》って、つい口調がキツくなった。

「な……っ！　なんてことを言うんだ！　五頭竜様に失礼だぞ!!」

「――悪い。ちょっとムカついたんでね」

らしくもない義憤に苦く笑って、冬哉が無理矢理気持ちを切り替える。

「取りあえず、今は問題を片付けよう。御蔵さんのことだ」

その名を聞いた途端、スイがきゅっと身を縮めた。

「この山のどこかにいると思うか？」

「……判らない。けど俺、アンタの看病してる以外はずっと清姫と一緒に護主様を探してたんだ。もし怪我をして動けないならとっくに見つけてる」

「だったら里か？　御蔵さんがいないことを伝えて、探してもらえないのか？」

「伝えるって滝守村に？　俺には無理だよ！　だって俺は――」

「いない人間だってんだろ？　だったら俺が行く。悪いが下之社まで運んで――」

「もっと無理！　あんた、勝手に山に入ったのがバレたらマジで殺されるよ!!」

スイが冬哉の言葉を遮った。

「捕まった密猟者が半殺しにされるのを何度も見たんだ！　今のアンタはすでに半殺しみたいなもんだから、捕まれば全殺しだ！　せっかく助けたのに無駄になるなんて、俺、ヤだよ!!」

スイの恐怖は本物だった。冬哉も、他の侵入を拒む異様な注連縄と世話役の目つきを覚えている。

「山にはいない、里には言えないとなればどうすりゃいい？　待つしかないのか？」

「……護主様は『少し出てくる』って言って、しばらく戻らないことがあるんだ……」

「しばらくってのはどのくらいだ？」

「短いと三日、長いときは一ヵ月以上。今回もそれかなって思ってたんだけど、突然アンタが現れて、心配になっちゃったんだ。だから、変に騒ぐと御迷惑になるかも……」

「御蔵さんは、どこで何をしてるか言わないのか？」

「護主様は、俺にいちいち説明なんかしない。俺は護主様に指図されたことをするだけだ」

またた。躊躇いのない即答。御蔵翁は、こんな偏《かたよ》った環境でスイと暮らしていたのか？

「――少し話した限りでは、頑固だが理性的な人格者って感じだったんだがな……」

冬哉が眉を寄せて考え込む。得体の知れない山。憑《つ》かれた目をした村人達。いないことになっている少年。姿を消した神主。祀られ、護られ、畏れられる神。

どれを取ってもまともじゃない。頭の中で警戒音が鳴っている。産毛《うぶげ》が逆立つような、背中が騒《ざわ》つくような感覚が、これ以上関わるなと告げている。

もともと左京の要請を断れずに嫌々来た地だ。五頭竜伝説に興味はない。唯一の気掛かりは異様な境遇の少年だが、自分が口を出せる問題ではない。何か出来るとしたら左京だが、そのためにも一刻も早くここを立ち去って彼に報告するべきだ。しかし――……。

「おーい、アンタ、聞いてる？」

黙ってしまった冬哉の前で、スイがひらひらと手を振った。

「アンタじゃない、冬哉だ。青江冬哉」

「へ？」

「俺はおまえをスイと呼ぶ。おまえは俺を冬哉と呼ぶんだ」

「青江さん、じゃなくて？」

「その名は人から押しつけられたものだ。冬哉がいい」

「じゃあ、冬哉……さん？」

「ああ、スイ」

「冬哉さん。冬哉さん、かぁ……。へへ、なんか変なカンジ……」

何度か冬哉の名を繰り返して、スイがくすぐったそうに笑った。目元の泣きボクロが笑顔を妙に寂しげに見せる。その表情が、迷っていた冬哉に腹を決めさせた。

「――俺もここで御蔵さんを待つ」

冬哉がぐっと顎を引いた。

「どうせ当分の間動けない。骨が折れてて腱が切れてるとなれば、まともに歩けるまでに時間もかかるだろう。スイに全部任せることになるが、いいか？」

「え……？　俺は最初からそのつもりだったけど……」

「じゃあ決まりだな。スイ、悪いが世話になる」

「うん！」

「とにかく傷を治すのが先決だな。同時に体力を戻さないと」

「それは任せて！　残りの肝もちゃんと塩漬けにしてあるから！」

力強く宣言したスイにげんなりと肩を落とした冬哉が、ほんの少し口調を変える。

「――それに、色々と聞きたいこともある」

「……俺に判る……ううん、言えること……なら……」

くっと言葉を詰まらせたスイが、身体を引きながら半端に頷く。

「今はそれでいい。――あと、差し迫った問題が一つあるんだが」

「えっ!?　な……っ、なに!?」

深刻な顔で身を乗り出した冬哉に、スイがさっと警戒心を漲《みなぎ》らせた。

「厠《かわや》に連れて行ってくれ」

「――――は？」

「意識がなかったときのことは諦める。だが、目が覚めたらそうはいかない」

「…………」

「小便がしたい。今すぐ。手を貸してくれ。ダメなら這ってでも行く」

「…………」

「襁褓《むつき》（おむつ）に漏らすのは絶対に嫌だ。俺の男としての股間、いや、沽券《こけん》に関わる」

「っぷっ!!」

冬哉の切羽詰まった顔を無言で見上げていたスイが、ついに吹き出した。

「あはっ、あはは！　あはははっ!!」

「笑い事じゃない！　こっちはさっきからずっと我慢して……っ!!」

「だ……っ、だって、深刻な顔でナニを言い出すかとおも、思ったら……っ、あはははは！」

身体を二つに折り、畳を叩いてスイが笑う。

「くそっ！　勝手に笑ってろ！」

舌打ちをした冬哉が上掛けを跳ね上げた。

「クソ!?　小便なのにクソ!?　あはははっ！」

「幼稚な下ネタに爆笑してんじゃねえよ、くそガキ！」

「ま……っ、またクソって言……っ!!　あはっ！　あはははっ！」

文句を言いながら苦労して身体を半転させ、添え木と包帯で固定された足を引きずって、冬哉が本当に這い始める。

「ま……っ、待って！　肩を貸すから！　っふふっ」

膝でにじり寄ったスイが、冬哉の腕を自分の肩に回した。

「腹に力が入ると結構ヤバい。ゆっくりと、でも急いでくれ」

「了解。ふふふっ」

並んでみると、スイは冬哉の肩までしかなかった。それでも思いがけない力で大柄な冬哉を支えて立ち上がる。

「それと、厠はこっちじゃない」

「……っ、早く言え！」

――こうして、二人の奇妙な共同生活が始まった。


「おはよ！　朝メシだぞ！」

騒々しい掛け声と同時に、勢い良く障子戸が開かれた。行儀悪く足で雪見障子を蹴り開けたスイが、枕元に盆を置いて覗き込んでくる。

「冬哉さん、起きてる？　ってか起きろ！」

「……まだ薄暗いぞ……」

薄目を開けた冬哉が、顔に落ちかかる長い髪をうるさそうに払った。

「俺は忙しいんだよ！　文句を言わずにさっさと起きる！」

言うなり、身軽に立ち上がったスイが冬哉の布団の腰のあたりに文机をどんと置いた。

「あのデカブツはいないのか？」

もそもそと起き上がった冬哉が、伸び上がって開け放たれた障子の向こうを見る。

「ちゃんと清姫と呼べって。今朝は来てないな。たぶん仲間と一緒にいるんだと思う」

文机の上にせかせかと食事を並べながらスイが応えた。

「清姫ってのはアレだろ？　娘道成寺《むすめどうじょうじ》。安珍《あんちん》に懸想《けそう》した清姫が、逃げる安珍を追い掛けて、最後は蛇に変じて焼き殺すってヤツ。凄い名前をつけたもんだな」

「強そうだろ？　護主様に名前を付けていいって言われて、一生懸命考えたんだ」

「清姫は強い女っていうより、怖い女だろ。強い女なら他にもいっぱいいるぜ」

「でも俺は清姫がいい。強くて一途《いちず》で一生懸命で可愛《かわい》いじゃん」

話しながら身軽に立ち上がり、湯気の立つ鉄瓶を持って戻って来たスイが、デカい湯呑みになみなみと薬湯を注いだ。そのどす黒い色合と煎じ薬独特の匂いに、冬哉が顔を顰める。

「清姫を可愛いと言う奴は珍しいぜ。で、その清姫様の他にも山犬がいるのか」

「ここには山犬の群があるんだ。清姫は客分って感じで、ここと そっちを行ったり来たりしてる」

「飼ってるんじゃないのか？」

「だから友達だって言ってるだろ」

「ふ〜ん」

気のない返事をした冬哉が、欠伸を噛み殺して髪をかき上げるのに、スイが眉を寄せた。

「昨日も眠れなかったの？　クセになるからお勧めはしないけど、やっぱり薬を飲む？」

「いや、いい」

冬哉が首を振った。スイの使う痛み止めに阿片《あへん》が入っているのに気づいて、冬哉はすぐに薬を断った。病院でも医薬品として処方されているのは知っているが、その習慣性も知っている。

「痛みは我慢できる。ただ、寝返りが打てないのがキツいな。眠りが浅いし何度も目が覚める」

ため息をついた冬哉が包帯でぐるぐる巻きにされ、添え木で固定された足首を恨めしそうに見た。

「う〜ん。こればっかりは我慢してもらわないと」

「判ってる。ただのグチだ」

困ったように笑うスイに肩を竦め、冬哉は目の前に置かれた雑炊の椀に手を伸ばした。

「おまえ、治療も薬の処方も随分と手慣れてるな。医学の心得があるのか？」

「心得ってゆーか、護主様のお手伝いをしてるから」

雑炊を食べ始めた冬哉に、足元に回ったスイが答える。

「護主様は以前お医者様だったんだって。専門が外科？　とかいうので、里のニンゲンは怪我人が出ると狼煙《のろし》を上げて護主様を呼ぶんだ。下之社で治療するんだけど、ひどい怪我だと助手が要《い》るから、俺がお手伝いするんだ」

誇らしげに言いながらギプスを外す。

「どうやって手伝う？　里のニンゲンにはおまえはいないことになってるんだろ？」

「うん。だから孫のミドリ様としてだよ。護主様は俺をミドリと呼ぶし、顔は白布で殆んど覆《おお》うから見えない。だからダイジョウブ」

「大丈夫っておまえ……」

そこまでスイを隠すのか。椀から顔を上げた冬哉が、呆れと苛立ちの混じった目でスイを見る。

スイはそんな冬哉の眼差しに気づかない。顔も上げずに丁寧に包帯を巻き取っている。

「──あれだけザックリいってた傷口に、もう肉が盛り上がってる……」

包帯を取り、薬を塗るために傷口を覗き込んだスイが息を吐いた。

「スゴい回復力。野生の獣だってこうはいかないぜ。信じらんねーよ、バケモノじみてる」

「頑丈なのが取り柄だ、メシさえ食えればなんとかなる。それに、優秀な看護人兼料理人もいるしな」

誉められて照れるスイを横目に、冬哉は傷口に触れる指に眉を顰《ひそ》めつつ雑炊を掻き込む。

昨夜の猪鍋《ししなべ》にネギと青菜を足して卵を落とした雑炊に漬物。香り高い焙《ほう》じ茶。

熊の生き肝には閉口したが、スイが提供する食事は彩りも量も豊かだった。人の往来《おうらい》のない山奥なことを考えると、贅沢《ぜいたく》といっていいくらいだ。

「銃はないと言ったな。獣はどうやって獲る？」

「兎《うさぎ》や雉は弓矢で、猪や鹿は罠で。狩りは得意なんだ」

「一昨日《おととい》の夕餉《ゆうげ》の鮎《あゆ》は？」

「俺が釣った」

決まってるだろという顔でスイが答える。

「その雑炊に入ってる青菜もネギも俺。少し離れた場所に畑があって、鶏《にわとり》も飼ってる」

「鶏？　時の声を聞いたことがないぞ。雌鶏《めんどり》だけなのか？」

「それじゃ親が死んだら終わりじゃん。ちゃんと雄鶏《おんどり》もいるよ。喉を潰してあるから鳴けないだけ」

「潰す？　雄鶏の喉を？」

「うん。五頭竜様はヒトがお嫌いなんだ。銃も鶏もヒトの音がするだろ？　だからダメ。どっちもヒト臭くてうるさいから」

スイは当たり前のことを説明する口調で言った。

またか。冬哉は雑炊と共に何度目かの違和感を噛み締める。

人の気配を嫌う神。言い伝えとしてよくある話だ。実際、左京の使いで行った先でも何度か聞かされた。だが、ここまで徹底していた所は今までない。

「五頭竜様は生きている、か……」

「なに？　なんか言った？」

思わず零した独り言に、足首に包帯を巻いていたスイが顔を上げた。

「米はどうしてるって聞いたんだよ。さすがに田圃《たんぼ》は無理だろ？　里からか？」

とことんリアリストの冬哉は、胡散臭《うさんくさ》さしかない五頭竜伝説より目先の疑問を優先させた。

「里からのもあるけど、殆どは御本家から来てるよ。他にも味噌《みそ》や醤油《しょうゆ》や酒だろ、油に塩に砂糖とお茶、あと布や衣類とか護主様が依頼した薬とか本とか色々」

「ああ、節分ごとに本家からミドリとかいう娘が来るんだったな。そのときに？」

様をつけろ。包帯を手に持ったスイが、上目遣いに睨みながら頷く。

「ミドリ様が節分の御奉祀に来るとき、お伴が荷馬車を引いて持ってくるんだ。それでも何か足りなくなれば、護主様が調達してきてくださるし。だから困ったことはないな」

「……ないのは人としての扱いだけか……」

苦々しく呟いた冬哉の言葉を、スイは聞いていなかった。添え木を持った手を止め、視線を宙に漂わせている。

「スイ、どうした？」

「あ……、うん」

呼ばれて我に返ったスイがまた手を動かし始めた。足首に添え木を当て、幅広の包帯を幾重にも巻いて手際よく固定する。

「――ひょっとしたら、護主様は御本家に行ってらっしゃるのかなって。だったら夏の節分にはお戻りになるだろうけど、お帰りになるのはまだ先になるなあって………」

スイは肩を落とし、細い声で呟いた。

けたたましいお喋りをやめて目を伏せると、スイの顔は一気に寂しげになる。

俯く顔に結び残した長い髪が落ちかかり、なめらかな頬に睫毛の影がさすと、何も見ていない目と微かに寄せられた細い眉が目元の泣きボクロと相俟って、スイをひどく頼りなく見せる。

「うるさい年寄りがいないんだ、少しは喜べよ。多少羽目を外しても黙っててやるから」

俯くスイの顔を上げさせたくて、冬哉が殊更軽く言う。狙い通り顔を上げたスイが、悪戯っぽく唇を吊り上げる冬哉を睨んだ。

「ハメを外してるヒマなんかねーよ。俺は忙しいんだ。ただでさえこの時期は山や畑の外仕事が多いってのにあんたの世話もあるし、祭礼の準備も整えなくちゃならないしでさ。それに来週は……っ、あれ？　あ？　あっ!?　あぁっ！　あぁぁぁぁぁ――っ!!」

バリエーション豊かに『あ』を連発したスイが、ぴょんと飛び上がって両手で頭を抱えた。

「朔《さく》の祓《はらえ》っ！」

「サクノハラエ？　なんだそれは」

棒立ちになって叫ぶスイを、冬哉が怪訝そうに見上げる。

「うわっ！　忘れてた……っ!!　いや、忘れてたワケじゃないけどっ！　ちょっと頭の隅に移動してたってゆーか、突然の侵入者が瀕死《ひんし》すぎていっぱいいっぱいだったとゆーか！　ってか朔っていつだよ!?　三日後か!?　マジ!?　あと三日!?　どーすんだよ俺!!」

「スイ、おいスイ」

「護主様がいなくて！　代わりにデッカイ不審者がいて！　そんなん知られたらヤバ過ぎだろ!!　あ

れ？　となると誰が世話役や祓人《はらえびと》と話すんだ!?　俺っ!?　俺か!?」

「スイ、ちょっと落ち着け。おい」

「無理無理無理無理無理絶対無理！　ダメ！　出来ない！　ヤダヤダヤダヤダヤダヤダ!!」

「スイ！」

長い髪を滅茶苦茶に掻き回しながらうろうろと歩き回り、声を上擦らせて叫び続けるスイを、冬哉が腹に力を込めて呼んだ。

「――――っ」

ひくんと肩を揺らして、涙目のスイが冬哉を見る。

「落ち着け。何を言ってるか全然わからん。とにかく座れ」

椀を置いた冬哉が布団の脇を指差すと、スイは糸が切れたようにぺたんと座り込んだ。

「まず、サクノハラエとは何だ？」

「――朔の祓、だよ。毎月、月の始めの日に下之社に村の世話役とかが集まって、五頭竜様に供物を捧げて護主様が祝詞《のりと》を唱えて、巫女が……っ、俺が神楽舞《かぐらまい》を奉じるんだ」

少し落ち着いたのか、すん、と鼻をすすったスイが話し始めた。

「それだけで済めばイイけど、大体いつも世話役が前月に起こった揉《も》め事とその当事者、祓人を連れてきて、護主様に裁定をお願いするんだ。滝守村だけじゃなくて、近隣の村からも来る」

問題が起こった場合、その土地の領主が警察と裁判官を兼ねるのはよくある話だ。

「御蔵さんが出かけてるから、今月の朔の祓はやらないって言えばいいだろ」

「だっ、ダメだよ！　朔の祓を奉じなければ五頭竜様のお怒りに触れる！　絶対ダメ!!」

本気で信じているのだろう。スイの目に浮かぶ恐怖は本物だ。

そんな訳あるか、いつまで迷信を信じている、と言い放ってやりたいが、冬哉も滝守村の空気を知っている。

五頭竜様を頂点に、護主を要《かなめ》にして堅く結びついた閉じた共同体の人間に、余所者が外の常識を持ち出しても無駄なのは肌で感じた。そしてスイは完全にその中に取り込まれている。

「前に御蔵さんは一ヵ月以上ここを空けたことがあると言ったな。その時はどうした？」

「あらかじめ御本家に伝えてあったから、ミドリ様が来て応対した」

「今回そういう連絡は？」

スイが無言で首を振る。

「……朔までにお帰りになればいいけど、もしお戻りにならなかったら……？　俺、朔の祓をやったことは一度もないんだ……っ、どうしよう、どうしよう、どうしよう、どうしよう……っ……」

正座した膝頭を両手で握り締めて、スイが涙声で呟く。

「――おまえ、祝詞は唱えられるか？」

「え？　……うん」

「だったらおまえが祝詞を唱えて神楽を舞え。巫女のミドリ様がいいならおまえだっていいだろ」

「ダメ！　出来ない!!」

がばっと立ち上がったスイが、冬哉の言葉を遮って叫んだ。

「俺には無理だ！　護主様が喉にお怪我をされた時、代わりに俺が祝詞を唱えたことが一度だけあるけど、それは護主様が隣にいたから出来たんだ！　俺一人じゃ絶対に無理！　絶対出来ない!!」

「だったら今月の朔の祓はナシだ」

「それは出来ない！　絶対絶対ダメ!!」

「さっきからアレは駄目コレも無理って、おまえなぁ」

長い髪を乱し、駄々っ子のように地団駄踏むスイを冬哉が苛立ちながら見上げる。

「じゃあどうすんだよ。ここを任されてるのはおまえだろ？　喚《わめ》いてないで考えろよ」

「だっ、だって！　護主様がいなっ、いなくてっ！　俺……っ、ふぇ、ひぐっ、ふぇぇぇぇぇっ」

「あ～あ」

膝から崩れ落ち、本格的に大泣きを始めたスイを持て余して、冬哉がため息をついた。手を伸ばして縺《もつ》れた長い髪をかき上げる。

「泣くな、ガキ。泣いてる場合じゃないだろ。御蔵さんが帰ってくればそれで済むが、そうでない場合も考えておくんだ。その時はおまえ一人でどうにかしないと」

「一人じゃでき、出来ない……っ。俺、里の人と話したことない……から……っ。怖いよぉ……っ」

怖い、怖い、怖い。顔を涙と鼻水でぐしゃぐしゃにしながらスイが繰り返す。

ここまで派手に泣かれると、泣きボクロは存在意義をなくすなあ。半ば呆れながら考えていた冬哉の口から、自分でも思ってもみなかった言葉が漏れた。

「――――俺が傍《そば》にいようか？」

「え………？」

スイが冬哉を見た。見開かれた瞳に涙が盛り上がって頬に零れる。

「俺は脇で寝てるから、おまえは護主様は風邪で声が出ないと言うんだ」

しまったと思ってももう遅い。冬哉は勝手に口から零れた言葉に舌打ちする。

まずいことを言っているのは考えなくとも判る。自分はここにはいないことになっているうえ、禁忌を侵した人間だ。里の人間に見つかればただでは済まない。しかし……。

一つ息を吐いて、冬哉は腹を決めた。

「下之社で御蔵さんを待ったから部屋の造りは知ってる。間にある御簾《みす》は密だったし、里の人間が座る場所とは距離もある。御簾越しなら顔はおぼろげだろうし、布団にもぐってりゃ体格の差も誤魔化せ――――うおっ⁉」

冬哉が思わず声を上げた。突然スイに飛びつかれて勢いよく布団に倒れ込む。

「それ！　それイイっ‼　いいいいいいいいっ‼」

「痛……っ、痛《いて》えって！　おい！　傷に乗るな！　揺するな‼」

「スゴいよ冬哉さん！　あんた悪巧みの天才か⁉　不法侵入だけじゃなくて詐欺も得意なんだね‼」

仰向けに倒れた冬哉に伸《の》しかかったスイが、彼に跨《また》がり、襟元を摑んで締め上げながら叫ぶ。

「………ちっとも誉められてる気がしないんだが……」

「誉めてる！　誉めてるって‼　冬哉さんありがとう！　それなら出来る！　俺、頑張《がんば》るよ‼」

スイは声を弾ませながらきつくしがみつき、猫のように冬哉の胸元に顔をすりつけた。

「判った！　判ったから鼻水をつけるな！　俺の上からどけって！　マジで痛ぇ!!」

「あ……っ！　ごめん!!」

叫んだスイがぴょんと飛びのく。枕元にちょこんと正座して、涙と鼻水で凄いことになっている顔を、野良着の袖で荒っぽく擦《こす》った。

自分の醜態が恥ずかしくなったのか、スイはなかなか顔を上げない。したいようにさせていると、スイは思う存分擦ってすっかり赤くなった顔を上げ、冬哉を見おろしてへにゃりと笑った。

「へへへ……っ……」

擦り過ぎて赤くなった頬、赤い目元、涙と鼻水で汚れ、泣き笑いに崩れた顔に泣きボクロ。

「――おまえ、色々と残念なヤツだな」

「へ？」

目を見張り、きょとんと見つめるスイを見上げて冬哉が肩を竦めた。

「せっかく憂《うれ》いに色がのる顔立ちしてんのに、中身が雑に出来てるってゆーか騒がし過ぎるとゆーか、とにかく顔と性格が合ってない」

「は？　色ってナニ？　そもそも顔も性格も全部俺だぜ。合うも合わないもないだろ」

唇を尖らせ、鼻面に皺を寄せて、膨れっ面で冬哉を睨む。

「……でも、顔とか性格とかのことを言われたの初めてだから、なんかヘンな気分……」

口元を微かに綻ばせて小さく呟き、目を伏せ、視線を落として、笑みの代わりに吐息を一つ。

途端にスイの顔が翳《かげ》りを帯びた。睫毛が頬に影を落とし、形の良い顎とほっそりとした長い首、落ちた肩のラインが彼を実際よりも華奢《きゃしゃ》に見せ、一筋落ちた長い髪が妙な風情を醸《かも》し出す。

「――――そーゆートコだ。統一感ゼロ。バラバラ。出鱈目《でたらめ》過ぎだろ」

「何言ってるかわかんねーけど、ケナされてるのは判るぜ」

最初の顔に戻って頬を膨らませたスイに、冬哉が肩を竦めた。

「貶《けな》してないし誉めてもいない。ただスイがそうだってだけだが、そんなことはどうでもいい。当面の問題は、まともに動けない俺がどうやって村人に見つからずに下之社まで行くかだな」

肘をついて半身を起こし、まだ不服そうなスイを現実に引き戻す。

「それは大丈夫。大きい獲物を仕留めた時みたいに、アンタを茣蓙《ござ》に寝かせて引きずって行くから」

スイが自信たっぷりに胸を張る。その少女めいた細い身体に冬哉が眉を寄せた。

「おまえが俺を？　無理だろ」

「なに言ってるんだ。意識のない冬哉さんをココまで運んだのは俺だぜ」

言われてみればその通りだ。スイが並の男以上の膂力の持ち主なのは何度も見た。

「……まったく。そのほっそい腕に、なんでそんな力があるのかねぇ」

「五頭竜様の御加護だよ」

「あっそ」

躊躇《ちゅうちょ》なく言い切るスイに気のない相槌を打って、冬哉は彼から目を逸らした。

「その五頭竜様だが、どこにいるんだ？」

「決まってるだろ、上之社だ」

「行ったことは？」

「ない。ココと上之社の間に五頭竜様の息吹が漏れてる所があって、そこから先は護主様しか行けないんだ。護主様以外のニンゲンが近寄ると、五頭竜様のお怒りに触れる」

「不入《いらず》の山だってのに、その中にまだ禁足の地があるって？　念が入り過ぎてるな」

ちっと舌打ちをして、冬哉が社のすぐそこまで迫る森を睨む。

「で、ご神体は何だ？」

「ゴシンタイ？」

「神が宿るとされてる物だよ。神社の中心だ。デッカイ木だったり古い鏡だったり石だったり。どれだ？」

「五頭竜様は五頭竜様だ。木や石や鏡なんかじゃない」

躊躇いのない口調に、冬哉の唇が引き攣《つ》れる。

「頭が五つある竜？」

「そうだよ」

「ソレがいるって？」

「そうだよ！」

「見たことある――」

「冬哉さん‼」

どんどん皮肉っぽくなってゆく口調をスイが遮った。

「さっきから何を言ってるの⁉　五頭竜様に失礼だ！」

きつい口調で冬哉を睨み、視線を緩めて眉を寄せる。

「……ねえ、何を怒ってるの？　今の冬哉さん、なんか変だ。外を睨んでないで俺を見てよ」

言われて、冬哉がスイを見た。怒りと当惑を等分に混ぜ込んだ目が、上目遣いに見上げている。

「――悪い。言い過ぎた」

強張っていた肩から力を抜いて、冬哉が髪をかき上げた。

「今のは八つ当りだ。俺は昔から神様ってヤツが大嫌いなんだ」

「五頭竜様を嫌いなの？」

見開かれた目が、信じられないと言っている。

「神様全般が、だ。俺はバチ当たりな不信心者なんだよ。――話が逸れたな、元に戻そう」

そいつは特に嫌いだと言いたいのを怺え、冬哉は肩を竦めて唇を吊り上げた。

「さっきスイが言ったことが引っ掛かるんだが、『五頭竜様の息吹』ってのは何だ？」

「許しのないニンゲンが息吹に触れると命を取られるんだ。だから俺は近づくなって護主様が教えてくださった。近づいたコトないから見たことないけど、鳥や獣も無事では済まないって。五頭竜様はとても気難しいお方なんだ」

「……鳥や獣も、ねえ……」

呟いた冬哉が森を透かし見た。あまりに樹影が深くて、ここから山頂は見えない。

「――滝守村には温泉が出るな」

「らしいね、ここにもあるよ」

「あるのか!?」

あっさり続いた言葉に、冬哉は今までの会話も忘れて身を乗り出した。

「温泉があるならさっさと言えよ！　看病されてる手前言い出せなかったが、身体は汗臭いわ髪はベタつくわあちこち痒《かゆ》いわで、いい加減まいってたんだ!!」

思い出したらたまらなくなって、身体と髪を掻き毟《むし》る。血糊《ちのり》や汚れはスイが拭いてくれたし、目覚めてからは彼が持ってくるお湯と手拭いで毎日身体を清めていたが、それも限界だった。

「う～ん、足の固定も傷の包帯もそのままだけど、俺が手伝えばなんとかなると思う。俺もそろそろかなって思ってた。気の毒だから黙ってたけど、冬哉さん、臭うから」

スイが鼻に皺を寄せる。

「汗と薬と髪の油と血と傷と、他にもなんか酸っぱい臭い。たぶん御簾越しでも臭うから、朔の祓の前に、一度は入ったほうがいいね」

「臭いを詳細に描写すんな。さすがの俺もちょっと傷つくぞ。おまえはもう少し気を使え」

「え～？　これでも気を使って我慢してたんだけどな」

「だったら最後まで使い続けろ。ツメが甘いんだよ」

むっつりと睨むと、スイが立てた膝に頬をつけた。冬哉を見つめ、笑み混じりの息を吐く。

「……いいね、こういうの」

「俺の体臭が？」

「それはない」

きっぱりと言い切って、くふんと笑う。

「こんなふうに人と喋るのがさ。笑ったり怒ったりしたりされたり……うん、いいね」

「――――……」

照れ臭そうに、擽《くすぐ》ったそうに、無防備に笑うスイにかける言葉が見つからなくて、冬哉は握り締めた拳に爪を立てた。

「――なんだ、おまえの語る五頭竜伝説は御蔵さんや里の人間に聞いたのと同じだな」

スイが語るのを縁側に寝そべったまま聞いていた冬哉が肩を竦めた。

「当たり前だろ。俺は護主様から教わったんだから」

庭先に座り込んだスイが、顔も上げずに応える。

「御蔵さんが、御蔵家だけに伝わる五頭竜伝説があるって言ってたんだ。聞いてないか？」

「知らない」

一言で返して、スイが使っていた鉈《なた》を小刀に持ち替えた。

「御蔵家だけに伝わってるモノを俺が知るワケない――清姫、そこにいると木屑《きくず》が飛ぶよ」

スイは自分の向かいに寝そべる山犬に声をかけると、小気味のいい音をさせて木を削り始めた。

彼は今、冬哉の杖《つえ》を作っている。下之社へは自分が連れて行くとスイは言ったが、莫蓙に乗せられて小柄な少年に引っ張られる自分の姿を想像した冬哉が、杖があれば歩けると言い張ったのだ。

事実、彼の傷は塞がりかけている。折れた骨と切れた腱は如何《いかん》ともしがたかったが、社内ならスイに縋りながらなんとか歩けるまでに回復していて、そのあまりの治癒力にスイが首を捻るほどなのだ。

「あんたのガタイを支えるとなると、頑丈に作らないとだな。一本でいい？　二本いる？」

「一本でいい。――なあ、五頭竜伝説はいいから、ここの暮らしぶりを教えてくれ。スイのこともだが、御蔵さんのやっていることが知りたい。一日の流れ、季節ごとの作業、一年でやらなければならないこと、五頭竜様への祭事も詳しく」

「いいけどなんで？」

「ヒマなんだよ」

「ふ～ん。……護主様がしてらっしゃることは判らないことも多いけど、それでいい？」

「スイが知ってる範囲でいい」

「だったら、まず一日の流れか。俺も護主様も日が昇ると起きる。時間は決まってない――」

不思議そうな顔はしたものの、自分の話を聞いてもらうのが嬉《うれ》しいスイが、手を動かしながら話し始めた。組んだ前脚に頭を乗せた清姫は、時折薄目を開けて冬哉を牽制《けんせい》しながらスイの傍らにいる。

冬哉はスイの声を聞きながら、庭先の一人と一匹を眺めていた。

自分でも言っていたが、スイは器用だった。鉈で枝を落とし、握りの部分は残して木肌を剝いで、手際良く杖の形にしてゆく。手早い動きに躊躇いがなく、小刀の扱いも手慣れている。

「――でさ、畑仕事が終われば山仕事だ。護主様は一緒だったり調べ物をなさったり――」

スイが楽しげに続ける。

少し高めの澄んだ声はよどみがなく、人と交わらずに山中で暮らしているとは思えないほど語彙《ごい》も豊富だ。そしてスイは、この地方独特のゆったりと語尾を伸ばす言葉ではなく、御蔵翁同様に訛《なま》りのない標準語を話した。

その歯切れのよい言葉が、逆にスイがどれほど人と関わってこなかったかを教えているようで、彼の屈託のないお喋りを聞いている冬哉は息苦しくなる。

「――あとは洋燈《ランプ》を点けて本を読む。油は惜しむなって言われてるから、眠くなるまで――」

冬哉が声をかけるまでもなく、スイは呆れるほどよく喋った。

そして、その殆どが独り言だ。

スイの独り言は独特で、まるで誰かと会話しているようだった。だいたいがお供の清姫に話しかけているのだが、清姫に話しかけ、清姫に代わって応え、その清姫の言葉にまた話を続ける。

騒々しく笑ったり怒ったり、時々合いの手を入れたりして、スイは驚くほど感情豊かに喋った。

清姫がいないときでもスイのお喋りは止まらない。誰もいない空間に話しかけ、頷き、時に突っ込んだりボケたりしながら一日中喋っている。独り言と言ってしまえばそれまでなのだが、声だけ聞いていると、本当に誰かと会話しているようだ。

何故そんなに喋るのかと聞いたら、『護主様が喋る訓練をしろと言ったから』だと言う。

言葉というのは、口に出すためにまず頭で考えるものだ。書物を読んだだけでは言葉は身につかない、使い続けなければ消えてしまう。だから話し続けろと。

御蔵翁《みくらおう》の言葉を教えたスイは本当に嬉しそうで、冬哉は面白くない。だったら自分がもっと話しかけるか、こんな山の中に閉じ込めておかないで他の人間と会話させればいい。

そんな当たり前のことをさせないくせに、何を偉そうに言ってやがる。

スイが大事そうに『護主様』と口にするたびに、冬哉は御蔵悟堂を嫌いになってゆく。

「――朔の祓についてはこの前説明したから、次は節分だね。まず春は――」

御蔵翁の指示を別にしても、単純に喋るのが好きなようだ。そしてそれは冬哉に都合が良かった。中之社の周辺にスイがいるとき、彼の居場所はすぐに判る。ちょこまかと動きながらずっと喋り続けているから、その声を追えばどこにいるか判るし、内容を聞けば何をしているかも知れた。

だからわざわざ聞かなくとも、スイの一日はだいたい判っている。

本当に知りたいのは五頭竜伝説と御蔵家の関係だが、それだけを聞くとスイを警戒させてしまうし、寝ているのにも飽きてヒマなのも本当なので、冬哉は寝そべって少年の話を聞いていた。

――いや、スイの一日で知らないこともある、か……。

冬哉は数日前の夜の出来事を思い出した。

傷が疼《うず》いて寝付けないまま、うとうとと微睡《まどろ》んでいた冬哉は、小さな物音に気づいて目を開けた。外。庭で何かが動く気配。身体を起こし、痛む足を引きずって布団から這い出ると、そっと障子を開けた。

そこにスイがいた。

スイは庭の真ん中に、ぼんやりと突っ立っていた。身体の脇にだらんと垂れた腕、力の抜け切った姿勢。スイは裸足《はだし》だった。顔を上げ、月を見上げているが、その目が何も見ていないのは、虚《うつ》ろな表情で判った。

「スイ」

呼びかけると、ゆっくりと顔が動いてこちらを向いた。しかし音に反応しただけで、言葉を理解したのではなさそうだ。見開かれた目は相変わらず虚ろで焦点は合っていなかった。

明らかに様子がおかしい。寝惚けている？　起こしたほうがいいのか？

細く開けた障子の隙間から佇《たたず》むスイを見つめていると、大きな白い獣が音もなく現れて、スイの傍らに寄り添った。清姫だ。

ぼうっと突っ立っていたスイがふらりと歩きだそうとするのを、その身体で止める。

それから清姫はスイの前に回り込んで夜着の袂《たもと》を銜《くわ》えた。そのままそっと引っ張る。方向からすると、勝手口の方へ。おそらく、スイはそこから出てきたのだろう。

引かれるままに、スイがふらふら歩きだす。雲を踏むような頼りない足取りに、思わず身を乗り出した冬哉を、清姫が横目で睨んだ。少ない光を集めて輝く黄色い瞳は、冬哉に動くなと命じていた。

スイを引っ張る清姫の白い巨体は、呆然と見つめる冬哉の前を横切ってゆっくりと消えた。

翌朝、スイは元気に現れた。威勢よく足で障子を開け、朝餉を並べながら騒々しく喋り、ろくに眠れなかった冬哉を、ぼんやりするなと叱咤《しった》した。いつも通りのスイだった。

昨夜のことを問い質《ただ》そうかと思ったが、何も覚えていないらしいスイに、冬哉は何度も口から出かかった言葉を飲み込んだ。

手慣れた清姫の様子からすると、これが初めてではないのが判るし、言ったところでスイを不安にさせるだけだからだ。

今度見かけたら、清姫など構わずスイを起こす。その時、スイの口から何が聞けるか確かめる。

そう決めて、冬哉はその夜の出来事を自分の胸にしまい込んだ――――。

「五頭竜様はお酒がお好きだからお神酒《みき》は絶やさない。俺が仕留めた獣も召し上がるよ」

「……っ」

はっと我に返ると、スイは相変わらず喋り続けていた。明るい口調も表情も変わらないところを見ると、冬哉の物思いには気づいていないらしい。

しっかりしろ。スイに気取《けど》られるな。冬哉はスイのお喋りに耳を傾けた。

「俺は途中まで持って行って、あとは護主様にお任せするんだけど、五頭竜様に召し上がって頂くのはすっげぇ嬉しいんだ」

しかし、冬哉の物思いは別の方向へと流れていった。

五頭竜様。その名を口にするスイの口調には、敬虔《けいけん》な想いと混じり気のない崇尊《すうそん》が滲《にじ》む。

冬哉にはそれが不思議でならない。

五頭竜伝説は、聞けば聞くほどよくある話だった。あちこちで聞かされた伝説同様、とうの昔に色褪《あ》せて、お伽話と同化してもおかしくない話だ。

なのに今も崇拝と畏怖がそこに住まう人間達に深く刻み込まれており、山一つを囲う結界は物理的にも心理的にも強固で、その肚《はら》に取り込んだ人間をがんじがらめに縛りつけている。

不入《いらず》の山、禁足の地、不可侵の神域。そんな言葉がここまで厳格に守られる理由が、伝説の定型といってもいい五頭竜伝説からは感じられない。

――何かある。守らなければ損になるような何か。もしくは守れば益になる何かが。

徹頭徹尾理系の無神論者にして骨の髄までリアリストの冬哉は、伝説の名に隠された生臭い人間の欲を嗅ぎ取ろうとしている。

――御蔵翁は過去の文献があると言っていた。まずはそれを調べる。歩けるようになったら、五頭竜様が起こしたという大崩れを地質の面から見てみよう。それからどうにかスイの目を盗んで上之社まで行って……、

「――哉さん、冬哉さんってば！」

「――っ⁉」

呼ばれて顔を上げると、膨れっ面のスイが縁側に手をついて身を乗り出していた。

「あ……、なんだ？」

「『なんだ？』じゃねえよ！　俺に喋らせといて、目ェ開けたまま寝てんな！」

「ちゃんと聞いてたぜ。朔と節分じゃあ祝詞も神楽も違って、季節ごとの節分はやることは変わらないが衣裳が違う。御蔵家当主は一度も来たことがなく、執事《しつじ》が総代として代行。しかし本当の総代は娘のミドリ、だろ？」

「……様をつけろ。ってか、聞いてたんなら返事しろよ！　何度も呼んだんだぜ‼」

すらすらと答えた冬哉を、面白くなさそうにスイが睨む。

「悪い、ちょっと考え事をしてた。で、なんだ？」

「……ちっとも悪いと思ってないだろ。まだ途中だけど、一度持ってみろって言ったんだよ」

不機嫌なまま、スイが削りたての杖を突き出した。受け取った冬哉が杖に縋って立ち上がる。

「いい……と思うが、杖なんぞついたことがないからよく判らん」

「だよなぁ。俺が見るから、杖を握ってそのまま立ってて」

身軽に縁側に飛び乗ったスイが、冬哉の足元に屈《かが》み込んだ。

全体的にもう少し細くして、先はあまり尖らせないように、あとは全体にヤスリをかけて握りの部分に革を巻けば……。独り言を言いながら、スイは杖を握ったり擦ったりしている。

「ちょっと触るけど、いい？」

「どーぞ」

ぞんざいに返すと、スイが杖の持ち手を握る冬哉の手を両手で包んだ。握りがちょっと大きいな、もう少し削るか。相変わらず考えていることを全部口にしつつ、冬哉の手を包んでいた両手に軽く力を込めて手首から腕、二の腕へと滑らせ、くんと伸び上がって肩を摑んだ。

肘《ひじ》が曲がって肩が上がってる。ってことは長いってことだよな。どのくらい削れば……。ぶつぶつと呟いていたスイが、一つ頷いて顔を上げた。

「よし、二寸（約六センチ）ばかり削ってみて、また調整――うわっ!!」

スイが顔を上げたせいで、彼を見おろしていた冬哉と息がかかる距離で見つめ合うことになった。

あまりの近さに驚いたのか、スイが一声叫んで派手に後ずさる。

「ご……っ、ごめんなさい！」

裸足のまま庭へ飛び下り、正座して両手をつくスイに、なぜ謝られたのか判らない冬哉が呆気に取られた。

「どうして謝る？」

「だって俺、冬哉さんに近づいちゃったから。あちこち触ったし……」

「スイは杖を俺に合わせてくれてたんだ。近づくのも触るのも当然だろう？」

「え……？　でも護主様は――」

「御蔵さん？　御蔵さんはスイが近づくと怒るのか？」

言いかけたスイが語尾を濁すのに、冬哉が眉を寄せた。

「…………怒るっていうか……、なんかピリッと……する、し……、お顔が強張る……から……」

しばし躊躇ったスイが、途切れ途切れに呟く。

「怒られた……ことはない、よ。……でも、俺が近寄るとすっと離れる……。だから俺――」

なるべく近づかないようにしてた。苦い物を吐き出すように早口で言って、スイが唇を噛んだ。

「だから謝ったのか？　俺に近寄り過ぎたから？」

「……うん」

「おまえに触られることを、俺が嫌がると思った？」

「――うん」

こくんと頷いたスイが、野良着の膝を握り締めた。音もなくスイに近づいた清姫が、白い牙を見せることで冬哉を責め、艶やかな黒髪に鼻面を埋めることでスイを慰める。

一つ息を吐いて、冬哉が不器用に杖を使って腰を下ろし、縁側に胡坐《あぐら》をかいた。

「言っとくが、俺はおまえが抱きつこうが膝に乗ろうが構わない。怒らないし嫌わない」

元々きつい顔立ちだし、無愛想の自覚もある。だから、冬哉は自分に出来る精一杯のやさしい声で言った。

「ホント……？」

「ああ。なんなら試すか？」

「き……っ、気色悪いこと言うなよ！　男に抱きつけるか！　ってか膝にも乗らないからな!!」

やっと顔を上げたスイに両手を広げてみせると、赤くなったスイが勢い良く立ち上がった。

「ばかなコト言ってないで杖を寄越せ！　巫山戯《ふざけ》てると直さないぞ!!」

騒々しく叫んで杖を引ったくり、背中を向けて座り込む。

なんだよもう、気にしないって言えばいいだけだろ。照れているのだろう、ぶつぶつ文句を言いながら木を削る音が矢鱈《やたら》と早い。

俯くスイは、無造作にまとめた髪の隙間から赤く染まった耳たぶを覗かせている。

その後ろ姿を見つめる冬哉の視線を遮るように、清姫が冬哉とスイの間に立ち塞がった。

――スイは、護主様が自分の全てだと言った。

冬哉の視線からスイを隠す山犬の巨体越しに、向けられた背中を見ながら考える。

ならば、御蔵翁にとってスイはどういう存在だ？

孤児のスイを引き取り、巫女のふりをさせているらしいが、そのためだけの存在なのか？

巫女の代わりが欲しいなら、成長すれば男の身体になる少年より、最初から孤児の少女を探せばいい。御蔵家の財力と人脈なら造作もないはずだ。

力仕事をさせるのに少年のほうが都合がいいのは判るが、わざわざ山仕事や畑仕事をしなくとも、御蔵翁が望めば村からも御蔵家からも物資は届く。無理に自給自足をする必要はない。

なのに、御蔵悟堂はスイを傍らに置いている。

人としての価値を持たせず、周囲の人間に彼の存在を隠し通している。

稚児《ちご》趣味でもあるのかと一瞬思ったが、近寄らせないとなるとそれも違うだろう。

そもそも世間と隔絶された山の生活で、嫌いな人間、疎《うと》ましいと感じる人間と二人きりで暮らせるだろうか。

気に入らなければ放り出せばいい。代わりの孤児などいくらでもいる。なのに御蔵翁はスイに普通以上の教育を授け、そのくせ山に縛りつけている。

――この山は普通じゃない。

冬哉は作業に没頭するスイの丸まった背中に眉を寄せた。

五頭竜伝説といい、御蔵家と五頭竜山の繋がりといい、御蔵悟堂とスイの関係といい、判らないことだらけだ。妙なコトが多過ぎる。

「……得体が知れないな……」

「え？　何か言った？」

思わず呟いてしまった独り言に、スイが肩越しに振り返った。

「早く湯に浸《つ》かりたいって言ったんだ」

「う～ん……、傷もだいたい塞がったから、明日晴れたら連れてってやるよ」

目の前のことに夢中になると、気まずさを忘れてしまうらしい。スイが落ちかかる髪の毛をかき上げながら笑う。

「少し歩くけど、杖を使う練習になるしな」

「その言葉、待ってたぜ。もう体中痒《かゆ》くて痒くて」

「あはは！　今の冬哉さん、清姫より臭いからなぁ」

浴衣の衿《えり》をくつろげて胸や背中を掻き毟る冬哉に、スイが大口を開け、奥歯まで見せて笑った。

その屈託のない笑顔に泣きボクロ。

スイの顔は憂いが似合う。それは顔立ちだけではなく、その細い身体からも独りで泣き慣れた気配を漂わせている。だが、全開で笑うスイもスイだ。

「……全く、本当に得体が知れないよ……」

「なに？　って、うわっ！　清姫!?　ゴメン！　清姫は臭くない！　やめて！　転ぶ!!」

抗議するように巨体を押しつける清姫を押し戻し、太い首に腕を巻きつけて笑うスイを見ながら、冬哉は苦い笑みに唇を吊り上げた。


庭を抜け、枝を絡ませるように伸びる木々の間に隠された細い道を十分ほど歩き、微かに硫黄の匂いがしてきたかと思うと、突然ぽっかりと樹間が開けて野湯《のゆ》が湯気を立ち上らせていた。

「こりゃあ、思ったより本格的だな……」

冬哉が目を見張る。

案内された野天風呂は彼が想像していたより大きく、大人二人が足を伸ばして入れるほどの広さがあった。湯量も豊富らしく、腰を下ろせば長身の冬哉でも胸まで浸かれそうだ。

「日によって熱かったり温《ぬる》かったりするんだけど、今日はちょい熱だな」

湯に手を突っ込んでいたスイが、立ち上がるなり服を脱ぎ始めた。

「ヘチマと石鹸《せっけん》はここに置くから、身体とか髪とか洗うときはお湯から出てよ。ってか、冬哉さんはお湯に入る前に、まず髪と身体を洗って」

思い切り良く服を脱ぎ捨て、長い髪をくるくると巻き上げたスイが、腰に手を当てて命令する。

「……おまえなぁ、少しは恥じらいってモンを……」

冬哉は言いかけた言葉を飲み込んだ。人の目を知らないスイが、羞恥など感じる訳がない。

「なにグズグズしてんの？　脱ぐの手伝おうか？」

さっさと湯に浸かったスイが見上げてくる。

「いや、いい」

腰を浮かせたスイに首を振って、冬哉も浴衣を脱ぎ捨てた。

言われた通り髪と身体を洗っていると、近寄ってきたスイが風呂桶《おけ》でお湯をかけてくれる。

「しっかし冬哉さんてデカいよなぁ。町の男はみんなこんなに大きいの？」

「いや、俺が特別ガタイが良くて、特別顔がいいんだ」

「……自分で言っちゃうのって、なんかカッコ悪ぃ……」

「カッコ悪くない。おまえは比較対照がないから判らないだろうが、これほど体格に恵まれた男前は、役者にだっていないんだよ」

「うわ、言い切ったよこの人」

「本当のことだからな」

スイは冗談と受け取ったようだが、彼が言ったのは本当のことだ。

冬哉はどこにいても目立った。抜きんでた長身、他を圧する体躯《たいく》、造形的には整っているが、美丈夫と呼ぶにはきつ過ぎる容貌。そこに無愛想とポーカーフェイスが加わって、並の男なら彼がそこに居るだけで気圧されてしまう。

それが衣服と一緒に地位や名誉、財力等を脱ぎ去ってしまう浴場などではもっと顕著で、銭湯に居合わせた者達は純粋な身体の迫力にたじろいで目も合わせない。

冬哉の裸身に怯《ひる》まないのは、柏原左京くらいだろう。

――いや、ここにもいたか。

苦笑しながら髪と身体を洗い終え、何重にも油紙で巻かれ、ギプスで固定された足首を気遣いながらゆっくりと湯に浸かる。野湯を囲う岩に頭をつけ、思い切り四肢を伸ばした。

「はぁ〜」

腰の位置をずらして少し熱めの湯に肩まで浸かると、思わず息が漏れる。

代々の護主が利用していたようで、岩は角が取れてなめらかになっていた。昼過ぎの陽光が湯気に霞んで白くぼやける。

目を閉じて瞼《まぶた》に光を受けていると、周囲の音が鮮明になった。鳥の声、風に揺れる葉擦れの音、地下から湧き上がる湯が立てる小さな水音。

意識がふわりと浮遊する。強張っていた身体が緩《ゆる》み、疲労や痛みが溶け出してゆく。

うっとりと微睡みかけていた冬哉に、スイがざばざばと湯を掻き分けて近づいてきた。

「ねえ、前から聞こうと思ってたんだけど、冬哉さんって西洋の人？」

「……俺が生まれたのは、北の山奥だ。海外に縁はない」

「そっか。ほら、冬哉さんってスゴく大きいし、髪も目も色が薄いから。西洋人って体格が良くて、髪が赤かったり目が青かったりするって本に書いてあったから、冬哉さんもそうかなって」

「色素が薄くてガタイがいいのは俺の一族の特徴だ。第一、俺の髪と目は赤でも青でもない」

目を閉じたまま答える。野湯の心地好さに気持ちまで緩んでしまったのか、普段なら適当に誤魔化す問いにまともに返してしまった。しかしスイが相手だと、警戒する気にならない。

「確かに赤くも青くもないけどさあ」

呟いたスイがさらに近づき、ざぶりと音を立てて冬哉の身体を跨いだ。

「――――っ!?　おい……っ!!」

身を乗り出したスイが、驚いて目を見開く冬哉の顔を両手で支えて覗き込む。

「冬哉さんの目の色、綺麗《きれい》な金茶色だ。護主様がこんな色の琥珀《こはく》の文鎮を持ってるんだ」

腰のあたりに跨がったまま、今度は髪をかき上げる。

「髪も同じだ。目よりも薄い金茶色。ほら、陽に透かすとよく判るよ」

指に絡めた長めの髪を、冬哉の胸に頬をつけて下から見上げる。

「判った、判ったからどけ。くっつくな」

「なんで？　膝に乗ってもイイって言ったのは冬哉さんだろ」

「それは服を着てるときだ。ナマはヤバいんだよ。おい、妙なモノを腹に押しつけるな」

「妙なモノって竿《さお》と玉？　冬哉さんだってあるじゃん」

「おまえなぁ……」

羞恥心がないにも程がある。ため息をついて、冬哉がスイの身体を持ち上げた。

「裸で男に跨がるなって御蔵さんに教わらなかったのか？」

「え？　うん」

素直に頷かれて、冬哉がずぶりと湯に沈む。

「…………俺が教えてやるから覚えとけ。裸で野郎に跨がるな。誰かいたら股間は隠せ。それから、素っ裸で人の目の前に仁王立ちするんじゃない」

持ち上げられて立ち上がったスイの股間が、ちょうど冬哉の目の高さにある。

「湯に浸かるのに裸なのは当然だろ。別にイイじゃん」

「……言い方を変える。粗末なブツを俺に見せるな」

「…………俺のコレって粗末なの？」

怒るかと思ったスイは、不安そうに眉を寄せ、自分の性器を持ち上げて冬哉の鼻先に突き付けた。

目が寄るほどの至近距離でむき出しの腰を突き出されて、冬哉が慌てて顔を背《そむ》ける。

「うわっ！」

「近い！　というか、ソレは人に見せるモノじゃない!!」

「え～？　だって心配だしぃ」

「振るな！　顔に当たる！　とにかく座れ!!」

顔を背けたまままもう一度スイを持ち上げた冬哉が、少年の裸身をざぶんと湯に浸けた。

「ったく、俺はクールでニヒルなミステリアスな男で通ってるんだぞ。なのに、おまえといると調子が狂う」

「みすてりあす？」

ため息をついて髪をかき上げる冬哉を、おとなしく隣に座ったスイが見上げてくる。

「神秘的で、他人を近寄らせない空気を纏った人間のことだ」

へえ、そう。生返事で冬哉の言葉を聞き流したスイが、今度は隣から身を乗り出してきた。

「でもさあ、よく見たら冬哉さんのって俺と違うじゃん。やっぱ俺のは……」

「それはおまえがまだコドモだからだ。いずれ時期がくればムケるし育つ」

水面ギリギリまで顔を近づけ、スイが冬哉の股間を見つめる。

「こんなに大きいと邪魔じゃない？　色も変だし……、ってか、冬哉さんって下の毛も金茶色だぁ」

「だから近いって！　そんなにしげしげと見るな!!」

瞬きもせずに凝視し、今にも手を伸ばしてきそうなスイの頭を摑んで強引に引き起こす。

「あのなぁ、ココは無闇に人前に曝《さら》さないモノなんだよ。ここぞって時まで大事にしまっとけ」

「ここぞって時ってどんな時？」

「――っ、それはその時になれば判る。おまえにはまだ早い」

まるで子供に『赤ちゃんはどこから来るの？』と聞かれた親のようなことを言っていると思ったら頭痛がしてきた。

……御蔵さん、あれだけ色々と教えたんなら、ちゃんと性教育もしといてくれ……。

恨むぞ。ここにいない相手に文句を言って、冬哉は額に滲んだ汗を拭った。

「ふぅん」

納得はしていないが、これ以上聞くのは諦めたらしい。不服顔のスイが膝を抱える。

それでもまだ気になるらしくチラチラとこちらを窺《うかが》うスイに、意地でも股間を隠さないと決めた冬哉が唇を吊り上げた。

「だからって、自分もこうなれると思うなよ。俺のは色といいカタチといい質量といい性能といい、全てが特上で最高の逸品だからな」

「逸品って、曲芸とか出来るの？」

「……っ、もっとスゴいことが出来るんだよ」

一瞬脱力しかけた冬哉が、プライドにかけて胸を張る。

「冬哉さんの冬哉クンはなあ、男ならひれ伏すし女なら随喜《ずいき》の涙を流す代物だ。又の名を――」

「股に名前があるの!?」

「…………」

妙な所に食いついたスイが目を輝かせるのに、冬哉はついに湯に沈み込んだ。

調子が狂いっぱなしだ。いつもの俺じゃない。俺がガキ相手に絶句する姿を誰が想像できる？

「あれ？　清姫？」

鼻まで湯に浸かって己れの不覚をしみじみと嚙み締める冬哉に飽きたのか、スイが顔を上げた。

「珍しいね。どうしたの？」

喋りながら立ち上がり、ざぶざぶと湯を搔き分けて端まで行く。見れば太い木々の間から、清姫が黄色い瞳でこちらを見ていた。

「清姫が来るのは珍しいのか？」

「匂いが嫌なのか、前に洗ったのを根に持ってるのか、清姫がここに来ることは滅多にないんだ」

肩越しに振り返って冬哉に説明すると、山犬へと向き直る。

「おいで、清姫。洗ったりしないから」

スイが呼んでも清姫は動かない。樹間からこちらをじっと見ている。

おそらく自分を警戒しているのだろう。ここ暫《しばら》くの暮らしで、この巨大な山犬がスイを守っているのは知っていた。付かず離れず、まるで影のように付き従い、気配で冬哉を牽制している。

「俺が気に入らないんだろ。俺からおまえを守ってるつも――――、スイ」

岩に両手をつき、うんと身体を伸ばして身を乗り出したスイを冬哉が呼んだ。

「なに？」

呼ばれたスイが清姫に向けた笑みを浮かべたまま振り返り、冬哉を見て目を丸くする。

「ど……っ、どうしたの⁉」

目を見開き、顔を強張らせて自分を凝視する冬哉に驚いて、スイが身を翻《ひるがえ》した。

「止まれ！」

湯を掻き分け、大きく一歩踏み出したスイを、冬哉が鋭く制止する。

「……っ」

きつい命令口調に、ひくんと肩を揺らしたスイが立ち止まった。

「そこに立って、俺に背中を見せてみろ」

何か言いたげに口を開いたスイが、冬哉の硬い声と異様な様子に言われた通りに背中を向ける。

「……ねえ、どうした、の……？」

それに答えず、スイを見つめ続ける。視線を感じるのか、スイの背中がきゅっと縮こまった。

「……なんで黙ってるの？　冬哉さん……？　冬哉さんってば‼」

「――――刺青《いれずみ》……」

「いれ……？　ああ」

冬哉が何に驚いたのか判ったらしい。振り返ったスイがにこりと笑った。

「なんだ、竜の彫り物のことかぁ。急に変な声出すからびっくりしたよ」

「びっくりしたのはこっちだ！　それは何だ⁉」

満面の笑顔を向けられて、冬哉が目を吊り上げる。

「え？　だから竜の彫り――」

「なんでそんなモノがおまえの背中にある!?」

「ここで暮らすためだよ」

声を荒げた冬哉に、スイがなんでもないように言った。

「五頭竜山に暮らす者は、その証《あかし》を持たないといけないんだ。五頭竜様にお仕えする者だとお伝えするために竜を彫る。代々の護主様も巫女も、全員そうやってきたんだって」

当たり前のことを告げる口調で、背中を向けたスイがあっけらかんと答える。

「……いつ彫られた……？」

「う〜ん、覚えてない。ここへ来る前なのは確かだから、子供の頃だとは思うけど」

スイが首を捻る。その刺青は、スイの背中全面を覆っていた。

肩の下から腰骨のあたりまで彫られた一匹の竜が、背中のほぼ中央からこちらを見つめている。

白一色で輪郭を彫り込んだだけで、彩色はされていない。線そのものも濃くはなく、湯で上気した肌にうっすらと浮き上がる程度だ。

白粉彫《おしろいぼり》。

冬哉はその名を知っていた。普段は肌に沈み込んでいるが、体温が上がったり興奮したりすると浮かび上がってくる特殊な彫り物だという。聞いたことはあるが、見たのは初めてだ。

スイの背中の竜は驚くほど精巧だった。

白く彫り込まれた鱗《うろこ》の一枚一枚、空を摑んだ鋭い爪、鞭《むち》のような髭《ひげ》としなやかな長い尾、身をくねらせる胴体。薄く開いた口に並ぶ尖った牙、逆立つ鬣《たてがみ》。

不思議なことに、まるで生きているような躍動感のある身体とは裏腹に、その目には表情がなかった。焦点が微妙にぼかされて、真正面を向いているのに、どこを見ているのか判らない。

その目のせいで一層迫力を増しているところを見ると、これも超絶技巧の一つなのか。どんな名工が施したのか、全てが緻密《ちみつ》で巧みだった。

「…………自分で見たことはあるのか？」

「ないよ。これ、普段は見えないんだ。身体が温まらないと浮いてこないから、鏡に映しても判らないんだよね」

「じゃあ、なんで背中に刺青があることを知ってる？　御蔵さんが教えたのか？」

「ううん、俺が野湯に浸かってるときにミドリ様がたまたま居合わせて、それで教えてくれた」

「それまで知らなかった……？」

「うん。わざわざ俺に言う必要はないって護主様に叱《しか》られてた。護主様がミドリ様を怒ったのって、アレが最初で最後だなぁ」

あはは。いつもの口調で笑うスイに、冬哉は拳を握り締めた。

――――どこまで縛りつけるつもりだ!?

湧き上がる怒りを掌に爪を立てて怺える。

――――山中に閉じ込め、その存在を隠し、その身体に一生消えない痕《あと》を刻むのが神か!?

「……くそったれ……っ……」

噛み締めた歯の間から押し出した言葉に、スイが肩越しに振り返った。

「なに？　聞こえなかった。もうそっち向いていい？」

「いや、もう少し近くで見せてくれ」

「いいけど、湯冷めしたくないから立たないよ」

それでいいと言うと、スイは冬哉に近寄ってくるりと背中を向けた。

普段は流している長い髪を上げているせいで、背中全体が見える。まだ細い少年の肌が上気して、一度は消えた白い竜がまた湯の中に浮かび上がってきた。

見れば見るほど見事だ。美しいといってもいい。

しかし………。冬哉は首を捻る。

幼い頃に彫った刺青が、ここまで完璧な形を保つものだろうか。

子供の身体は成長する。それに伴って皮膚も伸びる。点と点との間が開いてバラける。こんなにも美しく、姿を崩さずにいられるものか？

「清姫、行っちゃったなぁ……」

じっとしているのに飽きたスイが、小さく呟いて身動いだ。投げ出していた足を引き寄せ、膝を抱えて顎を乗せる。その動きにつれて背中が伸び、上気した肌に湯気がふわりと纏わりついた。

と――――、
じっと見つめる冬哉の視線の先で、白い竜が動いた。

正確には、虚ろだった瞳が生気を帯び、きろりと動いて冬哉を見た。

「――――っ!!」

怪我を忘れて冬哉が立ち上がった。不安定な湯の中で身体を支えきれずに大きくよろめく。

「冬哉さ……っ!!」

大きな水音に驚いたスイが振り返り、傾いだ身体に飛びついた。

「急に立ったら危ないだろ！　どうしたんだよ!?」

自分を支えたスイの手を払い、逆にその肩を摑んで後ろを向かせる。

「……っ、冬哉さん!?」

「じっとしてろ！」

身動ぐスイを叱りつけ、強引に引き寄せると、なめらかな肌に浮き上がる刺青を凝視する。

白粉彫の白い竜。巧みに彫り込まれた芸術品。

――しかし、目を近づけても角度を変えても視線は合わない。焦点のない瞳は何も見ていない。

まるで生きているような存在感を持っていても、肌に彫られた竜は動かない。

白い竜は最初に見たままの姿でスイの背中にあった。当たり前だ。どんなに見事な彫り物でも、刺青は刺青だ。動くはずがない。動くはずが――……、

「……とうや……さん……？」

冬哉の剣幕に驚いて、なすがままになっていたスイが不安げに彼を呼んだ。

冷えてきたのだろう。白い竜がスイの背中にゆっくりと沈み込んでゆく。

線がぼやけ、輪郭が朧《おぼろ》になって、完全に肌に溶けて消えるまで、冬哉は動かない竜をじっと見つめ

続けた。

「────錯覚、か……」

呟いて、スイの肩から手を離す。そのままずるずると沈み込み、冬哉は野湯の中に座り込んだ。

科学的な説明ならいくつも考えられる。湯気と水の屈折、光の加減。スイが身動ぎ、それにつれて水が動き、薄く細い線画が揺れる。

結果、動くはずのないものが動いて見えた。それだけのことだ。

「立てとか動くなとか、さっきからいったい何なんだよ！　ワケがわかんねーよ！」

目の錯覚だ。よくあることだ。解放されたスイがきゃんきゃんと吠《ほ》えているのをどこか遠くで聞きながら、冬哉は何度も繰り返す。

「なんでそんな怖い顔してんだよ！　どうして黙ってんの!?　冬哉さん!!」

野湯は熱かったし、風呂は久しぶりだった。湯中《ゆあた》りしたんだ。それも錯覚を起こす理由になる。

彫られた竜が俺を見たなんて、俺の動きを目が追ったなんて、我ながらどうかしている。

「おい！　なんとか言えよ！　冬哉さんってば!!」

刺青は動かない。当然だ。結論、目の錯覚。証明終わり。Q・E・D。

──らしくないぜ、青江冬哉。おまえまでこの山の空気に取り憑《つ》かれるなよ。

ムキになって科学的説明を並べ立てる自分を他人事《ひとごと》のように眺め、唇を歪めて皮肉に笑った後、冬哉は改めて肩まで湯に浸かった。

湯温は熱いくらいなのに、その身体は冷えきっていた。

「――以上、朔《さく》の祓《はらえ》は滞《とどこお》りなく執り行われました。これから申し開きに移ります」

祝詞《のりと》を唱え、神楽を舞い終わったスイが、いつもより少し高い声で告げた。

左京の命令で色々な地方の祭祀《さいし》を見てきた冬哉の目には、先ほどスイが舞った神楽はよくあるモノに見えた。白衣と緋袴《ひばかま》の上に薄い千早《ちはや》、水干《すいかん》を被り、長い髪を水引で結って神楽鈴を持つという姿も、ありきたりの格好だ。

違う点があるとしたら、もう一方の手に古い刀を持っていることくらいだが、それもどこかで見たことがある。差異としては小さなものだ。

ただ上手下手はあるようで、スイは抜群に巧みだった。

スイの舞う神楽は、普段の騒々しくてがさつな姿からは想像できないほど優美でしなやかだ。それは御簾越しでも充分判るようで、居並ぶ相談役達は息を詰めて見守っていた。

これだけ繊細に、たおやかに舞う巫女が実は少年だなんて誰も気づかないと思うと、冬哉は複雑な気持ちになる。

「ありがとうございます。では、申し開きに移ります。二人とも、護主様の前へ」

平伏した村の相談役の一人が、背後に控えていた男達を呼んだ。

「護主様の御裁決は、私、ミドリが聞き取って皆様にお伝えいたします」

ノートに書かれた言葉を口にして、スイが不安そうに布団に横たわった冬哉を見た――。

朔の祓当日、二人は里の人間に見つからないよう夜明け前に下之社へと入った。

まず窓を閉めて部屋を薄暗くし、いつもより灯明《とうみょう》の数を減らした。それから御蔵翁《みくらおう》が時折吸うという煙草《たばこ》を焚いて匂いを漂わせ、冬哉はその長身を隠すために布団に横たわった。

冬哉は村の相談役達と話すのを不安がるスイに原稿を書き、それを読ませることにした。話が進んだらその都度筆談で伝えることにして、枕元にペンとノートが用意してある。

スイは護主様の言葉遣いや声を冬哉に教えた。最初の挨拶を擦れ声で口にしたところで激しく咳き込む。それからも布団で口を覆って何度か咳き込むことで、声の違いを誤魔化すことにした。

「護主様は所用でお出かけになった地でタチの悪いお風邪を召され、ただ今お声が出ません。皆様に感染《うつ》らないよう、用意いたしました布で口を覆い、御簾から離れてお座りください」

スイは緊張のあまりがたがたと震えていたが、それでもミドリ用の細い声で言い終えた。

「皆、すまない。こんな姿で失礼す……っ、ごほっ、ごほごほ……っ」

「ああ！　護主様！　どうぞお楽に!!」

布団を被ったままもごもごと呟き、ほんの少し身体を起こしたところで咳き込みながら崩れ落ちると、相談役達は慌てて制止した。彼らが指示通り御簾から離れ、布で口を覆うのに冬哉が親指を上げ、スイは唇を震わせながら泣き笑いで頷いた。

村の住人が御蔵翁の行方を知っていたり、村に滞在している可能性も考えた。その時はその時だと腹を括《くく》ったのだが、居並ぶ村の世話役達は御簾越しに横たわる姿としゃがれ声を気遣いこそすれ、疑う様子はなかった。

「今回御裁決頂くのは、甲が乙に借り、その後紛失した守り刀の件です。では――」

そう言って、世話役が退《しりぞ》いた。呼ばれた二人がおずおずと前に出る。

申し開きの段取りは決まっていて、まず甲と呼ばれた者が話し、次に乙が話す。名前を出さず、記号で呼ぶことで、先入観を持たせないというのが御蔵翁が定めた取り決めらしい。

冬哉は全身を耳にして、二人の話に神経を集中した。村人が絶大な信頼を置く『護主様』として、的確な返しをしなければ不審がられてしまうからだ。

経緯はこうだ。

甲の息子の嫁取りが決まり、その婚礼の際に乙から守り刀を借りた。守り刀は五頭竜様から賜った有り難い鉄で打った特別な品で、その刀を持っている家は格が高いとされる。

裕福だが新参者の甲の家にはそれがなく、懇意であった乙に頼んで婚礼の間だけ借り受け、床の間に飾って家格を上げた。しかし婚礼が終わってみると、床の間の守り刀がなくなっていた。

当然、乙は甲を責めた。甲も心から謝罪し、相応以上の金と代わりの刀を差し出すと申し出たのだが、乙は納得しなかった。金も新しい刀もいらない。貸した守り刀を返せ。そう言い張った。

おまえは五頭竜様の御加護が欲しくて、守り刀を隠したんだろう。そんなことはしない。盗まれたんだ。盗んだのはおまえだ。一緒に屋敷中を探しただろう。別の場所に隠したんだ。

紛失したのは本当に申し訳ないと思っている。その証拠に、それなりの謝罪はさせてもらうと言っている。五頭竜様の御加護は金で買えない。返せ。ない物は返せない。

どこに隠した。この盗人《ぬすっと》。隠していない。盗まれたと言っている――。

また五頭竜様かよ。

冬哉はだんだん熱くなる二人の言い争いを、うんざりしながら聞いていた。

古い刀にどれほどの価値があるか知らないが、裕福な相手に金を積ませて解決すればいい。偉そうな言葉を選んで『護主様の御託宣』とすれば、どちらも納得せざるをえないだろう。

投げ遣《や》りにそんなことを考えていると、スイが屈み込み、耳元にそっと囁いた。

「冬哉さん、右の人、嘘《うそ》をついてる」

「え……？」

「盗まれたって言ってる人。あの人、刀を隠してる」

なぜ判った？　どうしてそう言い切れる？　聞き返したかったが、今はこの場を治《おさ》めるのが先だ。

「どこに隠したか、判るか？」

俺はバカなことを言っている。そう思いながらも、冬哉がスイに囁き返した。

「たぶん。あの人に、家の間取りを全部言わせれば」

躊躇いなく頷いて、さらに耳元に顔を近づける。

「でも、盗んだと言ったらダメなんだ。村の中で争い事を起こすな、禍根《かこん》を残すなって、護主様がいつも言ってる」

俺では上手く出来ない。冬哉さん、お願い。スイが目で訴える。

盗人なんざさっさと暴いて放り出せ。そう言いたいのを怺えて、冬哉がペンを持った。

「――委細承知いたしました。では、婚礼後の皆様の動きを、部屋の様子もまじえて詳しく教えてください」

スイが冬哉の書いた文を読み上げる。

今にも摑み合いを始めそうだった二人と、婚礼に参加していた世話役達が一瞬黙り込み、それから記憶を辿りながら話し始めた。

誰がどこにいて、どう動いたか。どの部屋に行ったか、部屋から何が見えたか。誰が何回厠《かわや》に立って、厨《くりや》に顔を出したのは誰か。酔い潰れたのは誰で、どういう順で帰ったか。

互いの記憶を補いながら、守り刀が見えなくなるまでをてんでに話す。部屋の調度はどんな配置で、婚礼のために手を入れたという中庭がどう変わったか。

脈絡なく続く話をじっと聞いていたスイの身体がきゅっと強張った。顔を寄せて囁く。

「庭に埋めてある。池の傍に三つ並んだ庭石の下」

刀の在処《ありか》は判った。俺はなんて言えばいい？　目を見開いた冬哉をスイが急《せ》かす。

罪人を出しちゃダメなんだ。上手くおさめて。ほら早く!!

動かない冬哉に焦れて、スイが苛立ちと懇願の混じった目で冬哉を睨んだ。

眉間に皺を寄せ、しばし考え込んだ冬哉が、一つ頷いてノートに素早くペンを走らせた。

それを見たスイが、不安そうに冬哉を見る。それに頷いてやると、スイがぐっと唇を引き締めた。

「――五頭竜様から頂いた守り刀ならば五頭竜様にお聞きすると、護主様が仰《おっしゃ》っています」

書かれた文を読み上げて、スイがすらりと立ち上がった。

『さっきの神楽を倍の速さで舞え』。走り書きに従って、スイが神楽を舞い始めた。

祈禱《きとう》もどきの神楽を舞わせ、五頭竜様まで持ち出すのは演出過多だとは思ったが、虚仮威《こけおど》しならやり過ぎるくらいで丁度いい。

とにかく考える時間が欲しい冬哉が、頭をフル回転させながらノートにペンを走らせる。

スイは鈴で調子を取りながら緩く円を描いて摺《す》り足で動き、刀を持つ手で宙を切って、時折とん、と軽く飛んだ。先ほどと同じ動きだ。しかし今、スイは倍速で舞っている。

動作が早くなると、勢いが増した。自然と足にも力が入り、床を踏む音は大きくなって、強く踏み込んだスイが高く飛んだ。

刀が空を切ると風が起こり、先ほどまで涼しげな音を立てていた神楽鈴が激しく鳴る。その動きは荒々しささえ漂わせて、優美なはずの神楽舞を歌舞伎の男舞いのように見せた。

小さく口ずさむ祝詞も、いつもの倍の速さで唱えると別の言葉に聞こえる。音の強弱、高低がはっきりすると、まるで呪文のようだった。

御簾越しでもその違いは伝わったのだろう。居並ぶ村人達が、息を飲んで身を硬くした。

スイと村人、その両方の気配を目の端で追いながら、冬哉はノートに書き続ける。

舞い終えたスイが冬哉を見た。さすがに軽く息を弾ませるスイを目で呼んで、走り書きを見せる。

「――――っ!!」

それを一読したスイが、目を見張って首を振った。

無理だ！　俺には言えない!!　唇だけでスイが言う。

言え。視線をきつくして命令する。それに尚も首を振って、スイが身体を引こうとした。

その腕を摑んで引き寄せ、細い腕に指を喰い込ませる。

「これ以外にこの場を丸くおさめる方法がない。おまえの望みだろう？　やるんだ！」

倒れ込んだスイの耳に、強い口調で言い切った。

唇を震わせて、スイが冬哉を見る。今にも泣きそうな顔に小さく頷いてやると、スイが啜《すす》り泣くような息を漏らして顔を上げた。

「――――護主様のお言葉です。五頭竜様は通常人に直接語りかける託宣などは行いません。しかし、事が五頭竜様からの賜り物ということで、特別に五頭竜様へお伝え致しました」

走り書きを読みながら、スイはがたがたと震えている。

「御託宣です。水の端に、強い気が凝《ここ》っているそうです。土と岩の気配もすると……」

自信がないのか、段々と声が小さくなるスイの腕を、冬哉がぐっと握り締めた。

「……っ、婚礼の際、庭を造作《ぞうさく》したと言いましたね。そこに池はありますか？　庭石は？」

「あ……、あります。池は一度浚《さら》い、緋鯉《ひごい》を入れました。庭石も配置を変えて………」

声を励まして続けるスイに、甲と呼ばれた男が震え声で答えた。

「では、その庭石の下を見るように。守り刀はそこだと、五頭竜様が仰っております」

「や……っ、やはり盗んだのか！　盗んで隠したんだな!?　この泥棒!!」

「おやめなさい！」

乙が甲に摑み掛かる寸前、スイが制止した。緊張のあまり顔色は蒼白《そうはく》だったが、その声は鞭のように鋭かった。乙を含め、居合わせた村人達が動きを止める。

「ここは下之社、五頭竜様の御座す場です。乱暴狼藉《ろうぜき》など以《もっ》ての外《ほか》」

凜《りん》と声を響かせながら、スイが腕を摑んだ冬哉の手に自分の手を重ねてきた。その手も身体も、小刻みに震えている。

「もう一つ、大事なことをお伝えします。五頭竜様は、ここに盗人はいないと仰いました」

「は？　し、しかしっ!!」

「重ねて申し上げます。盗んだ者は滝守村にはいない」

腰を浮かせかけた乙を制するように繰り返して、スイが真っ青な顔で冬哉を見た。

倍速の神楽の間にノートに書けたのはそこまでだった。冬哉がスイの腕を引く。

「――ここからは、護主様の推論です」

こくんと唾を飲んで、スイが耳元で語る冬哉の言葉を声にした。

「大きな婚礼だったと聞いている。屋敷を開け放って、招待客以外にも訪れた者には酒肴《しゅこう》を振る舞ったのだろう。当然人の出入りは多く、全てを把握しきれるものではない。家人は歓待に忙しく、訪れた客も華やかな宴《うたげ》に浮かれていた。そのどさくさに紛れて、余所者が手を出したのではないか、と」

これでいい？　目で問うスイを励ますように頷いて、冬哉がさらに言葉を続ける。

「――盗んだのはいいが、すぐに騒ぎになって持ち出せなかった。それで庭石の下に隠し、あとで取りに戻ろうと思ったが、騒ぎがいつまでもおさまらず、諦めたのではないか……」

「な……、ならば、守り刀は今もそこに……っ⁉」

世話役の一人が身を乗り出した。それに冬哉が早口でスイの耳元に囁く。

「それを、これから皆様で確認するように。全員で行き、皆の目の前で掘り出すように、と」

本当にそこにあるのか？　自分で言わせておきながら、冬哉は不安なる。

その反対に、スイは怯《おび》えてはいても自分の言葉を疑う様子はない。

「甲へ申し上げる。たとえ見つかったとしても、一度紛失したのは確かなこと。管理不行届きは否《いな》めない。よって、詫びとして支払うと言った金子《きんす》を乙に渡すように」

先ほどから震えながら平伏していた甲が、無言で何度も頷く。

「乙へ申し上げる。何度も繰り返すが、五頭竜様は滝守村に盗人はいないと仰っている。家宝を紛失した甲への憤りは尤《もっと》もだが、無事に戻った暁には甲の謝罪を受け入れ、金子を受け取って水に流してほしい」

普通なら、こんな裁定は通用しない。筋書きを書いた冬哉が恥ずかしくなるくらい稚拙だ。

しかし、滝守村の住人にとって五頭竜様と護主様の威光は凄まじいらしい。彼らは『御託宣』に微塵も疑いを持たず、『刀の在処《ありか》が何故判ったか』などと聞き返そうともしない。

護主様を通して五頭竜様が仰ったのなら守り刀はそこにあるし、盗人がいないと言われればいないのだと、本当に信じているのだ。

腹の底に溜《た》まる苛立ちを圧《お》し殺して、冬哉が言葉を綴る。

「護主様はこれから療養につとめます。守り刀があったならば報告は不要。万が一そこになかった場合のみ再訪するように。以上、これにて今月の朔の祓を終了いたします――――」

そう言ってスイが一礼すると、村の相談役達は床に額がつくほど深く頭を垂れた。

それからも何度も礼を繰り返しながら、まだ呆然としている二人を連れて立ち去った。


下之社から里へと続く細い道を戻って行く村人達が完全に見えなくなるまで見送って、スイがぺたんと座り込んだ。

「おわ……っ、たぁ……っ……!!」

「ごくろーさん」

へたり込んだスイの頭を、布団の上に胡坐をかいた冬哉がぽん、と叩く。

「ふぇ……っ、う……っ、うぇぇぇぇぇっ、こわ、こわかったぁ……っ!!」

緊張の糸が切れたのか、スイは布団に突っ伏して盛大に泣き始めた。

「……これ、前も見たな……」

豪快な泣き方に、冬哉が呆れ顔で呟く。スイは身体を丸め、背中を波打たせて泣き続ける。

髪は乱れ、千早も緋袴も皺くちゃ。泣き声の合間に自分がどれほど怖かったかを鼻声で訴える騒々しい姿はいつものスイで、冬哉はなんとなく安心する。

「神がかってる巫女様より、こっちのほうがいいな……」

「え……っ？　な、なに？」

もつれた長い黒髪をぽんぽんと叩きながら呟く冬哉に、スイが涙と鼻水でぐちゃぐちゃになった顔を上げた。

「――どうして判った？」

「は？」

「刀の在処。何故話を聞いただけで断言できた？」

「ああ」

すん、と鼻を啜《すす》って、スイが身体を起こした。

「だってあの人、誰かが庭の話をすると気配が変わっただろ？　池の話が出たときはもっと乱れたし、新しい庭石のことを聞かれたときは全身に冷や汗をかいてたじゃん」

スイはまるで当然のように言う。

「気配……、変わったか？」

冬哉が首を捻る。彼にしても甲と呼ばれた男が怪しいと最初から睨んでいた。盗んだのはこいつだと思った。

しかし確証がない。男もそれなりの覚悟でこの場に来たらしく、証拠を摑もうと耳を澄ませていた冬哉には気配の揺らぎは感じられなかったし、口調も終始変わらなかった。

「俺、一生懸命人の話を聞いてると、その人が嘘をついたとか、何か隠してるとかが判るんだ」

「それで間取りだの人の動きだのを説明させたのか。嘘と隠し事が判る？　何故だ？」

「う～ん、上手く説明できない。判るから判るとしか……。ってかあの人、すっごく判りやすかったじゃん」

逆に何故それが判らないのかと、スイが首を捻る。

「――おまえ、人の考えてることが判るのか……？」

「まさか！　無理！　スゴく集中すると、隠し事とか嘘が判るだけ」

ひらひらと手を振って、頬に涙の跡を残したままスイが笑った。

「……だけっておまえ………」

呆気に取られた冬哉が目を見開くのに、スイがふっと表情をなくした。

「――冬哉さんも、俺をサトリの化け物だって思う……？」

サトリの化け物。民話や伝承に数多く登場する人の心を読む妖怪だ。

「……っ、誰かにそう言われたのか？　御蔵さんか？」

「護主様は絶対にそんなこと言わない！」

きっと冬哉を睨んだ視線が、力を失って下へ落ちる。

「……直接言われたんじゃないよ。相談役さん達が喋ってるのを聞いただけ。俺が嘘が見抜けるって判って、護主様が裁定の手伝いをさせ始めたんだけど、暫《しばら》く経った頃から『ミドリ様が人の心を読んでいる』って……。護主様は隠してくれてるんだけど、なんとなく判っちゃうみたいで――」

それで間取りや人の動きを説明しろと言ったとき、相談役達は驚かなかったのか。刀の在処を断言しても、全く疑わなかったのもそのせいか。

「御蔵さんは、おまえを利用してるんだな」

「違う。俺が、お手伝いしてるんだ」

スイが誇らしげに笑った。御蔵翁の役に立てることが嬉しいらしい。

「護主様は、どうしようもない場合以外は罪人を作らない。今回だって、刀が出てくれば盗人はいなくなるだろ？　そうやって里を守ってるんだ」

だから滝守村に盗人はいないというのは嘘じゃないと、スイが胸を張る。

「甘いな。窃盗が窃盗未遂になっただけだ。盗んだ事実は変わらない」

「暴けばいいってもんじゃないよ。罪人を出せば誰かが傷つくし、関係も壊れる。一度ついた汚点は長く消えないんだ。しこりはいつまでも残る。だから、出来るだけ罪人は出さないんだ」

「御蔵さんの受け売りだな。あの人にそう言われたんだろ」

「えへへ、バレた？　でも、俺もそう思うよ。罪を憎んで人を憎まず、だろ？」

歪んだ平和だ。おためごかしだ。村という狭い集合体の中だけで通用する論理だ。

自分の中のシニカルな部分が唇を歪めて呟くが、本気でそう信じているスイに言う必要はない。

「その結果、おまえはサトリの化け物と呼ばれるワケだ」

「あの人達は別に悪い意味で言ったんじゃないよ。怖がってるだけ」

「自分の嘘も見抜かれそうで？」

「おっかしいよねぇ。誰も彼も嘘をついてるし、隠し事を持ってるのにさぁ」

だからいちいち言う必要はないと、スイが肩を竦める。

「現に冬哉さんも嘘をついてるし隠し事もしてる。だからって、それを知りたいとは思わないよ」

さばさばと笑うスイに顔が強張るのが判ったが、冬哉はそれを無理矢理苦笑に変えた。

「嘘も隠し事も当たり前ってわけか。なら、御蔵さんもそうか？」

御蔵翁の名が出た瞬間、スイがきゅっと唇を引き締めた。しばし黙り込んでゆっくりと頷く。

「――護主様、は……、うん。たぶん。でも、絶対にその目を自分に向けるなって仰るから俺は見ない。……けど……、勝手に流れ込んでくることがある。苦しそうで痛そうな――……」

「知りたくないのか？」

「助けたいって思うけど、俺に出来ることは何もないし、ダメなものはダメだから………」

小さくなる語尾と一緒にきゅっと唇を噛んで、スイがうんと伸びをした。

「妙な力だなあって思うけど、これも五頭竜様の御加護だから」

「『五頭竜様の御加護』？」

「これって一種の神通力でしょ？　護主様のお役に立てて、五頭竜様にお仕えするための――」

「違う！」

冬哉が強い口調でスイの言葉を遮った。

「いいか!?　よく聞けよ！　それは神通力じゃないし五頭竜様の御加護でもない!!」

突然声を荒げた冬哉に驚いたのだろう。目を丸くしたスイが、ぽかんと冬哉を見た。

その邪気のない顔に苛立ちをつのらせて、冬哉がずいと詰め寄る。

「おまえは人より神経系が敏感なんだよ！　五感が鋭いんだ！　微妙な態度の変化や発汗や身動ぎ、他の人間には感じ取れない声や口調の変化を感じ取ってるんだ!!」

俺はなんでこんなに怒ってるんだ？　冬哉が他人事のように自分を観察する。

冷淡だと責められることはあっても、他人に対して熱くなることは珍しいと自分でも思う。なのに、一片の疑いも持たないスイの無垢《むく》さが無性に苛立たしかった。

「稀《まれ》にだが、そういう人間は他にもいる！　全部医学的に説明できるんだ！」

スイに怒っているんじゃない。

護主様の威光に人の心を読む神がかった巫女。それらが全て五頭竜様への信仰と畏怖に繋がることが腹立たしいんだ。

判っていても、八つ当りめいた怒りがおさまらない。冬哉はスイの腕を摑んで強引に立たせ、引きずるように窓際へ連れて来た。

「ここから村が見えるな!?　湯気が立っているだろう!?　温泉だ！」

「そんなの知ってるよ。ってか、腕を離して」

「うるさい！　今度はこっちだ!!」

文句を言うスイを引きずって、山側の窓を思い切り開ける。

「山の途中に『五頭竜様の吐息』があると言ったな!?　怒りの吐息で人も動物も寄せつけないと!!」

「うん。ねえ、冬哉さん痛いってば」

「それは竜の怒りじゃなくて硫化水素だ！　硫黄と水素が結合して出来る毒ガスだ！　硫黄泉の出る

所に普通にある化学物質なんだよ‼」

ここから上之社は見えない。しかし冬哉は視界を遮る鬱蒼とした森の先を指差した。

「五頭竜様の怒りで何度も山崩れが起こったと言ったな⁉　ンなワケあるか‼　この山の地形や地質が関係してるんだ！　俺が調べて証拠を見せる‼」

「うわ……っ、そんな罰当たりなことを言っちゃダメだ‼　五頭竜様に聞かれ——」

怒りに任せて叫ぶ冬哉に、蒼褪《あおざ》めたスイが飛びついた。その口を両手で塞ぐ。

「そんなヤツはいない‼」

その手を振り払って冬哉が吠えた。

「神の御業なんて言われてるモノの殆どが、科学的に説明できる自然現象か偶然だ！　残りは錯覚と思い込みだ‼　そんなモノにいつまで縛られてる⁉　目を覚ませ‼」

スイの肩を摑んで揺さ振る。

「おまえは人で！　男で！　スイだ！　身代わりの巫女でもミドリでもない！　こんな所からさっさと逃げ出せ‼　おまえは自由——っ」

感情を迸《ほとばし》らせていた冬哉が唐突に言葉を切った。

正確には、言葉が喉に詰まってそれ以上話せなくなった。リキんでいた身体から力が抜け、スイを摑んでいた腕がだらりと下がる。

——どこに行けと……？

冬哉の突然の感情の爆発に驚いて、ぽかんと自分を見上げるスイを見る。着崩れた巫女衣裳、乱れた長い髪、涙の跡の残る頬、潤んだ瞳を見開いた、妙に幼い表情に、ぽつんと泣きボクロ。

――――ここ以外、スイの居場所がどこにある？

「…………っ」

冬哉がどすんと座り込んだ。髪をかき上げ、背中を丸めて吐息を一つ。

「――――悪い。ここまで言う気はなかった。ちょっと感情的になった」

頭を下げ、窓際で呆然としているスイを見上げて唇を吊り上げる。

「前にも言っただろ？　俺はカミサマってヤツが大嫌いだし、化け物も妖怪も信じちゃいない」

スイの境遇を考えれば、自由なんて迂闊に口にしていい言葉ではなかった。あまりにも軽率だ。

「信仰を悪いと言っているんじゃない。ガキを躾《しつ》けるのに怖い妖怪を使うのは効果的だし、困ったときだけの神頼みなんざ、むしろ人間らしくていいと思ってる。だが、ただの人間がそういうモノにされて、祀り上げられたり引きずり落とされたりするのが嫌なんだ」

謝罪の意味を込めて、冬哉は胸の内深くに凝《こご》る言葉を吐き出す。

「俺はこの世の全てが科学や物理で説明できると信じてる人間だ。そうでなけりゃならないと思ってる。――――唯一そこから外れるのは人間の思いや感情で、それに振り回されるのも人間だってのが、たまらなく嫌なんだよ」

「…………何か、あったの……？」

黙り込んでいたスイが、久しぶりに口を開いた。冬哉が唇を歪めて薄く笑う。

「――――さあ。あると言えばあるし、ないと言えばないな」

「冬哉さん、隠し事の匂いがする」

「ふふっ、厄介な特技だな」

苦く笑って、冬哉が窓際に立つスイから目を逸らした。

「――――ホントに全部、科学的に説明できるの……？」

スイがぽつんと呟いた。顔を上げると、スイは開け放った窓から山の上を見ていた。

「全ての前提条件が提示されれば。たとえ今は不可能でも、科学が進歩すればいずれ証明されるものだと思ってる」

そう……。ぼんやり頷くスイの視線は、欝蒼とした森のその先を漂っている。

「……時々、声が聞こえるんだ。俺を呼ぶ声。お山のずっと上、ずっと奥から……」

ため息のように呟いて、スイがゆっくりと髪をかき上げた。長い黒髪に指を絡ませて梳《す》き流す。

「護主様は気のせいだって仰ったよ。空耳だって。そりゃそうだよね。五頭竜様が、俺なんかを呼ぶワケないもん。…………でも、聞こえるんだ」

さらり。スイが指を引くと、艶やかな黒髪が涼しげな音を立てて肩から背中へ流れた。

しなやかな指の動きが、先ほど見た神楽舞を思わせる。その優美さとは裏腹に、スイの声はどこか虚ろだ。

「……夜、気がつくと外にいることがあるんだ。裸足で夜着のままで。いつ起きたのか、なんでそこにいるのかも判らないんだけど、そういう時、決まって誰かに呼ばれる夢を見てる………」

「ス、イ……」

アレはそういうことだったのか。冬哉は庭にぼうっと佇んでいたスイの姿を思い出す。

月に照らし出された細い身体、表情のない顔、見開かれているのに何も見ていない眼差し。

「――これも『科学的に証明』できるの？　俺が五頭竜様に呼ばれてるんじゃないって……」

スイは冬哉を見ない。泣きボクロのある頬をこちらに向けて、細い声で囁いている。

空耳。幻聴。強い思い込み。一種の疾病。該当しそうな事例はいくつでも挙げられる。しかし、スイの不安を取り除いてやれる言葉が見つからない。

「――その件に関しては、御蔵さんに賛成だな。静かな所にいると、聞こえないはずの音が聞こえるのはよくあることだ。一度気になると、全部をそれに結びつけてしまうのもよくあることだ」

気のせいだな。軽い調子で言って、冬哉は手を伸ばして皺だらけの千早を摘《つま》んだ。

「それはそれとして、いいのか？　これ。ぐしゃぐしゃだぞ」

「え……？　うわっ！　まずい！　皺だらけだ！　一張羅なのに!!」

漂っていた視線がふっと焦点を結んだ途端、スイが甲高《かんだか》い声を上げた。

「やばっ！　袴もシワシワ！　帰って火熨斗《ひのし》かけなきゃ！　うわ～、面倒臭!!」

動くものに飛びつく子猫のように、スイは一瞬で気持ちを切り替える。目の前のことに気を取られると、そのこと以外は頭から消えてしまう。

お手軽といってしまえばそれまでだが、ばさばさと袴を振って、その皺くちゃ加減を派手に嘆いているスイに安堵する。

「取りあえず着替えるよ。はあ、すっげぇ疲れた。どーせ暗くなるまでここにいなきゃだから、少し休もう。足、大丈夫？　行きは下りだったけど、帰りは上りだからキツいよ。あ、弁当作ってきた。食べる？」

思い切り良く巫女の衣裳を脱ぎ捨てながら、忙《せわ》しなく動き回りながら、奥から重箱を持って来ながら、スイがまくしたてる。

「食べる。腹が減った」

その弾むような動きと声を聞きながら、冬哉は巧《うま》い答えを見つけられずに誤魔化してしまったことを腹の中で詫びた。

小さな窓から風が吹き込んで、冬哉が顔を上げた。

「ふう……」

息を吐いて眉間を揉む。読み慣れない手書きの行書を苦労して追っていた所為で目が霞んでいる。

気がつけば窓から射し込む陽の光もだいぶ傾いて、そろそろ夕刻に迫ろうとしていた。

結局、一日中書庫に籠もっていたな……。

固まってしまった首をほぐしながら、黄ばんだ和綴《と》じの帖面《ちょうめん》に視線を落とした。

それは代々の護主がつけていた日誌兼日記のようなもので、五頭竜山の暮らしや行事、その際の出来事や簡単な感想等が、様々な筆跡や口調で書かれていた。

記録の一番古いものはおよそ二百年前だが、五頭竜山と御蔵家の関係がそれ以前からなのは文面から読み取れる。冬哉はきちんと整理され、年代順に並んだ記録を最近のものから読み始めていた。最新といっても五十年ほど前からだが終わり方が唐突で、このあとにまだ記録があったと思われる。それ以外にも不自然に抜けている部分がいくつかあった。おそらく御蔵翁の手元にあるのだろう。

一番読みたい現在の護主、御蔵悟堂の記録はここにはない。彼の私室にあると思うが、部屋の扉には頑丈な閂《かんぬき》がかかっており、スイは絶対にその鍵を渡そうとしない。

「……にしても、スゴ過ぎだろ……」

ため息をついて、周囲を見回す。

土蔵を書庫として使っているらしいが、その蔵書数は半端ではなかった。ずらりと並んだ書架に膨大な数の本が隙間なく並べられていて、案内されたときはその数に圧倒された。

ざっと目を通してみたが、書き写しの源氏物語《げんじものがたり》から江戸時代の読み本、明治、大正《たいしょう》と続いて、とにかく集められるだけ集めたという感じだ。

手前の書架は御蔵翁が揃えたらしく、比較的新しい。冬哉も知っている現代作家の小説や童話、ごく最近の少年雑誌まであった。医学書がずらりと並ぶ棚は、医者だったという御蔵翁の私物だろう。

年代ごとの国定教科書は、スイに与えて勉強させたのか。

「道理で口が達者なわけだ……」

呟いて、苦笑する。絵巻に始まって下世話な赤本から黄表紙と続き、落語集にここ十年の有名作家の本や低俗と呼ばれる大衆小説まで。より取り見取りのラインナップが、人と交わらずに生きてきたとは思えないスイの、豊富な語彙と表現力を培ったらしい。

しかし、冬哉はここに本を読みに訪れたわけではない。以前、悟堂翁が『もう一つの五頭竜伝説がある』と言っていた、その記録を探しているのだ。

記録の存在を知ってからの冬哉は、五頭竜伝説が持つ強烈なパワーの理由と、そこに深く関わる御蔵家の関係が少しでも判らないかと、土蔵に籠もって片端から読みあさっている。

柏原左京の依頼ということもあったし、怪我が治るまでここを動けないという現実的な理由もある。

だが、大部分は自分のためだ。

五頭竜様の正体を暴く。

そう決めた。

普段の彼は、その土地で信じられているモノを面と向かって否定するような不作法はしない。自分の腹の中はどうあれ、伝説や神話を信じる心に力があるのは知ってるし、それを尊重するだけの礼儀は持っているつもりだ。

だが、今回は事情が違う。いつものように話を聞いて受け流すには、五頭竜伝説の異様な存在感と影響力は、あまりにも大き過ぎた。

五頭竜伝説に捉われている奴等の目を覚まさせる。

自分の知識や経験を総動員して、五頭竜様から神性を剝《は》ぎ取ってやる。

いつもは左京の道楽に嫌々付き合い、機械的に仕事をこなしていた冬哉が、初めて本気で伝説と取り組んでいた。人と関わるのを面倒臭がり、何事においてもクールでドライ、滅多に熱くならない冬哉を本気にさせたのは怒りだ。

たかが伝説に、人間がここまで振り回されてたまるか！

心の中に吐き捨て、歯を食い縛って金茶色の目を光らせる。

ムキになっている自覚はあったが、腹の底から湧き上がる怒りに突き動かされて、冬哉は記録を読み込んでいた。

既に御蔵翁やスイ、村人から聞いた伝説の中にはなかった事柄をいくつか見つけている。

まず山津波の前兆だ。五頭竜様の怒りの象徴である大崩れの前には、何か先触れがあるらしい。

滅多に起こらない現象なのか、記録にある限り記述があるのは五度で、実際に山津波が起こったのは三度だ。

禁忌の一種で書き記すのさえ憚《はばか》られるのか、記録ではそれを『徴《しるし》』とだけ示していて、具体的には何かという記述は今のところ見当らない。

もう一つは人身御供《ひとみごくう》だ。その『徴』が顕《あらわ》れた際には、大崩れが起こっても起こらなくても御蔵家の人間が人身御供として選ばれ、上之社へと上っている。読んだ限りでは、その人身御供が護主の場合はなく、御蔵家から来ている。

『徴』云々《うんぬん》の記述がない場合にも、人身御供が上之社へと上る記述がいくつかある。

期間はまちまちで特に規則性はなく、何年もなかったり間を置かずに何回か続いたりしている。

そういう場合の人身御供は御蔵家の人間ではないらしく、氏名が書いてあったり、性別と年令だけだったり、ただ人数だけが素っ気なく記されていたりだ。

妙なのは、特に詳細な記述を残す護主の記録の中に、氏名、年令の他に『罪状』があったことだ。殺人、強盗、凌辱《りょうじょく》、窃盗、大金略取。どれも重罪であり、村の治安を乱すものばかりだ。

――人身御供という名の断罪、か……？

冬哉は捜査、裁判、刑の執行までを『五頭竜様』の名のもとに行うということだと推理した。毎月の朔の日に護主が行い、先日スイと自分が関わった『申し開き』も、その流れの一つだろう。ありそうな話だ。今でも地方の村では警察制度は整っていない。それ以前ならなおさらだ。権威を鼻にかけて威張り散らす官憲に捜査を任せるより、住民の総意を土地の領袖が纏《まと》め、神の裁きとして治めたと考えれば納得がゆく。

正しい判断と納得のゆく裁定が五頭竜様の裔《すえ》であり、近隣の尊敬を集める護主様から申し渡されることで、里の人間は全てをカミサマに丸投げ出来る。

小さな諍《いさか》いが後々まで遺恨として残ってしまう閉じた集団内では有効な手段だと、向かっ腹を立てながらも認めざるをえない。しかし――――、

「――それだけでは、まだ弱いんだよ……」

眉を寄せ、冬哉が低く呟く。五頭竜様を便利な装置として使っているだけでは、里の人間達の掛値なしの畏怖と崇尊は説明できない。

「そもそも、大前提として畏怖と崇尊がなけりゃ、使えない装置でもあるしな……」

大領主である御蔵家が、領地の一つに過ぎない滝守村の諍いにここまで深く関わる理由も見つからない。

不思議なことはまだある。いくら記録を読み込んでも、朔の祓でも節分の奉祀でも、代々の護主が上之社へ行った痕跡がないのだ。

上之社には竜神が住むという。神社でいえば、上之社は本宮《ほんぐう》だ。

村人達は無理だとしても、祭祀を司《つかさど》る神官である護主が本宮に詣でるのが普通だろう。奉納神楽や供物を供えたりするのは、本来そこではないのか？

だからといって、上之社へ行かないわけではない。

そこで何をするかといえば、五頭竜様のご機嫌を伺ったり、供物を供えて対話を交わすらしい。

お告げでも聞きに行くのか？　冬哉は首を捻る。

そして、上之社へ向かう護主には妙なバラツキがあった。

行く護主は頻繁に訪れているようだが、行かない護主は一度も足を向けていない。そして、ほぼ日参している護主でも、『徴』が発現したあとは上之社詣での記述はぴたりと消える。

以前、スイに上之社に行ったことがあるかと聞いたとき、自分はないが護主様はよく行かれると答えた。何をしているのか聞いたことはないが、いつもひどく疲れきって帰ってくると。

それは代々の護主が行なっていた上之社詣でと同じなのか？

「ふう……」

冬哉はため息をついて板の間に寝転がった。判らないことは増えるばかりだ。

「もう一度、スイを問い詰めてみるか……」

呟いてみたものの、それが無駄なのは判っている。今まで何度か聞いてはいるのだが、スイは知らないの一点張りで、冬哉が最初に聞いた五頭竜伝説以上のことは言わない。

大部分は本当に知らないらしい。だが、知っていて口にしないモノがあるのも感じている。

ただ、スイは上之社については本当に何も知らないようだ。

覚えている限りでは、人身御供が上之社へ上ったことがないというのも嘘ではないだろう。現当主の娘のミドリ以外、祭事に御蔵家の人間が訪れたことがないというのも間違いないと思う。

しかし、『徴』については——。

それを聞いた途端、スイは身体を強張らせた。血の気の失《う》せた顔から一切の表情が消え、冬哉から逃げるように後ずさった身体がふらりと泳いで、そのまま倒れるかと思った。

——護主様に聞いて。

スイの口から出たのはそれだけだ。俺は御蔵家の人間じゃない。それを語る資格がない。五頭竜様について話すことは許されていない。どうしても知りたいなら、護主様に聞いて。

その後はすっかり警戒されてしまったらしく、スイは冬哉の質問の殆どに困った顔をして、『護主様に聞いて』と言うだけになった。

「もうすぐ帰っていらっしゃるから」

と笑う。スイは御蔵翁が本家に行ったと決め込んでいた。節分の奉祀に合わせて帰ってくると信じ切っている。

そう信じることで不安から解放されたのか、毎日忙しく動き回り、清姫を相手に朗《ほが》らかな独り言を言いながら、騒々しくも楽しげに過ごしている。

こんな境遇にありながら、信じられないくらい明朗快活なスイだが、節分の奉祀が近づくにつれてさらに声に弾みがつき、笑顔も増えて、表情も生き生きと屈託がなくなってきた。御蔵翁が帰ってくるのを心待ちにしているのだ。

「――御蔵さん、あいつをこんなにしといて、この先どうするつもりなんだ……？」

苦く呟く。スイは、御蔵悟堂がいなければ生きていけないと本気で思っている。それは衣食住のことではなく、精神的な問題だ。心の底まで依存しきっている。

五頭竜様と御蔵翁が全てのスイの在り様《ありよう》は異常だ。スイ本人がどんなに明るく楽しそうにしていても、彼の生は歪んだ土台の上で不安定に揺れている。

これも冬哉の怒りの理由であり、五頭竜伝説を暴くと誓った原因の一つだ。

義憤に燃えて立ち上がるような正義感は持ち合わせていない。むしろその手の熱血とは縁遠い性格だ。だがスイを知り、人として付き合ってしまった以上、このままではいられなかった。

「ここに来て、そろそろ二ヵ月になるのか……」

指を折って日にちを数え、改めて驚く。

考えてみると、一人の人間とこんなに近く長く過ごしたのは初めてだ。

スイは不思議な空気を纏った少年だった。まず、一緒にいて楽だ。良くも悪くも人から浮きがちの冬哉をあっさりと受け入れ、いようがいまいが気にしない。

自分で言うのも何だが、抜きん出た体軀と彫りの深い顔立ちのせいで、冬哉は他人に見られるのに慣れている。その視線には様々な感情が絡みついていて、冬哉にはそれが煩わしい。

なのに、スイにはそれがない。さらりと乾いた視線は景色を見る時と変わらない。こんなに気持ち良く無視されたのは初めてだ。

人の気配をうるさいと感じ、人との関わりを極力避けてきた冬哉にとって、スイは傍にいて息がしやすい存在だった。

「とはいえ、実際には口も動きもけたたましいんだがな……」

今日も一日中聞こえていた会話型の独り言を思い出して吹き出す。

「御蔵さんが帰ったら――」

言いたいことも聞きたいことも山ほどある。取りあえず話を聞いて、それから一発殴る。

スイは怒るだろうが、そうでもしなければ俺の気が済まない。冬哉は天井を睨んで拳を握り締めた。

夕餉の支度を始めたらしく、スイのにぎやかな独り言が厨の方へ移っていた。

澄んだ声でよく喋るスイ。細い身体で一日中くるくると動き回り、一時《いっとき》も止まらないスイ。目を伏せただけで泣いているように見える、笑顔の似合わない顔立ちをくしゃくしゃにして笑うスイ。

その屈託のない笑顔にぽつんと小さく泣きボクロ――。

「――おまえは、こんな場所にいる人間じゃない……」

呟いて、冬哉は起き上がった。手を伸ばして洋燈《ランプ》に明かりを灯す。

十日後が夏の節分だ。祭事のために御蔵家から人が来る。おそらく御蔵悟堂も。

明日は少し歩き回ってみよう。スイの治療と強靭《きょうじん》な身体のおかげで、杖があればかなり動き回れるようになっている。自分の目で大崩れの跡を見たい。

御蔵翁と会うまでに何か摑んでおきたい。

あまりにスイが真っすぐ信じているせいで、御蔵翁が帰ってくるような気になっている自分に苦笑しつつ、冬哉は読みかけの記録を引き寄せた。


節分は年に四回ある。立春、立夏、立秋、立冬の前日だ。

各季節の始まりは陽気が減り、陰気が増して邪気が入りやすいため、それを祓《はら》い清めるために祭祀が行われる。

本来は宮中祭祀だったものが巷間《こうかん》に伝わって俗化し、今では立春の節分のみが鬼を豆で追い払う子供が喜ぶ行事として残り、他は殆ど忘れられている。

しかしここでは五頭竜伝説に取り込まれて、四季の節分ごとに祭祀を執り行っていた。祭祀の内容は祝詞と奉納神楽だが、朔の祓よりもずっと大規模に行われるという。

朔の祓の参加者は護主と巫女、村の相談役と護主に裁定を請う者だけだが、節分の奉祀では下之社が開放され、里の人間がやって来る。

村内では家々にぼんぼりを灯し、五頭竜様のお札を貼って、村の中央に立てた櫓《やぐら》の上で子供達が奉納神楽を舞い、屋台や出店が立って夜遅くまで騒ぐのだという。滝守村だけではなく、旅行客や周辺の村からも人が集まって華やかに祝う、一種の祭りらしい。

その節分の奉祀を執り行うのが御蔵家だ。

しかし御蔵家には、里の人間が知らない事柄がいくつもある。

まず当日は本家から当主の代理が来て護主の隣に座るそうだが、実は御蔵家の人間ではない。本当の代理は当主の一人娘であるミドリという少女で、彼女は神楽舞を補助する遠縁の娘として来る。

ここに既《すで》に捻《ねじ》れがある。里の人間が知るミドリは護主と一緒に暮らしている彼の孫娘で、巫女として五頭竜山に住んでいることになっている。本当のミドリは御蔵本家の一人娘だ。

そしてスイは彼女の身代わりだ。身代わりだらけ、嘘だらけだ。

しかし、節分の日だけは本物のミドリが巫女として振る舞う。巫女として神楽を舞い、普段は御簾越しにしか対面しない姿を現し、里の人間と直接話をする。そうやって、巫女とミドリをイコールにしているのだ。

とはいえ壊滅的な運動音痴の彼女に奉納神楽は無理で、そこだけはスイがやるというのが、いつもの節分の奉祀なのだそうだ。


「だからって、当日に来るワケないじゃん」

スイが呆れ顔で冬哉を見た。

「本家からミドリ様と一緒にいっぱい荷物が運ばれて来るんだよ。荷馬車が来るし、結構な人数が移動するし、祭祀の準備やら何やらでバタバタするんだ。朝来てすぐは無理だって」

「……おまえが俺に、ちゃんと説明しなかったんだろうが」

たった今、御蔵家の一行が節分の三日前に来ると知らされた冬哉がスイを睨んだ。

「だって、ちょっと考えたら判るだろ？」

最近のスイは、冬哉に軽く睨まれたくらいでは怯《ひる》まない。あっけらかんと言い放って、ぱたぱたと動き回っている。

「その御蔵集団がここに来るのか？」

冬哉が眉を寄せる。本来いないはずの人間がいたら、とんでもない騒ぎになるだろう。

「それは大丈夫。使用人達は村の定宿に泊まるし、執事さんとミドリ様の乳母は下之社までしか入れないから。中之社にはミドリ様と護主様だけがいらっしゃるんだ」

護主様、という言葉を、スイは弾むように口にした。

「御蔵さんには事情を話すとして、そのミドリ様とやらはどうする？　俺がいちゃマズいだろ」

「う〜ん、冬哉さんはまず護主様と会ってもらって、そこから先は護主様に決めてもらうよ。それに、ミドリ様は気にしないと思う。ってか、逆に面白がりそうだな」

御蔵翁が帰ってくると信じているスイは、そんな些細《ささい》な心配をする気分ではないらしい。うきうきと答えて、干していた布団を取り込み始めた。

「自分で言うのもナンだけど、俺は立派な不審者だぞ。それを面白がるってのは、なかなか肝の座った女らしいな。いくつだ？」

「オンナじゃない！　ミドリ様!!　歳は確か十五歳……？　だったと思うけど……」

スイが首を傾げる。ここの生活が全てのスイは、外の世界に殆ど興味を示さない。

「そんなことより！　今から雪見障子を夏障子に替えるよ！　邪魔だからどいて！」

冬哉という存在にすっかり慣れてしまっているスイには、彼の処遇より明日の準備のほうが大事らしく、縁側で胡坐をかく冬哉を爪先でつついて小走りでどこかへ行ってしまった。

弾むような声が遠ざかり、冬哉がぽつんと残される。

「……明日、御蔵家から人が来る……」

時間がない。冬哉が顔を顰める。

記録はやっと半分読んだだけだし、大崩れは中之社周辺を見ただけだ。一番確かめたい上之社は勾配が急過ぎて今の足では登れないのと、清姫が見張っているのとで行けていない。

どう言い聞かせたのか、冬哉が外に出ると清姫が影のように付き従うのだ。

彼が山の上に向かう気配を感じると低く唸る。警告を無視すれば、冬哉に気を許していない清姫は、躊躇わずに襲いかかるだろう。

懸念はまだある。スイは御蔵翁が自分を受け入れると決めつけているが、冬哉はそこまで彼の好意を信じていない。冬哉が何をしようとしているかを知ればなおさらだ。

良くて即刻放り出されるか、悪くて禁忌を破った侵入者として村人に引き渡されるか。その場合、半死半生で済めばましだろう。

だが、御蔵家一行の訪問は好機でもある。

供は結構な人数だと聞いているし、当主の代理とミドリ、ミドリの乳母は自家用車で来るという。

精々《せいぜい》御蔵翁のご機嫌を取ってその一行に紛れ込ませてもらえれば、俺はここから抜け出せる。

五頭竜伝説について調べることは諦めなければならないが、軟禁状態からは解放される。スイについて、左京に相談することも出来る。

自分のことで左京に頼ることは死んでもしないが、スイを五頭竜様と御蔵家から解放するには、どうしても彼の力が必要になるだろう。そのためなら、歯を食い縛って左京に跪《ひざまず》く。

――しかしスイが嫌がったら？　というより、スイは絶対に嫌がる。

スイはこの地しか知らない。五頭竜山を出たことがなく、身も心も五頭竜様と御蔵悟堂に取り込まれている。おまえのためだからここから離れろと言っても、納得するはずがない。

スイが頷くのは、五頭竜様と御蔵悟堂の呪縛《じゅばく》から解き放たれた時だ。

つまり、スイが自由になるには五頭竜伝説を暴かなければならない。

「――出来るか？　俺に……………」

時間がない。資料もない。やっと歩いている今は、自慢の機動力も使えない。ないない尽くし。しかも調べれば調べるほど、疑問ばかりが増えてゆく。

――――……ならば、スイのことは諦める……か……？

冬哉は握った拳を睨みつけた。

もともと好きで来た地ではない。今の状態だって、否応《いやおう》なく巻き込まれたようなものだ。所詮俺は部外者だ、関係ないと言ったところで、誰に非難されるものでもない。

それに、スイは現状に満足している。冬哉から見れば歪《いびつ》だが、彼にとってはこれが生活だ。外から来た人間がとやかく言う必要はないのかもしれない。

俺はここを出て、日常生活に戻る。

スイはここに留《とど》まり、彼の日常生活を送る。

そこになんの問題が――――……、

「何を考えてる！　問題ありまくりだろうが!!」

握った拳を板の間に叩きつけて、ほんの一瞬でも一人で逃げ出したいと思った自分を叱咤する。

珍しく気弱になった理由は判っている。思うに任せない現状に焦っているのだ。

「そもそも、五頭竜伝説を暴くと決めたのは俺だ……っ」

噛み締めた歯の間から言葉を押し出す。

「自分を誤魔化すな！　スイのためじゃなくて、俺自身のためにやると決めたんだ!!」

くそっ！　頭を一つ振って、冬哉は気合いを入れ直した。

とにかく、どうにかしてここに留まる。そして今やっていることを進める。

可能性は低いが、腹を割って話せば御蔵翁が協力してくれるかもしれない。

対面したときの話しぶりだと、御蔵悟堂の態度には五頭竜様への畏怖はあっても崇尊は感じられなかった。そして変化を望んでいた。

それが何か判らないが、そのために自分を迎え入れたのは間違いない。

スイに対する扱いも謎だ。数々の誤魔化しや嘘を重ねてまで、どうして身寄りのない孤児を手元に置いておく？　御蔵翁の不可思議な言動と、何か繋がりがあるのか？

「こればっかりは、本人に聞かないと判らないな……」

その前に、上之社だ。どうしてもこの目で見たい。

節分の奉祀の慌ただしさに紛れれば、上手く抜け出せるかもしれない。監視役の清姫と途中の硫化水素ガス、杖がなければ歩けない足は厄介だが、何か方法を考えよう。

スイをどうするかは、全部終わってからだ。

順番を間違えるな。いったん切り離せ。自分に言い聞かせる。

それに、スイのことを決めるのはスイ自身で、そこに口出しは出来ない。

俺に出来るのは、せいぜい手助けだけだ。全てが終わった後、結果としてスイが解放されればそれでいい。

「――――何も摑んでいないくせに、随分と偉そうじゃないか。青江冬哉……」

「あー！　まだそこにいた！　どけって言っただろ!!」

意気込みと現実の落差に苦く笑った冬哉に、華々しい文句が降ってきた。

「俺は忙しいんだよ！　邪魔すんな！　じゃなきゃ手伝え!!」

顔を上げると、夏障子を抱えたスイが頰を膨らませて冬哉を睨んでいる。

ああ、生きてるな。脈絡もなく、そう思った。

泣きボクロのある膨れっ面も、焦《じ》れて足踏みしている爪先も、少年と青年の中間の伸びやかな手足も、生命力に溢れている。よく見れば、俺がここに来た僅かな間で少し背が伸びていないか？

陽射しを浴びて立つ姿を見ていると、重くしこっていた塊が解けてゆくような気がして、リキんでいた肩から力が抜けた。

「冬哉さんってば！　聞いてる⁉」

「聞いてるよ。俺が障子を外すから、おまえが夏障子をはめろ」

自嘲を微笑に変えて、冬哉は杖に縋って立ち上がった。


御蔵家の一行が到着する日、スイは夜が明けきらぬうちに下之社へと向かった。

一行を迎え入れる準備のためと言っていたが、本音は一刻も早く御蔵翁の顔が見たいのだろう。

冬哉は清姫を従え、弾むような足取りで道を下って行くスイを見送った。

到着予定は昼過ぎ。スイは下之社の奥に留まり、ミドリと乳母と執事以外には姿を見せない。

一行が少し休んだら祭祀の手順を確認し、受け取った荷物を仕分けして、今日は下之社で一泊。中之社へ戻るのは明朝になると言っていた。

スイの姿が見えなくなると、冬哉はすぐに行動を開始した。

すっかり着馴れてしまったスイお手製の浴衣を脱ぎ、久しぶりに自分のシャツとズボンに着替えて左足だけ靴を履く。添え木で固定され、厚く包帯が巻かれた右足に靴は無理だったが、足慣らしのために周辺を歩き始めた冬哉に、器用なスイが革と木で簡単な靴を作ってくれていた。

上之社まで行くのは無理でも、出来るだけ近づいてみるつもりだった。せめて五頭竜様の吐息まで行き、硫化水素ガスを吸わずに上へ登れる道の目星をつけたかった。

大崩れの痕跡も調べたい。過去に何度も山津波が起こっているとしたら、それは竜の怒りではなく地質に問題があると考えるべきだ。俺の専攻は土木学。理系の目で原因を探ってやる。

最後にきっちりとゲートルを巻き、杖をついて、冬哉は山を登り始めた。

中之社を出て百メートルほど行くと、勾配の角度が一気に上がった。代々の護主が踏みしめた道が細く長く伸びているが、上之社へ続く道は神社へ詣る参道というより登山道に近かった。

人の手の入らない深い森の中を抜けて続く道は、木々に覆い隠されて下から見えない。冬哉は人の目を気にせず上を目指した。

体力は、思った以上に落ちていた。杖をつき、足を庇《かば》いながら急勾配の道を登るのもきつい。

スイ達が戻るのは明朝と言っていたが、下の様子は判らないから安心は出来ない。

加えて今夜は雲が厚いから、夜になれば漆黒の闇だ。洋燈《ランプ》を灯す危険は冒せない。勝手の判らない山で遭難したくなければ、陽が落ちきる前に戻らなくてはならないだろう。

「なん、でもいい……っ、から、手がかりが欲、しい……っ」

早くも上がってきた息に胸を弾ませながら、冬哉は歯を食い縛ってスピードを上げた。

冬哉は予定通り、夕方遅くに中之社へと戻った。急いで野湯へ入って泥と汗を落とし、スイが用意した食事を摂って寝巻代わりの浴衣に着替える。

「ふう……」

息を吐き、布団に寝そべって脚を組む。さすがに疲れた。久しぶりの山登りで全身が怠《だる》く、杖で体重を支え続けた肩とまだ治っていない足首が熱を持って疼《うず》いている。

予定した通り大崩れの痕跡を見て、五頭竜様の吐息までは行けたが、結局上之社までは辿り着けなかった。納得するまで調べるには、時間的にも体力的にも無理があった。

強行軍の成果は少しはあったが、手がかりと言えるほどではない。

「……御蔵さんに聞くか、上之社まで行かないと判らない、か……」

ため息をついて目を閉じる。疲労に瞼が重いが、まだ緊張を解く訳にはいかない。明日にはスイが当主の孫娘を連れて来る。おそらく御蔵翁も。

「――さて、どうやって俺がここにいることを納得させるかな……」

予定では、顔を歪めて布団に横たわり、傷が酷《ひど》くて動けない可哀相《かわいそう》な怪我人を装って、少しでも同情を引くつもりだ。そこから先は出たとこ勝負、やれることは全部やる。

そう自分に言い聞かせて、冬哉は暗くなった天井を睨んだ。

夜も更けた。朝が来れば、対決の時だ。

「鬼が出るか蛇が出るか――、いや、ここは竜と言うべきだな……」

くくっ。笑えない冗談に無理矢理笑って、冬哉は軽く目を閉じた。


――異変は獣の荒い息の形で訪れた。

眠ったつもりはなかったが、疲れきった身体が睡魔に負けたらしい。

異様な物音に気づいて目を開くと、スイが替えたばかりの夏障子の向こうに、大きなシルエットがあった。荒い呼吸で肩が上下している。

「清姫？　どうした？」

枕元の洋燈《ランプ》を灯して起き上がる。

「スイ達が帰ってきたのか？」

それにしては静かだ。物音がしない。息をするように喋り続けるスイの声も。

何を告げたつもりなのか、清姫は冬哉が起き上がるのを確認すると、濡れ縁を飛び降りて行ってしまった。方向からすると、社の正面に回ったのだろう。

「なんだ……？」

布団の上に胡坐をかいて、首を捻る。先触れのつもりか？　これからスイ達が来ることを、わざわざ嫌っている俺に告げに来たのか？

寝乱れた髪をかき上げ、もう一度首を捻ったとき、静けさに慣れた耳が小さな物音を拾った。

足音。一人だ。まだ遠い。近づいてくる。軽くて速い。音を追いながら身構える。

「スイ、か……？」

呟くと同時に、正面の扉が乱暴に開かれた。足音が板張を軋《きし》ませて、長い廊下を疾走して来る。

それは勢いを失わないまま一気に近づいて、たん！　と硬い音をさせて夏障子が開け放たれた。

「ス――――っ!?」

名前を呼ぶ余裕はなかった。

風のように飛び込んで来たスイが、ものも言わずに冬哉の胸にむしゃぶりついてきた。

「どうした!?　何があった!?」

腹に力を込めてスイを受け止め、仰向けに倒れるのを防いだ冬哉がスイの両肩を摑む。

「スイ！　答えろ!!」

なんとか顔を見ようとするが、冬哉の夜着を握り締め、物凄い力でしがみつくスイを引き剝がせない。

夜道を全力疾走してきたらしく、スイは身体全体で荒い息をしていた。身体も熱い。どこかで髪紐が切れたのか、乱れた長い髪が漆黒の滝となって布団の上に流れ落ちている。

冬哉の膝に乗り上げるように縋りつくスイは、がたがたと震えていた。

「スイ、黙っていては判らない」

声を落とし、口調を緩めて、冬哉は熱い耳にゆっくりと囁いた。

「何があった？　俺に何が出来る……？」

「………っ、――――った……っ!!」

冬哉の胸元に顔を押しつけたまま、スイがくぐもる声で言った。

「な、に？」

「いなかった！」

冬哉が眉を寄せるのと、さっと顔を上げたスイが叫ぶのが同時だった。

「護主様がいない！　一緒じゃなかった！　護主様は本家に行ってな……っ……!!」

一息《ひといき》で叫んだスイが、また冬哉の胸に顔を埋めた。

縋りつく指が浴衣を握り締める。鼓動が激しく胸を叩いているのが、服の上からでも判った。呼吸はまだ荒い。食い縛った歯の間から漏れる息が夜着を湿らせる。

小刻みに震えていた身体がひくんと痙攣して、押しつけられた胸のあたりが濡れてきた。

スイは、声もなく泣いていた。

いつもは呆れるほどけたたましく泣き喚くスイが、一言も漏らさずに泣いている。

「………」

冬哉はスイの震える身体に腕を回した。

今のスイは、これ以上の説明が出来る状態ではない。落ち着くのを待つと決めて、胸に押しつけられた頭を撫《な》で、長い髪をゆっくりと梳く。

御蔵悟堂は本家に行ってはいなかった。

彼が本家に行っておらず、同行していない場合のことは考えた。だが、スイがあまりにも真っすぐに信じきっていたせいで、何時《いつ》の間《ま》にか自分もそんな気になっていた。

正直に言えば、御蔵翁の不在は冬哉にとって都合がいい。

このまま調査を続けられるし、スイの隙を見て御蔵翁の私室に忍び込み、部屋にあるという記録や日記を見る機会もあるだろう。

彼に聞きたいことは山ほどあったし期待もしていたが、邪魔者として排除される可能性が高かった冬哉にとって、彼の不在は有り難かった。

「う……っ、ふ………、っつ……っ」

胸元を熱く濡らしながら、スイが息だけで泣き続ける。

荒かった呼吸は整ってきたが、しがみつく指の力は緩まない。すっかりはだけてしまった夜着にもぐり込むようにして、スイは冬哉の肌に縋りついている。

スイは相変わらず無言だ。歯を食い縛り、時々大きくしゃくり上げながら、全身で泣いている。

しばらくすると、熱っぽかったスイの身体が冷えてきた。夏とはいえ、山の夜は気温が下がる。

汗に濡れた服を着替えさせたいのだが、身体を離そうとすると必死の力でしがみついてくる。押し当てられた額が、子供がグズるように嫌々をする。

諦めて、冬哉は夏掛けに手を伸ばした。ふわりと広げてスイの身体を包み込む。

スイが楽なように胡坐を崩し、震える身体を緩《ゆる》く抱く。思っていたよりずっと軽くて細い。スイは冬哉の腕の中にすっぽり納まっていた。

冬哉は抱き寄せた背中を軽く叩きながら、スイの頭を撫で続けた。

長い髪はしっとりと湿っていて、絹糸の感触が冬哉の指を滑り落ちる。艶やかな髪に鼻を埋めると、夜気と汗と悲嘆の匂いがした。

「……っ、と……やさ……、ごめ……っ……」

「いいから」

水っぽくくぐもる謝罪が素肌から直に伝わるのに、冬哉が囁く。

「いいから、今はこのまま――」

眠れ。眠るんだ、スイ。艶やかな髪に唇をつけて繰り返す。

返事の代わりにくすんと鼻を鳴らして、スイがまたしゃくり上げる。それから膝の上でもぞもぞと動き、居心地の良い場所を探すと、冬哉の胸に頬をつけた。

「――硬い」

「我慢しろ。これしかない」

ようやくまともに喋った言葉があまりにスイらしくて、冬哉は息だけで笑う。その気配につられたのか、歯を食い縛っていたスイの唇が緩むのが肌に伝わってくる。

しかし和らいだのは一瞬で、すぐに唇が噛み締められた。胸を濡らす涙は途切れず、小刻みに震える身体は冷えきっている。

自分の体温を分けてやりたくて、スイを抱く手に力を込めた。

「硬いってば」

文句を言う声に、ほんの微かだが確かな笑みの気配。

「……でも……」

ため息のように呟いたスイが、ほっと息を吐いた。

「……あったかいなぁ………」

子猫が鳴くような声で囁くと、スイは身体を丸めて冬哉の腕にもたれかかった。

震える語尾が口の中に消えると同時に、最後まで強張っていた身体から力が抜ける。

気力も体力も限界だったのだろう。冬哉の夜着を握り締めていた指がするりと落ちて、呼吸が深くなった。

それでも時折寝息が乱れ、胸はいつまでも濡れ続ける。

「――おまえ、今まで人肌の温かさを知らなかったんだな……」

ため息混じりに囁いて、顔に落ちた髪を指先で払った。

力の抜けた身体を抱き直し、くたりと寄り掛かった小さな頭を肩に乗せる。その拍子に睫毛に溜まっていた涙が一粒零れ、こめかみを伝って肩に沁《し》みた。

洋燈《ランプ》の淡い光が、泣き疲れた寝顔をふわりと照らす。

泣きながら眠るスイを見ているうちに、不意に濡れた泣きボクロから目が離せなくなった。

冬哉は殆ど無意識にスイの顎に手を添え、そっと持ち上げて顔を近づけた。と――、

「――っ!?」

とん、という軽い物音に気づいて我に返ると、夏障子の向こうに清姫がいた。

一瞬障子を蹴破って襲いかかってくるかと思ったが、清姫は黒い影のまま動かない。

「これを伝えたかったのか……？」

腕の中のスイを見おろして、佇む清姫に話しかける。

スイの異変に気づき、一足先に中之社へ戻って、冬哉になんとかしろと言いたかったのか。少しは信用してくれたのだろうか。

「清姫、スイを任せてくれてありがとう」

じっと様子を窺う清姫に話しかけると、ふん、と応とも否とも取れる荒い鼻息を一つ残して、大きな山犬は音もなく姿を消した。


――二回目の異変は、少女の形で現れた。

視線を感じて目を開けると、人形と見まごうような美少女が、瞬きもせずに見おろしていた。

咄嗟に起き上がろうとしたが、しがみつくスイが邪魔で動けなかった。それ以上に、枕にされていた腕と、身体に乗り上げるように絡んだスイの太腿《ふともも》の重さで手足の感覚がない。

動くのを諦め、冬哉は落ち着き払って自分達を見おろす美少女を見上げた。

長い黒髪、白い肌、小さな顔に薄桃色の唇、華奢な身体をふわりと包む水色のワンピース。どこをとっても可憐《かれん》な美少女だ。

しかし、張りのある大きな瞳だけがその印象から外れていた。

不躾《ぶしつけ》なまでに見つめる視線が強い。

「――男の寝所にうら若き乙女が来るということは、どうなってもいいと覚悟しているってコトでいいか？」

悲鳴を上げて逃げ出す心配はなさそうだと踏んで、突っ立ったままの少女に話しかける。

「その男が寵童《ちょうどう》を抱いていても、その覚悟とやらは必要か？」

少女の反応は冬哉の予想の上をいった。視線を外さぬまま、淡々と凄いことを言う。

「あ〜……」

反応に困って、冬哉は動くほうの手で髪をかき上げた。

冬哉の腕の中で、スイが眠っている。長い髪をシーツに散らし、頬に涙の跡を幾筋もつけて、冬哉の胸に顔を埋め、足を絡ませて寝息を立てている。

昨夜、泣きながら眠るスイを膝に抱いていた。涙は止まらず、身体はいつまでも冷えていて、時折震える寝息に苦しげに眉を寄せるスイの背中に腕を回し、頭を撫で続けていた。

不規則だった呼吸がようやく整い、身体がほんのりと暖まったのは、漆黒の闇にうっすらと青味が混じり始めた頃だった。そこからの記憶がない。

スイが目覚めるまで見守るつもりだったのに、何時の間にか眠ってしまったらしい。

「あ〜、その、だな……」

はだけた夜着に顔を突っ込んで、素肌に頬をすり寄せるスイと、相変わらず強い視線で自分とスイを凝視する少女を交互に見て、冬哉は取りあえず少女に笑いかけた。

「これには海より深い訳が――」

滅多なことでは動じない冬哉も、さすがに色々とマズいと思った。

さて、どこまで話したものか。そもそも何をどう話せばいいのか。

「ほう。では、そのワケとやらを聞こうか」

少女は慌てることなく頷くと、視線を逸らさないままスカートの裾を捌《さば》いてしゃがみこんだ。

「あんた、ミドリ様だな。御蔵ミドリ」

「知っているのか。で、おまえは？」

名を呼ばれて、大きな瞳が僅かに見開かれた。

「青江冬哉。──お嬢さん、全然驚かないんだな」

「充分驚いているぞ。おまえにも、スイの寝姿にも。……スイが眠っているのを初めて見た」

そう言うと、硬かった口調を崩して、ミドリが口元を綻ばせた。

以前、スイにミドリ様とやらが自分の存在を知ったらどうすると聞いたとき、たぶん面白がると思うと言っていた。そのときは肝の座った女だと返したが、どうやらその通りの娘らしい。

「ちゃんと起きて挨拶したいところだが、手足が痺れて動かない。悪いな」

「一晩中スイを抱いていたなら無理もない。気遣いは無用だ」

「……わざわざ言うこっちゃないが、やましいコトは微塵もないぞ」

「本人が言うならそうなんだろうな。私は見目の良い偉丈夫と泣き濡れた美少年が、たまたま寝乱れた姿で同衾《どうきん》しているのを見つけただけだ」

ミドリが少女らしくない薄笑いに形の良い唇を吊り上げた後、くっと表情を引き締めた。

「しかし、そんなことはどうでもいい。話を聞きたい」

「長くなるぞ。それに、俺にも聞きたいことがある」

「よかろう。しかし、その前に──」

言葉を切ったミドリが、腕を伸ばした。眠るスイの泣きボクロを指先でつつく。

「スイ、起きろ」

「ん〜…………」

顔を顰めたスイが、むにゃむにゃと口の中で呟いて、冬哉の懐にもぐり込む。

「もう少し寝かせてやってくれないか。こいつ、昨日は大変だったんだ」

「知っている。だから来たんだ」

短く頷いて、ミドリがさっきより強く泣きボクロをつつく。

「起きろ、スイ。おまえに言いたいことがある」

「う〜……、きよひめ？　とうや、さん？　──眠い……、も、少し…………」

「清姫でもトウヤサンでもない。ミドリだ」

「え……っ……？」

スイの目がようやく半分ほど開いた。ぼんやりと見上げ、少女を認めてふにゃりと笑う。

「……あ、ミドリ様だぁ……。おはよ」

「おはよ、ではない！　目を覚ませ!!」

「────っ!?　ミドリ様!!」

少女がぴしりと言い放つと、一気に目覚めたスイががばっと起き上がった。

「そうだ、私だ」

「うわっ！　うわっ！　とっ、とんだご無礼をっ!!」

「構わん」

ぴょんと飛び上がり、ぺたりと這いつくばろうとしたスイを、ミドリがぴんと立てた指で制した。

「それより話がある」

突き付けられた指を寄り目で見つめ、半端に腰を屈めたまま静止したスイを、布団に両手をついて身を乗り出したミドリが正面から見る。

「現五頭竜山護主、悟堂伯父《おじ》様のことだ」

「…………っ!!」

その名を聞いた途端、スイの顔が歪んだ。唇が震え始め、瞳にみるみる涙が盛り上がる。

「泣くな、聞け。本家に悟堂伯父様から手紙が来ている」

「え――――っ!?」

短く告げられた言葉に、スイが今にも涙が零れそうな目をいっぱいに見開いた。

「一刻も早く片付けねばならない火急の用件が出来た。夏の節分までには目処《めど》をつけるつもりだが、万が一間に合わない場合は祭祀をよろしく頼む、と」

「……急用？　よろしくって……、護主様が……？」

「ああ。行事の進行はスイが委細承知しているから任せるようにと書かれていたそうだ。急ぎ出立したため、碌《ろく》な説明もせずに申し訳ないとスイに伝えてくれという伝言も」

「……もり、ぬし……様が、俺、に……っ……？」

「ああ。御蔵家からの連絡は全て悟堂伯父様を通していたため、スイに教える手段がなかった。すぐに伝えなかったことを詫びる」

そう言って、ミドリが軽く頭を下げた。

少女の艶のある黒髪が涼やかな音を立てて肩を滑るのをぽかんと口を開けて見ていたスイが、くっと喉を鳴らして背筋を伸ばした。

「ど……っ、どうして！　どうして昨日教えてくれなかったんですか!?　俺っ！　俺は……っ!!」

潤んだ瞳を吊り上げ、揃えた膝の上で拳を握り締めて、スイがミドリを睨む。

「伝える間がどこにあった？　悟堂伯父様は同行していないと告げた途端、真っ青になって下之社を飛び出して行ったのはどこのどいつだ」

「あ〜……、俺ですね。スイマセン」

冷静な返しに、スイがぺこんと頭を下げた。

「……うふっ、うふふ、うひ……っ」

頭を下げたまま、丸めた背中を震わせてスイが笑いだした。

「ふふ……っ、そっか、護主様、急用なんだね。――いなくなったんじゃないんだ……」

うひひ、うひうひ。安堵と喜びが妙なスイッチを入れたらしく、スイは鼻を啜りながらヘンテコな声を漏らして泣き笑っている。

「節分の御奉祀、俺に任せるの？　俺が委細承知してるから？　申し訳ないって？　うひ、ふひひっ」

「おまえ、気持ち悪いぞ」

スイとミドリが話している間に起き上がり、痺れて感覚のない手足を揉んだり振ったりしながら会話を聞いていた冬哉が、スイの頭をぽんと叩いた。

「落ち着いたならどいてくれ。それからミドリお嬢様に説明しろ。俺はあらぬ疑いをかけられて迷惑してる」

「え……？　あ、そういえば俺、走って戻ってきて、それで…………どうしたんだっけ……？」

顔を上げたスイが、縺れた髪をかき上げながら首を捻る。

どうやら本当に覚えていないらしいスイに、冬哉がため息をついた。じんじんと痺れる手ではだけた夜着を直しながら説明する。

「あのなぁ、おまえは突然部屋に飛び込んできて、寝てる俺にしがみついてわんわん泣いて、泣いて泣いて、そのまま寝ちまったんだよ」

「……言われてみれば、そんな記憶があるようなないような……」

てへ。小首を傾げてスイが冬哉を見上げた。

「護主様がいないって言われて、頭が真っ白になって、なんかもう、どうしていいか判らなくなって、気がついたらここに――」

てへへ。照れ笑いをしたスイが、冬哉が軽く叩いたあたりを撫でてぺこんと頭を下げる。

「冬哉さん、ごめんね。俺、迷惑かけたね」

「詫びはいいから飯にしてくれ。おまえに一晩中付き合って腹が減った」

「そういえば、俺も昨日の昼から何も食ってないや。うわ、思い出したらすっげぇ腹減ってきた」

顔を顰めて腹を押さえたスイが、威勢よく立ち上がった。

「すぐ作るよ！　ミドリ様も食べる？」

「頂こう。一刻も早く事情を知らせたくて、起きてすぐにココに来た。私も空腹だ」

「おまえが飯を作っている間に、俺がここに居る事情をミドリお嬢さんに説明するぞ。いいか？」

「うん！　お願い！」

元気に頷いて、スイは弾むような足取りで部屋を出て行った。

長い髪を揺らしながら小走りで厨へ向かうスイを見送って、冬哉が大きく息を吐く。

「昨夜はあれだけ取り乱していたくせに、あっという間にいつものスイだ。……まあ、それがスイらしいと言えばらしいんだが」

「らしい、と言えるほど付き合いが長いのか？」

二人のやり取りの間、口を挟まなかったミドリが、顎を引いて冬哉を見た。

「おまえはここがどういう場所か、判っているのか？」

意志の強そうな瞳が、真っすぐ冬哉に注がれる。

「判っている、と思うぜ」

冬哉はようやくまともに動くようになった手で髪をかき上げ、布団の上で胡坐をかいた。

「おまえ、足に怪我を？」

組んだ足に巻かれた厚い包帯と添え木にミドリが気づいた。冬哉が肩を竦める。

「それも説明する。話が長くなるだろうから、お嬢さんも楽な姿勢で聞いてくれ」

「承知した」

短く言ったミドリが、膝を揃えて姿勢を正した。

「それから『お嬢さん』はやめてくれ。ミドリでいい」

「じゃあ、ミドリさんでいいか？　俺は冬哉だ」

ミドリが頷くのを待って、冬哉は初めて御蔵翁と会ったところから話し始めた。

「俺はある人の依頼で、五頭竜伝説を御蔵さんから聞くためにここへ来た――――」


「――――つまり、冬哉は悟堂伯父様に呼ばれてここに来て、スイの罠で大怪我をして、治療のために滞在しているというわけか」

冬哉の説明を聞き、彼が持参した御蔵翁と柏原左京の往復書簡を読んだミドリが顔を上げた。

「無断で山へ入ったのは俺だが、会うと言ったきり姿を見せない御蔵さんも悪いと思うぜ」

「私が聞いた限りでは、本家への手紙には冬哉の記述はなかった。何故だ？」

「俺が知るかよ。諦めて帰ると思ったのか、火急の用件とやらで頭がいっぱいで俺のことを忘れたのか、それは御蔵さんに聞いてくれ」

それもそうだな。小さく呟いたミドリが、御蔵翁からの手紙を読み返し始めた。

――招待されたが御蔵翁は来なかった。待つのに飽きて直接話を聞こうと山へ入った。そこでスイが仕掛けた罠によって大怪我を負い、ここで療養しながら御蔵翁を待つことにした――。

冬哉は取りあえず事実だけを伝えた。ミドリはきちんと正座したまま、強い視線を真っすぐ冬哉に据えて、身動《みじろ》ぎもせずに聞いていた。

彼女が光の強い瞳を揺らがせたのは、スイのことを言ったときだけだ。

賢い娘だ。歳に似合わぬ胆力もある。

妙に時代がかった口調と人に命令し慣れた態度、年長の男である冬哉を呼び捨てにする物言いも、ミドリの口から出ると不思議と違和感がなかった。

――御蔵翁から聞けなかったことを、この少女から聞けるかもしれない。

冬哉は膝を揃えて手紙を読む少女を見ながら考える。もう一つの五頭竜伝説。五頭竜様と御蔵家の繋がり。本家の一人娘ならば、スイが知らないことを知っている可能性も高い。

問題は、どこまで探りを入れるかだ。

今の様子だと、大騒ぎして冬哉を放り出す気はなさそうだ。しかしスイのように五頭竜伝説を迷いもなく信じきり、五頭竜様を崇尊している場合、藪をつついて蛇を出すことになりかねない。

さて、どうやって聞き出すか……。

そんなことを考えながら、頰に影が落ちるほど長い睫毛を伏せて手紙を読む美少女を見ていた。と、ふっと息を吐いたミドリが顔を上げた。

「手紙の宛名の柏原左京様なら、お父様の名代で出たパーティでお顔を拝見したことがある」

「へえ、食えないオッサンだったろ」

「遠くからお顔を拝見しただけだ、そこまでは判らん。そもそもあちらは由緒正しい堂上《どうじょう》華族、こちらは山出しの小娘だ。ご挨拶など出来る身分ではないからな」

「ミドリさんが五頭竜伝説の本家本元だと知ってたら、涎《よだれ》を垂らして飛びついたはずだぜ」

「下品な言い方をするな。……にしても、華族には珍しい商才の持ち主で、一代で財産を何倍にも増やした切れ者という噂《うわさ》の柏原様が、民俗学にも造詣が深いとは知らなかった」

「おいおい、手紙を読んだなら判るだろ？　あのオッサンは学問してる気なんざさらさらないぜ。ただの筋金入りの変人だよ」

ひらひらと手を振った冬哉を、ミドリの光の強い眼差しが見上げる。

「柏原様の書簡によると、その変人は冬哉の後見人なんだろう？　にしては物言いが雑だな。気やすいと言ってもいい。どういう関係なんだ？」

「アカの他人という関係だな。向こうは俺を便利に使ってるし、こっちは実入りのいいバイトだと思ってあの人のお遊びに付き合ってる。典型的なギブ&テイクだ。どうでもいいだろ、そんなこと」

深入りされたくない話題をさらりと流して、冬哉がぐっと身を乗り出した。

「俺のことより、スイのことを聞かせてくれ。いったいどういうことだ？」

「――――っ」

冬哉の言葉に、今まで殆ど表情を変えなかったミドリがくっと眉を寄せて唇を引き結んだ。小さな手に力が籠もり、持っていた手紙がくしゃりと潰れる。

「お嬢さんの代わりで、男なのに巫女。物心ついたときにはもう山で暮らしてて、ここから出たこともなけりゃ、碌《ろく》に他人と話したこともない。里の人間は、スイという人間がいることさえ知らないんだ。おかしいだろ？」

やさしく、穏やかに尋ねなければ。頭で判っていても、どうしても口調がキツくなる。

「スイを山に閉じ込め、便利に使うだけ使って、人の扱いすらしていない。五頭竜様と御蔵家ってのは、そんなに偉いのか？」

出来の良い人形のような美少女は、全身を強張らせて冬哉の糾弾《きゅうだん》を聞いていた。ただでさえ白い顔が蒼褪め、握った拳が震え始めても、ミドリは冬哉から視線を逸らさなかった。

「――あんたを責めても仕方ないな」

胸で沸き立つ苛立ちをどうにか抑え込んで、冬哉が太い息を吐いた。

「悪い。言い過ぎた。これは御蔵家の大人達に言うべきだった」

落ちてきた髪をかき上げ、軽く頭を下げる。

その言葉に、顎を引き、しっかりと顔を上げて、冬哉の詰問を受け止めていたミドリが初めて目を伏せた。

「謝罪は不要だ」

長い黒髪をさらさらと鳴らして、ミドリが首を振る。泣かせてしまったかと思ったが、小さな呟きに潤みはなかった。

「――ひどい、一族だと思うだろう……？」

「……………」

白くなるまで握り締めた拳に視線を落としたまま、ミドリが乾いた声で呟いた。冬哉は無言でいることで、その言葉を肯定する。

冬哉の沈黙を正しく受け止めたミドリが、くっと喉を鳴らしてさらに俯く。

「何を言っても言い訳になるが、私が本当の意味でスイの存在を知ったのは三年前、スイの背に竜の彫り物を見た十二歳の時だ」

「……ガキには重過ぎるな」

冬哉が短く返す。この聡《さと》くて一本気な少女が受けた衝撃を思うと、彼女を責めることが出来ない。

「――私がスイと会ったのは、初めてここに来た五歳の時だ。当時病弱だった私の代わりに、神楽を舞ってくれる子供だと言われた。大人達に囲まれて退屈していた私は、遊び相手がいることが嬉しくて、スイが山で暮らしていることを不思議にも思わなかった」

「五歳なんて、そんなモンだろ」

しかしミドリは、冬哉の同情を拒むように一層身を硬くする。

「それから年に四回、節分ごとに山へ来た。スイはいつもここにいて、笑顔で迎えてくれた。スイが男子《おのこ》だと知ったのは八歳、一緒に野湯に入ろうとして止められた時だ。私はスイと遊ぶのが単純に楽しかったから、男子でも女子《おなご》でもどちらでも良かった」

ミドリの話を聞いて、冬哉はスイに子供らしい交遊があったことに安堵する。そして、スイを独りにしないでくれたミドリに感謝した。ミドリの話は続く。

「私はここに来るのを心待ちにしていた。駄々をこねて、出来るだけ長く滞在できるようにねだった。博識な悟堂伯父様のお話は興味深かったし、スイとのお喋りも山歩きも楽しかったんだ。スイが私と悟堂伯父様以外の人間と会わないのも、神楽を舞うとき以外は下之社へ来ないのも知っていたのに、私は十二歳になるまでその意味に気づけなかった……っ」

淡々と話していたミドリの声が割れた。悔恨と怒りが、少女の華奢な身体の中で渦を巻いている。気の強い娘、聡明《そうめい》でやさしい娘だ。先ほどミドリが冬哉の非難を甘んじて受けたのは、腑甲斐《ふがい》ない自分を誰かに詰《なじ》って欲しかったのかもしれない。

冬哉の考えを読んだように、ミドリが顔を上げた。冬哉を見つめてふっと微笑んだ後、深々と頭を下げる。

「スイのために怒ってくれたことに礼を言う。悟堂伯父様がいない間、スイの傍にいてくれたことにも感謝する。どうか気の済むまでここに滞在してほしい」

「――そんなこと、簡単に言っていいのか？」

拍子抜けするほどあっさりと滞在許可を出したミドリを、冬哉がぽかんと見た。

「問題ない。私は御蔵家の一人子《ひとりご》で次期当主だ。この程度の我侭ならば許される」

相手の許す限界を上手に探りながら、今まで数々の要求を通してきたらしいミドリが胸を張る。

「……まあ、あんたがそう言うなら、俺としては有り難いな」

「ただし、里の人間には見られないようにしてくれ。バレた場合は庇《かば》えないぞ」

「ああ。それはよーっく承知してるよ」

「それと――」

言葉を切ったミドリが、ぐっと背筋を伸ばした。

「スイのことだが、もう少し待ってくれ。絶対になんとかする」

顎を引いて冬哉を見つめ、ミドリがきっぱりと断言する。少女の瞳に、強い光が戻ってきていた。

「さっきも言ったが、私は御蔵家の次期当主だ。お父様は英明なお方だが、心の臓がお弱い。遠からず御蔵家の広大な領地は私のものになる。その中には、当然五頭竜山も含まれる。だから、私が当主になるまで待ってくれ」

ミドリの言葉に、冬哉の眉が上がった。

「――――五頭竜山は、『広大な領地』の一部だと?」

「そうだ」

「五頭竜様はどうするつもりだ？　大事な大事な守り神様なんだろ？」

「おまえまでそんなことを言うのか」

吐き捨てたミドリが、唇を吊り上げた。

「守り神？　人の生を蔑《ないがし》ろにする神などに、守ってもらわなくても結構だ」

少女らしくない冷笑を浮かべたミドリが言い放った。

「……………たいした小娘だな……」

「お誉めの言葉と受け取ろう。そもそも冬哉に言われるまでもなく、ずっと考えていたことだ」

「十二歳から？」

「十二歳から。しかし……」

きっぱりと断言した後、ミドリが首を捻った。

「なんだ？　おっかなくなったか？」

「違う。以前、私が悟堂伯父様に同じことを言ったとき、伯父様が妙なことを………」

「言ったのかよ、スゲェな。で、妙なこととは？」

「ああ。悟堂伯父様は――」

「待て」

弾むような足音が近づいてくるのに気づいて、冬哉がミドリを止めた。

「スイが来る。その話はあとだ」

「了解した」

ミドリが頷く。顔を見合わせた二人が共犯者の笑みを浮かべた瞬間、足で障子を開けたスイが、威勢よく入ってきた。

山ほどの料理を並べた大きな盆を持ち、片手に汁鍋を下げ、脇にお櫃《ひつ》を抱えている。

「お待たせ！　やっと飯が炊けたよ！　鮎の塩焼きと山菜の胡麻《ごま》あえ！　野菜の味噌煮にきのこ汁！ごーせいに卵焼きもつけたよ！　さあ、食べよ!!」

昨夜の悲嘆と憔悴《しょうすい》ぶりが嘘のように元気を取り戻したスイが、二人に屈託のない笑顔を向けた。

「ここにいたのか」

彼を探していたらしいミドリが、野湯に浸かっていた冬哉に声をかけた。そのまますたすたと歩み寄ってくるミドリを、目を丸くした冬哉が見上げる。

「……素っ裸の男に平然と近寄るのか。うら若き乙女の反応じゃないな」

「顔を赤らめ、悲鳴を上げて逃げ出せと？　悪いがそんな暇はない」

全く歩調を変えずに近寄ってきたミドリが、一応の礼儀として手拭いで股間を隠した冬哉の背後に回り、野湯から少し離れた場所にある平たい岩に腰を下ろした。

「言っておくが、私は後ろを向いている。淑女たれという教育を受けている身としては、そちらを見ることは出来ない。冬哉も振り返らずに聞いてくれ」

「何を今更って気もするが、まあいい。スイはどうした？」

「下之社から荷物を運び上げている。かなりの量だから、何往復かすることになるだろう」

嵐のようだった夜と、ミドリの出現で色々なことが変わった朝が過ぎた後、朝餉を終えた二人は連れ立って下之社へと戻っていった。

ミドリは何も言わずに下之社を抜け出した説明を乳母にするため、スイは本当ならば昨夜から始めるはずだった節分の準備と打ち合わせと、本家から送られてきた荷物を受け取るために。

二人を見送った冬哉は昨夜の睡眠不足を補うために少し眠り、頭を整理するためと、スイの汗と涙と嘆きと悲しみの沁みついた身体をさっぱりさせるために野湯へ浸かっていたのだ。

「なら時間はあるな。今朝の話の続きを――」

「その前に」

途切れた話がずっと気になっていた冬哉がそれを聞こうとするのをミドリが遮った。

「冬哉をどこまで信用していいか、あれからずっと考えていた」

同じようなことを考えていた訳か。ミドリの言葉に、冬哉が苦笑する。

「スイは冬哉を全面的に信用しているらしいな。色々と助けてもらったし、傍にいると楽しいし安心すると言っていた。しかし、あれは人を疑うことを知らない。だから、その役は私がする」

「あんたは、スイのことをちゃんと考えてくれてるんだな」

冬哉は前を向いたまま言った。

「あいつが全くの独りじゃないと判って安心した」

「おまえに安心される筋合いはない」

言葉はきついが、口調には笑みがある。

「私とスイは、姉弟《きょうだい》のようなものだと思っている。たぶん歳はスイの方が少し上だと思うが、精神的には私が上だ」

「それについては異論はないな」

冬哉が苦笑する。

「姉弟と思う理由はもう一つある。冬哉はスイの名がどういう字か知っているか？」

「知らない。考えたこともない」

「こう書く。翡翠《ひすい》の翠《すい》だ」

後ろを向いたまま、ミドリが土に指で『翠』と書いた。

「へえ、あいつ、そんな立派な名前なのか」

「私はミドリ。こう書く」

ミドリがスイの名前の隣に自分の名を書いた。『翠』と。

「翠……。同じ字なのか」

「そうだ。スイは翠をスイと読み、私は翠をミドリと読む」

「なんでそんなややこしいことを……」

「さあな。ちなみに私の名付親は悟堂伯父様だ。たぶんスイもそうだろう」

ちっ。冬哉が鋭く舌打ちをする。

「名前まで身代わりかよ。御蔵さんは、どこまでスイを人間扱いしないつもりだ」

ミドリがスイとの繋がりを感じた同じ名は、冬哉には忌々しさでしかない。しかし、背中を向けたままのミドリが小首を傾げた。

「それはどうかな。スイは私より年上だ。私の方がスイの代わりかもしれないぞ」

「ンなワケあるか！　名無しの孤児に大事な本家の一人娘の名をつけて替え玉にしたんだ！」

吐き捨てた冬哉に、ミドリは少しの間黙り込んだ。

「――冬哉は、悟堂伯父様が嫌いか？　伯父様がスイを疎《うと》んでいると思っているのか？」

「思ってるんじゃなくて、事実そうだろ」

「違う。スイの生き様が歪《いびつ》なのは認めるが、悟堂伯父様はスイを慈《いつく》しんでおられるぞ」

「バカを言え!!」

派手な水音を立てて、冬哉が振り返った。

「だったら何故、スイをスイとして生きさせない!?　どうしてこんな山の中に閉じ込める!?　あんた達にとって、スイは都合のいい身代わりで、お嬢様の偽者でしかないいんだろう!?」

「それは――すまないと思っている……」

華奢な背中を強張らせて、ミドリが小さく呟いた。

「だが、悟堂伯父様がスイを慈しみ、愛《いと》しんでおられるのは事実だ。私は幼い頃からそれを見て知っている」

「はっ!!」

唇を歪めて、冬哉が嘲《あざけ》り笑う。

「慈しむ？　愛しい？　スイが触るのさえ嫌がる奴に、そんな心があるとは思えないね!!」

しかしミドリは、冬哉の嘲笑を跳ね返すように背筋を伸ばした。

「丁度いい。これは今朝話しそびれたコトと関係がある。スイについて、悟堂伯父様が私に語った言葉だ」

「あんたが御蔵家を継いで、スイを解放するって話だな。御蔵さんは何を言ったんだ？」

「――あのとき私は、代替わりなど待っていられない、私の背に竜を彫れと言ったんだ。身代わりなど必要ない、私が巫女として山に残ると。御蔵家のしきたりにスイを巻き込むな、と……」

その啖呵《たんか》を切ったときのミドリは十二歳。物に動じない冬哉も、さすがに呆気に取られる。

「……………つくづく気の強いお嬢さんだな。恐れ入るよ」

「生意気を言うなと叱られるものと覚悟していた。しかし悟堂伯父様は私を見て微笑まれた。そして、その必要はないと仰られた。もう誰も竜の彫り物などしなくていい、それは自分の代で終わりにすると。それから、スイをここに置くのはスイのためでもあると…………」

「スイのため？　どういうことだ？」

さらさらと髪を鳴らしてミドリが首を振る。

「判らない。訳を尋ねたが教えてくださらなかった。ただ、スイのことはちゃんと考えているから心配するなと仰って、信じてほしいと微笑まれた」

とてもやさしい微笑だった。ミドリが息だけで呟く。

「信じろと言われて、あんたは信じたのか？」

「全部を丸ごと信じることは出来なかった。今も出来ない。だが、悟堂伯父様がスイのことを考えていることだけは判った」

「――――……」

訳が判らない。スイのため？　自分の代で終わりにする？　何を？　どうやって？

「悟堂伯父様は厳しく自分を律する方で、滅多に表情を変えることはない。だが、スイが自分を見ていないと思ったとき、スイを見つめるお顔は本当におやさしいんだ。そういうとき、悟堂伯父様は口元を僅かに綻ばせ、目を細めてスイを見ている。確かに実際に触れるところを見たことがないが、伯父様は視線でスイを撫でている。あれは慈愛の表情だ」

増えるばかりの疑問に混乱する冬哉を余所に、ミドリが続ける。

「それだけじゃない。本家に頼む荷物にはスイのための本が大量にあるし、衣類や布団も細かく指定なさる。ご自分は甘いものを好まないくせに、スイの好物の水菓子と羊羹《ようかん》は必ず望まれるんだ」

「その程度のことでは俺の見方は変わらないぜ。好きな物を与えて可愛がるなんて、愛玩《あいがん》動物と変わらない。スイは犬猫じゃない。人なんだ」

「スイを見れば判るだろう？　スイは悟堂伯父様を心から慕《した》っている。愛されていなければ、あそこまで真っすぐに尽くせないと思わないか？」

「忠実な犬は、飼い主のために命を張るぜ。清姫を見ろよ」

「……清姫のそれは、忠誠心ではないと思うがな」

くく。冬哉の言葉に苦笑を零したミドリが、大きく息を吐いた。

「悟堂伯父様は決してスイを疎ましがっていないし、情愛を持っていることを知ってほしかったのだが……、これでは足りないか？」

「足りないね。全然足りない」

硬い声で言い返した冬哉に、ミドリが肩を竦める。

「確かに足りないな。冬哉が怒るのはもっともだ。しかし、これで覚悟が決まった。スイのために怒ってくれる冬哉を、私も信用することにする」

「……一応忠告しておくが、そんなに簡単に男を信用するなよ」

「ご忠告痛み入る。お返しに、私の信用が重いことを伝えておく。もし私を裏切り、スイを傷つけたら、里の人間に不審者が山に侵入したと訴えるか、清姫をけしかける」

「く……っ、あははは！」

淡々と告げる少女の背中を、ぽかんと口を開けて見つめていた冬哉が吹き出した。

「どっちも八つ裂き間違いなしだな。そこまで考えたうえでの信用なら、お兄さんも気が楽だ」

すっかり面白くなってしまった冬哉が喉を反らして笑う。それから水音を立てて立ち上がり、野湯を囲む岩の一つに腰を下ろした。

「おい、婦女子の前だぞ。礼節を保て」

「いい加減のぼせそうなんだよ。そもそも最初に礼節に反したのはそっちだ」

あっさり返して胡坐をかく。男の裸ごときで怯むタマではないのは知っているし、ここから先は頭をはっきりさせておきたい。湯中《ゆあた》りなどしていられないのだ。

「本題に入ろう。まず五頭竜伝説についてだ。御蔵さんは、御蔵家だけに伝わるもう一つの五頭竜伝説があると言っていた。それを教えてくれ」

「ある、というのは聞いたことがある。だが内容は知らない。それを知るのは当主と護主だけだ」

「全く知らない？　心当たりくらいないのか？」

冬哉の言葉に、彼を見ないままのミドリがしばし考え込んだ。

「――関係あるかどうか判らないが、お父様が祝いと呪いは表裏一体だと仰ったことがある。御蔵家は五頭竜様に祝《いわ》われて今の隆盛がある。ただし、同時に呪《のろ》われてもいる、と」

「祝いと呪い？　ふわっとし過ぎてて判らない。もっと具体的な話はないのか？」

細切れに与えられる情報はどれも抽象的で、冬哉はもどかしさに眉を寄せる。

「もともとの御蔵家は、滝守村近辺を治める地方の小豪族に過ぎなかった。それが大領主にのしあがったのは、五頭竜様の御加護を頂いたせいだと教えられてきた。五頭竜様の御加護が御蔵家に莫大《ばくだい》な富を与え、土地を与え、権力を与えたそうだ」

「富、土地、権力？」

「そう聞いている」

『五頭竜様』を除けば、ごく普通の立身出世話だ。そこに何がある？　何が隠されている？

「最初に莫大な富があったってワケだ。それが五頭竜様の御加護か。しかし、そんなモノがこの山のどこにある？」

「幼い頃から聞かされていたから不思議にも思わなかったが、そう言われればそうだな」

ミドリも首を傾げている。

「それが五頭竜様の宝ってことなのか？　――以前、御蔵さんに五頭竜伝説を聞いたとき、五頭竜様の宝の話が出たんだが、あの人は俺の問いをはぐらかした」

「悟堂伯父様が言わないものを、私が知るはずがないだろう」

「ふん。仕方ない、宝については棚上げだ」

肩を竦めた冬哉が切り替える。

「呪いのことだ、それは御蔵家から出す人身御供のことか？　本当に生贄にされるのか？　どうやって？　選ぶ基準は？　方法は？」

「知らない。少なくとも、ここ五十年はそんなことがなかったのは確かだ。誰を選ぶかは五頭竜様がお決めになると言われているが、殆どが本家の人間らしい。選ばれれば絶対に拒めない。そして選ばれて上之社に上った者は、二度と帰ってこない」

「なんだ、結構知ってるじゃないか」

「古くからいる使用人にしつこく食い下がって、やっとこれだけ聞き出した。両親や伯父様から教えられたものではない」

「やるじゃん。他には？」

「これだけだ。あれこれ聞き回っているのがバレて、お母様に泣かれて、お父様にみだりに五頭竜様の名を口にしてはならないと叱られた。使用人達には箝口令《かんこうれい》がしかれて、私の前では五頭竜様も五頭竜山も禁句になった」

また秘密か。ため息をついて、冬哉が濡れた髪をかき上げる。

「隠し事が多過ぎだ。――そういえば、あんたは護主達の記録を読んだことがあるか？」

「いや。書庫に保管されていることは知っているが、ここにいる時は出来るだけスイと一緒にいるようにしているから」

それも大事なことだと納得して、冬哉は書庫に籠もって代々の護主の日誌を読んだことを伝えた。

「年代順に並んではいたが、所々抜けてる。それから最新の、といってもここ五十年ぐらいだが、御蔵さんの分が丸々と、その一代前の護主の最後の数年分がない。おそらく御蔵さんの部屋にあると思うんだが、鍵がかかっていて見ることが出来ないんだ」

「スイが鍵を渡さないんだな」

「ああ。だからミドリさんから頼んでくれないか」

「無理だ」

ミドリがあっさりと言った。

「スイにとって、悟堂伯父様の命令は全てに優先するんだ。絶対に悟堂伯父様の言い付けには背かない。たとえ私が泣いて頼んだとしても、スイは鍵を渡さないだろう」

「本家のお嬢様の命令でも？」

「スイの中では五頭竜様と悟堂伯父様が何よりも大事で絶対だ。優先順位をつければ次は清姫、御蔵家と私は四番目だな」

神と伯父はともかく、清姫にも負けているのが面白くないのだろう。口調が僅かに変わって、振り向かないミドリが唇を尖らせているのが判った。ミドリが初めて見せた少女らしい姿だ。

微笑ましいしからかいたいと思ったが、スイの評価をきちんと受け止めて自分を誤魔化さないのがミドリらしい。

「なら、俺がスイから鍵を盗むか鍵自体を壊して御蔵さんの私室に侵入したとしたら、ミドリさんは怒るか？　スイにチクる？」

「────今の言葉を聞かなかったことにする。聞かなければ冬哉が何をするか知らないし、知らないならスイに言うことも出来ない。……私は卑怯《ひきょう》だな」

暫《しばら》く考えていたミドリが、自嘲混じりに冬哉の行動を容認した。

「ただし慎重に頼む。伯父様の私室に侵入したのがバレたら、スイはおまえを許さないぞ」

「判ってる。充分注意するよ。だが、俺はどうしても五頭竜伝説の正体を暴きたい」

「…………」

冬哉の言葉に、ミドリが黙り込んだ。それに構わず冬哉が続ける。

「上之社について何か知らないか？　ご神体は何だ？　社はどんな造りだ？　頂上の地形はどうなってる？　地図や見取り図のようなものが本家に────」

「待て」

矢継ぎ早に問い質す冬哉をミドリが遮った。

「はっきりさせておきたい。冬哉がここにいるのは、五頭竜伝説を暴きたいからか？　スイを助けるためではないのか？」

「…………」

今度は冬哉が黙り込んだ。

「スイのためならば協力する。ただの好奇心ならば、これ以上何も言わない。手を貸すから、さっさと山を下りてくれ」

「俺、は……」

「スイは冬哉に好意を持っている。信頼している。色々と助けてもらったと感謝している。なのに、ここにいる理由が自分の好奇心を満たすためだと知ったら、スイはどう思う？　――これ以上、スイの心を掻き回さないでくれ」

頼む。背中を向けたまま、ミドリが深々と頭を下げた。

その小さな背中を見ていた冬哉が、ふっと顔を上げて山の頂上を見上げた。ここからは見えない五頭竜様が御座すという上之社に視線を据える。

「――俺は、伝説の正体を暴きたい。知れば知るほど、その気持ちは強くなる」

「だったらもう……っ！」

髪を乱して振り返ったミドリを、指を立てた冬哉が待て、と制した。

「だがそれは、スイを解放するのに必要なことだと思う。スイはこの山に取り憑かれている。五頭竜様と御蔵さんが全てだと信じきっている。そんなスイを、ただ山から連れ出すだけじゃ駄目だ。首に縄を掛けて引きずってきたところで、心は五頭竜様と御蔵さんに縛りつけられたままだ」

判るな？　冬哉が目で問うと、返事の代わりにミドリがくっと顎を引く。

「ここでは五頭竜様が生きている。スイも里の人間も、その存在を畏怖と崇尊をもって受け入れている。スイを本当に解放したければ、五頭竜様を生かしておくわけにはいかない。俺がやりたいのはそういうことだ」

「……どうやって……？」

「それが判ればなぁ」

はあ。上目遣いに見上げるミドリに、冬哉が顔を歪めて嘆息した。

「大きなことを言ったが、今のところ八方塞がりだ。とにかく資料がない、話が聞けない、御神体のある上之社を調べたくても、この足じゃ無理だしスイと清姫が見張ってる」

「――なんだ、期待して損をした」

「まあそう言うな。何が出来るか判らないが、やれることは全部やるから」

ぷっと膨れたミドリに冬哉が肩を竦める。

「それに、俺がダメでもミドリさんがいるだろ？　スイに御蔵ミドリという強い味方がいるのが判って安心した。いざとなったらスイを力ずくで山から下ろしてミドリさんに渡すよ」

微笑《わら》う冬哉をミドリが睨んだ。

「おい、さっきの話と矛盾してるぞ。五頭竜様から解放されなければ、スイは自由にならないと言ったじゃないか」

「それは俺がスイを攫《さら》った場合だ。それだと山に心を残したまま、環境が一気に変わっちまう。だがミドリさんが、ひいては御蔵家が面倒を見てくれるなら、五頭竜様を感じながら徐々に影響を薄めていって、少しずつ人の暮らしに混ざっていけるだろう？」

「それが、私のやろうとしていたことだ」

「気が合うじゃないか。スイにとって、そっちのほうが衝撃が少なくていいと思う。だが――」

言葉を切って、冬哉がもう一度山頂を見上げた。

「――それでも、俺は五頭竜伝説を暴きたい。スイに憎まれても、傷つけても、拠《よ》り所を失わせることになっても、五頭竜様を神から引きずり下ろしたい……」

「――訳を、聞いてもいいか……？」

自分に言い聞かせるように呟く冬哉を、ミドリの大きな瞳が見つめる。

「いつか、機会があったら」

冬哉が乾いた声で言った。その口元には苦い笑みが刻まれている。

「………さっき、冬哉が八方塞がりだと言ったとき、期待して損をしたと言ったが、実は少しほっとしたんだ」

聡い少女は、これ以上踏み込むなという冬哉の無言の言葉を聞き取って話題を変えた。

「五頭竜様などどうでもいい、なくなっても構わないと言ったが、私も御蔵家の人間だ。生まれたときから五頭竜伝説にどっぷりと浸かってきたのはスイと同じだ。どんなに頭で否定しても、心は五頭竜様を否定しきれない。畏怖と崇尊の気持ちは私にもあるんだ」

「それは悪いことじゃないだろ。それに、ミドリさんはそんな自分を、少し離れた所から見ることが出来る。それで充分だと思うぜ」

「少し離れたところ、か……」

その言葉の何かが引っ掛かったらしい。ミドリが首を傾げた。

「……十二歳の時に騒ぎを起こしてすぐ、私は帝都の女学校に入れられた。今は乳母と御蔵家の別邸で暮らしていて、本家には休暇や祭事の度《たび》に帰っている」

「帝都に別邸ね。さすが大領主様だ。にしても、よく大事な一人娘を外に出したな」

「お母様は反対なさったが、見聞を広めるには教育が必要だと悟堂伯父様に説得されたそうだ」

「また御蔵さんか」

「お父様は伯父様には絶対に逆らわない。私のお祖父《じい》様はお父様が幼い頃に早逝《そうせい》なされたが、お祖父様もお父様も悟堂伯父様に育てられたんだ」

「親子二代の父親代わりってことか。くそ、どっちを向いても御蔵さんの影が立ち塞がってる気がするぜ」

一度しか会ったことのない御蔵悟堂の姿を思い出して、冬哉が舌打ちをする。

「女学校へ行けと言われたとき、私もそう思った。面倒な小娘を体《てい》よく追い払うつもりだと。だが本家を出て、五頭竜様がおられるのが当たり前の空気から離れたことで、私は『少し離れた所』から、五頭竜様を見る術《すべ》を身につけたんだと思う」

長い睫毛を伏せて、ミドリが考えながら話し続ける。

「……ひょっとしたら、悟堂伯父様は私にそれを望まれていたのかもしれない……」

「本家の一人娘は五頭竜様から遠ざけ、スイは逆に身も心も山に縛りつけたのか？　御蔵さんはいったい何がしたいんだ？」

「――――判らない。本当に。ただ、スイには申し訳ないとしか……」

それが自分の罪のように、ミドリが膝を抱えて深く項垂《うなだ》れた。

あんたのせいじゃないと言えない冬哉が、小さく縮こまった少女から目を逸らす。

「……まあ、絶対に肯定はしないが、御蔵さんの言う『スイのため』ってのは少し判るぜ。娑婆《しゃば》で孤児が生きてくのは厳しいもんだ。食い物や寝る場所にありつくのに必死の毎日だし、弱い者を喰いものにする奴等はごまんといる。スイは少なくとも衣食住が保障されて、普通以上の教育を受けてる。もしスイが娑婆にいたら、あんなに素直でよく笑う奴ではいられなかっただろうな」

「………それで、慰めているつもりか……？」

「事実を言っただけだ。だからといって、今のスイの有り様は絶対に肯定はしないぜ」

「そこはやさしくそうだと言うべきじゃないか？　冬哉は女の扱いが下手だな」

「扱いなんざ学ばなくても、勝手に向こうからやって来るからイイんだ」

「ふふ……、たぶんそうなんだろうな」

伏せていた顔を上げて、ミドリが小さく笑った。

その瞳にいつもの光が戻ったのを確かめて、冬哉も唇の端を上げる。

濡れていた髪が乾いて、風が伸び過ぎた髪を吹き上げた。話し込んだせいで、熱い湯に火照っていた身体も、何時の間にか冷えている。冬哉は胡坐を解いて湯に滑り込んだ。

淑女の嗜《たしな》みを思い出したのか、ミドリがまた冬哉に背中を向けた。その背中に語りかける。

「――なんか悪いな。色々と偉そうなことを言ったが、所詮《しょせん》俺は余所者だ。スイに出来ることは少ない。全部ミドリさんに背負わせることになるかもしれない」

「最初からそのつもりだ。むしろ私は、冬哉がスイのことを考えてくれるのに感謝している。私のことを子供扱いせずに、対等に話をしてくれたことも」

「あんたの胆力が普通のオトナ以上なのは、初対面で判ったからな」

苦笑を零して、冬哉が肩越しに振り返った。

「取りあえず、御蔵さんの私室に忍び込むのは節分の奉祀のときが最適だな。スイが下之社にいるうちに、何があるか調べてみる。ミドリさんはスイを見張っててくれ」

「了解した。出来るだけ下之社に引き止めておく。結果は教えてくれるな」

「当然。あと、他に何か俺にやって欲しいことは？」

「特にな――、いや」

何を思いついたのか、首を振りかけたミドリがその動作を途中で止めた。

「スイに歌を教えてやってくれ」

「は？」

予想の斜め上の言葉に、冬哉がきょとんとミドリを見る。

「ああ見えて、スイはなかなか賢い。伯父様の教えと書物で、大概のことは学んでいる。だが、歌だけは書物でどうにもならない」

「そんなの、ミドリさんが歌ってやればいいだろ」

「いや、冬哉に頼みたい。子守歌でも流行歌でも構わない。歌ってやってくれ」

ミドリが強情に言い張るのに、冬哉が首を傾げた。

「なんで？　スイだって男だ。野郎の野太い声より、可愛い女の子の澄んだ歌声のほうがいいに決まってる」

「…………っ」

冬哉にしてみれば当然の言葉に、後ろ向きのミドリがもぞもぞと居心地悪そうに身動いだ。

「………同級生に言わせると、私の歌は音程とリズムが独特なんだそうだ。聞いていると酔いそうだから、合唱のときは口だけ開けていればいいと……」

「――つまり、音痴なんだな」

冬哉が笑わないように口元を引き締める。

「……っ！　他の才能をあまりに沢山持ち過ぎたせいで、音感と運動神経はお母様のお腹《なか》の中に置いてきたんだ！　別に気にしてないぞ!!」

「ワカッタ。オレガウタウ」

吹き出すのを怺《こら》えて腹に力を込めたせいで、妙な声が出た。ごほんと一つ咳払いをして、赤くなったミドリの耳に頷く。

「任せろ。滅多《めった》に歌わないが、上手いと言われてる。子守歌がいいな。俺の故郷の子守歌だ」

「なんでもいい。選曲は冬哉が決めろ」

ミドリがむっつりと答える。

笑いの衝動を怺えながら、冬哉は小さな背中を見ていた。不意に、その背中にスイの裸身が重なる。

「――スイの竜を見たと言ったな」

「ああ。私が十二歳の時に。冬哉も見たのか？」

話題が歌から逸れたせいか、ミドリがきびきびと応えた。

「二人で野湯に来たときに。こっちがブッたまげてるのに、あいつはあっけらかんとしてたぜ」

「そうか……」

頷く口調が重く沈む。

「――二人で魚釣りに行ったあとだった。スイは髪を上げ、後ろを向いて湯に浸かっていた。私は驚かそうと思ってこっそり近づいた。……だが、驚いたのは私のほうだった……」

「白粉彫り、白い線書きの竜だな」

その時のことを思い出したのか、ミドリがゆっくりと自分の長い髪をかき上げる。

「――美しい、と思った。スイの背中いっぱいに描かれた竜は、今まで見たどんな絵よりも綺麗だと思った……」

「ミドリさんに言われるまで、スイは竜が彫られていることを知らなかったんだな」

「そうだ。気づいたスイが振り返るのに、よく見たいからもう一度後ろを向けろと言ったんだ。だが、スイは何のことか判らないという顔をした。だから教えてやった」

「で、御蔵さんに叱られて、彫り物の理由を聞いたあとに大立ち回りをやらかしたってワケか」

「……っ、そうだ！　あんなに腹が立ったのも、自分が情けなかったのも、御蔵家を恥じたのも初めてだった……っ!!」

激情に身を震わせて、ミドリが拳を地面に叩きつけた。

「私はスイに謝った。スイの前で泣いたのは、後にも先にもあの時だけだ。なのに、スイは泣く私を一生懸命慰めて、これがあるから五頭竜様にお仕え出来るなら嬉しい、と、笑った……」

呟くミドリの声が擦れる。

「それからスイの竜を見たことは？」

「ない。アレは身体が温まらないと浮かんでこない特殊な彫り物だそうだな。あれから何度もスイの背中を見たが、白い竜を見たのはあの一度だけだ。――だが、私はアレを、鮮明に覚えている」

言葉を切ったミドリが、くっと息を詰めた。

「あれは、御蔵家の傲慢《ごうまん》の証《あかし》だ。忌々《いまいま》しい。憎んですらいる。――なのに、何度思い出しても美しかったと思ってしまう。……私は、そんな自分が許せない……」

「そんなに自分を責めるなよ。綺麗なモノを綺麗だと思うのは悪いことじゃない。スイだって、不細工な彫物を背負ってると言われるより、そのほうがマシだろ？」

思い詰めたミドリの声に、冬哉がことさら軽く返す。

「繰り返し思い出して、夢にまで見るんだ。細部まで鮮明に描きだせる。いい加減忘れたいのに、どうしても忘れられない」

「――そんなにはっきりと覚えているのか？」

ため息をついたミドリに、冬哉が口調を変えた。

「覚えている」

ミドリが即答する。

「なら――」

それは動いたか？

そう口にしようとして、冬哉は言葉を飲み込んだ。

ミドリにそれを聞くことは、それを認めることだから。

「冬哉？」

ミドリが続く言葉を待って彼を呼ぶ。

「どうした？」

「――いや、なんでもない」

「なんでもないという口調ではなかった。何を聞こうとした？」

勘の良い少女が食い下がるのに、冬哉は軽く笑ってみせた。

「言ってもいいが、怒るなよ。俺はスイの背中の竜を精巧で写実的だと思ったが、美しいとは思わなかったんだ。女の子と野郎では、こんなに感じ方が違うのかなって思っただけだ」

「……夢見がちな少女の感傷だと言うのか」

「ほら怒った。だから言いたくなかったんだよ。――おい、この話はやめだ。スイが来る」

喉で笑った冬哉が、ミドリを呼ぶスイの声に内心ほっとしながら顔を上げた。

「そういえば、神楽のおさらいをすると言っていたな。忘れていた」

立ち上がったミドリが社から続く道を見る。

「忘れてたんじゃなくて、やりたくなかったんだろ。なにせミドリ様は運動音痴――」

「冬哉！」

「ミドリ様！」

小走りで近寄ってきたスイが、ミドリの声に重なるように彼女の名を呼んだ。

「いくら待っても来ないと思ったら、こんな所で油を売って――ってミドリ様！　裸の男とナニしてるんですか!?」

「話をしていただけだ。油など売り付けていない」

「『男女七歳にして席を同じゅうせず』って佐和《さわ》様に言われてるでしょ！　それが裸の男と話し込むなんて!!」

「スイの裸なら何度も見たぞ。いまさら裸の男が一人増えたくらいなんだ」

「またそーゆー屁《へ》理屈を言う！　俺が佐和様に怒られるんですよ！」

「サワサマって誰だ？」

冬哉が頭の上で言い争う二人を見上げた。

「私の乳母兼監視役だ。元はお母様の乳母で、御蔵家へ輿入《こしい》れするときについて来た」

「母娘二人の乳母か、年季が入ってるなぁ」

「確かにかなりのお年だけど今だに矍鑠《かくしゃく》としてらして、俺はちょっと怖いよ」

「佐和は頭が固い。私は男女同権の世の新婦人だ。男の裸くらいなんだ」

そう言って、ミドリが得意気に腕を組む。

「破廉恥ですよ！　ミドリ様!!」

逞《たくま》しい上半身をさらし、伸び伸びと両腕を広げた冬哉の頭上でスイが叫んだ。

「新しかろうが古かろうが、裸の男はダメです！」

「おい、裸の男裸の男って、人を露出狂みたいに言うな。俺は野湯に入ってただけだ」

俺は無実だからな。冬哉が肩を竦める。しかし、二人は冬哉の話など聞いていない。スイが目を吊り上げて冬哉の股間を指差す。

「ほら見て！　冬哉さんの冬哉サンが丸見えじゃないですか！」

「見ろと言ったり見るなと言ったり、どっちだ？」

「絶対見ちゃダメです！」

「スイ、言ってることが滅茶苦茶だぞ」

はあ。ため息をついたミドリが、にっと唇を吊り上げた。

「安心しろ。冬哉の冬哉サンは角度的に見えない」

「その理屈が佐和様に通じると思ってるんですか!?」

「スイが言わなければいいだけの話だ。そもそも冬哉はここにいないはずの男だろう？　裸でいようが十二単《ひとえ》を着ていようが、佐和の知ったことではない」

胸を反らして言い放ったミドリに、ぽかんと口を開けたスイが吹き出した。

「ぷ……っ、くくくっ！　十二単の冬哉さん、それって想像するとちょっと……っ、ぷぷっ!!」

あはははは！　腹を押さえて屈み込み、スイが身体を二つに折って爆笑する。

「ばか、想像すんな。裸を見られるより、十二単を着たトコ想像されるほうが恥ずかしいぜ」

「ふふ……、冬哉は文句なしの美丈夫だが、女形《おやま》の似合う顔でも身体でもないな」

笑い転げるスイの隣で、身を乗り出したミドリが湯の中の冬哉を見た。

「だから想像すんなって。だいたいなあ、オトコの身体をガキがしげしげと観察するなよ。二人とも恥じらいを持て」

「はっ、裸の男が偉そうなコト言ってるぅ……っ、あは、あははは！」

「大丈夫だ。冬哉の裸は充分鑑賞に耐える。もっと自信を持て」

「……なんでこんな小娘に慰められなきゃならないんだ？　ってか、鑑賞するなら金を取るぞ」

力強く励ますミドリにげんなりと返した冬哉が、しっしっと二人を手で払った。

「とにかく、ハダカのオトコが嫌なら向こうへ行ってくれ。俺もそろそろ茹《ゆ》だりそうだ」

「そうですよ！　俺と神楽の練習をするって約束でここに来たんでしょ!!」

自分の仕事を思い出したスイが、目尻の涙を拭って立ち上がった。

「練習などしなくとも、振りなら全部覚えているぞ」

「覚えてても動けなきゃダメです！　あとで確認するって佐和様が言ってましたよ！」

ほら！　早く!!　焦れたスイが渋るミドリの手を取って、来た道を戻り始めた。

「スイ、待て。そんなに引っ張らなくとも自分で歩く」

「そんなコト言ってまたサボるつもりでしょ!?　逃がしませんからね！　冬哉さんはごゆっくりぃ」

不服そうなミドリを引っ張り、肩越しにひらひらと手を振って、スイが木立の間の道を遠ざかって行った。

冬哉は長く艶やかな黒髪を背に流した二人のよく似た後ろ姿を、見えなくなるまで見送る。

騒々しい二人がいなくなると、途端に森に静けさが戻ってきた。風の音、葉擦れの音、湯の湧き上がる小さな水音。遠くで鳥が鳴いている。

冬哉は目を閉じて、岩に頭をもたせかけた。

「……ここにいるのがスイのため、か……」

冬哉は御蔵翁が言ったという言葉を口にした。確かに、今のスイは幸せそうだ。

忙しいが張りのある毎日、満ち足りた衣食住、季節ごとに顔を出す、強くてやさしい美少女。

冬哉に言わせれば牢獄《ろうごく》でしかない山も、彼の人生を奪っているとしか思えない御蔵悟堂も、スイにとっては自分を守ってくれる大切な存在なのだろう。

――ここから連れ出すことが、本当にスイの幸せか……？

何度目かの迷いだ。

――人間扱いされないことは、そんなに不幸なことだろうか………

スイのためを思えば、これ以上妙なことを考えず、彼の生活に波風を立てないまま立ち去るほうがいいのかもしれない。

屈託なく笑うスイ、生き生きと話すスイ、身体全体で喜怒哀楽を表現するスイ。細い身体でくるくると動き回り、ちっともじっとしていない働き者のスイ。今の彼は不幸か？

「………判ら、ない……」

気持ちの揺らぎそのままに、呟く言葉は低く擦れた。

「だが、俺は嫌だ」

金茶色の瞳を光らせて、冬哉がぐっと顎を引く。

「俺が、嫌なんだ」

それだけは確かだ。

冬哉は水滴を跳ね上げながら、勢い良く湯から出た。


節分の奉祀の奉納神楽は、巫女が二人で舞うのだそうだ。

一人は主《しゅ》の巫女。社の中央に立ってほぼ一人で舞い、五頭竜様に神楽を奉納する。

もう一人は従《じゅう》の巫女。主の巫女の傍に控え、祝詞を唱える主の巫女と一緒に鈴を振り、舞う主の巫女から鈴を受け取ったり御神刀を渡したりする。その際、主の巫女とほんの少し舞う。

主の巫女は護主様の孫娘のミドリ。従の巫女は節分の奉祀のときだけ御蔵家から遣わされる補助役だ。

「そういうふうにしておかないと、御蔵家の一行に少女がいる説明がつかないからな」

面倒臭そうに言って、本家の一人娘であるミドリが肩を竦めた。

「里の人間の前では帽子を深く被って顔を伏せている。恥ずかしがり屋の従姉妹《いとこ》という設定だ」

「ミドリ様役のスイが主の巫女で、従の巫女が本当は本家の一人娘なのに、対外的には従姉妹という設定のミドリさん？　ややこしいな」

「言葉にするとヘンテコだけど、やってることは簡単だよ」

眉を寄せる冬哉に笑いかけたスイが、腰に手を当ててミドリを睨んだ。

「従の巫女とはいえ、舞だけはちゃんと覚えてもらいますからね！」

「だから動きは覚えていると……」

「動くんじゃなくて舞うんです！　ミドリ様はそこが判ってない！」

よほど嫌なのか、白い小袖と緋袴、千早を身につけたミドリが唇を尖らせる。

「にしても、わざわざ衣裳まで着なくても――」

「それは春の節分の時、ミドリ様が袴を踏んでズッコケたからです」

不満たらたらのミドリに、スイがぴしりと言い返した。

「今度こそ袴捌《さば》きを覚えてもらいます。ってか、ちょっと立ったり座ったりするだけで、なんで裾を踏んだり鈴を袂《たもと》に絡ませたり出来るのか、俺には逆に判んないですよ」

「……スイは意地悪だ。私だって好きでやってるワケじゃない」

「だから練習するんでしょ」

自分を睨むミドリに、スイはあっけらかんと笑い返す。

「もういい。さっさと始めるぞ」

膨れっ面のミドリが、ばさばさと袴を鳴らしながら部屋の中央に立った。

「あ～もう！　そんな荒っぽく動かない！　足先は床につけたまま滑るように！」

そう言って、スイが袴を捌いてミドリの隣に並んだ。口は騒々しいが、衣擦《きぬず》れの音はしない。

「じゃあ始めますよ」

一言告げて、スイがしゃん、と鈴を鳴らした。

どこかで見たような動きばかりだったが、この地の奉納神楽は余所よりも少しアクティブだ。

冬哉は胡坐をかいた足に片肘をついて、二人の神楽を見ていた。

「……手はもう少し上に、指先は伸ばして」

小声で祝詞を唱えながら、スイがミドリに声をかける。

手を水平に上げて、ひらりと返す。揃えた指先をゆっくりと回し、その動きを追うように身体を半回転。一度止まって鈴を振り、今度は反対側に半回転。

「もっと膝と腰に力を込めないと……、ほら、ふらついた」

摺《す》り足で数歩進んで素早く九十度曲がり、鈴を振ってさらに摺り足で数歩、また九十度曲がって鈴を振り、摺り足で数歩。それを繰り返して元の場所に戻る。

「視線は真っすぐ前に、足元を見ちゃダメです」

深く腰を折って一礼、鈴を振りながら腕をゆっくりと斜めに上げ、その場で一回転。それを東西南北で四回。同じ動作を今度は逆回りでもう一回。

「自分がどこにいるか、常に意識してててください。手と足のリズムが違うことに気をつけて」

とん、と飛んで片膝をつき、身体全体を使って伸び上がるように立ち上がる。その間、少し早いリズムで鈴を振り続ける。千早を捌いてくるりと回り、鈴を頭上で緩やかに振る。

——上手いもんだ……。

冬哉はスイの舞う姿にほっと息を吐いた。

野良着から衣裳を替えただけで、スイは巫女になる。がさつで騒がしい少年が、気品漂う清楚《せいそ》な巫女に変わる。

手に持つ鈴を軽く振り、腰を落として一歩踏み出すだけで、スイの動きは舞いになる。

スイの神楽は朔の祓で見ているが、あの日はやらなければならないことで頭がいっぱいで、じっくり見る余裕がなかった。

そのときも上手いと思ったが、スイが舞うのをまともに見て、彼の体捌きの巧みさに内心驚いていた。目を奪われる。視線が勝手に吸い寄せられる。

スイがゆっくりと手を上げ下げするだけで残像が残る。揃えた指先の動きを目が追ってしまう。ふわりと飛んで音もなく着地すると、遅れてついてくる千早が羽のようだ。

鈴の音も、手首の返しをほんの少し変えるだけで高くも低くも鳴らし、早くても遅くても音が濁らない。スイの鈴の音と舞いには、普段の彼からは想像も出来ない艶があった。色気といってもいい。

——おや……？

冬哉が眉を寄せた。ガラにもなく見惚《みと》れていたスイの舞い姿に微かな違和感がある。

——いつもと少し……。

何がどうとは言えない微妙な差違に首を捻り、見つめているうちに理由が判った。

ミドリとスイは頭半分くらいの身長差があるのに、舞う二人の頭の高さがほぼ同じなのだ。当然手の長さも違う。なのに、差し出される二人の指先は揃っている。

——あいつ、袴の中で膝を屈めてやがる。

冬哉が目を見張る。膝だけではなく、肘も少し曲げて、袂から手が全部出ないようにして長さを合わせていた。

外から見えないようにミドリと身長を合わせ、手足の長さや大きさの違いを気取らせずにあれだけ動き続けるには、鍛えた体幹と運動能力が必要になる。

それを苦もなくやってのけ、なめらかに、流れるように舞うスイは、一流の舞い手なのだろう。

スイの舞いには、民衆を酔わせたという、古代のシャーマンのような幻覚作用がある。

芸術不感症を自認する冬哉だが、スイの神楽は素直に美しいと思った。

――これを真似《まね》ろってのは、ミドリさんには酷だよなぁ……。

冬哉は並んで鈴を振るミドリに苦笑した。

覚えていると言った通り、ミドリはほぼ同じ動作をしている。だが、落差があり過ぎた。

スイが舞っているなら、ミドリはただ動いているだけだ。

ぎくしゃくと上げ下げされる手足は棒が動いているようだし、屈んでも飛んでも人形を無理矢理動かしているようで、ぎしぎしと音がしてきそうだ。運動というかただの移動というか、とにかく舞いには見えない。

鈴の音も同様で、ミドリが振る鈴は神社の賽銭箱《さいせんばこ》の上に下がる鈴のようにじゃらじゃらと鳴る。振り過ぎたり足りなかったりで音が安定していない。

それが自分でも判っているのか、ミドリは終始仏頂面で、スイの動きに遅れたり早くなったりするたびに、どんどん不機嫌になってゆく。いつもは凄味のある美少女なのに、その表情も仕草も年相応で愛らしい。

反対に、スイは殆ど表情を変えない。いつもの喧《やかま》しさはどこへやら、しっかりと顔を上げ、しなやかでありながらも凛とした空気を纏って舞い続ける。

あまりに性格が違いすぎて今まで気がつかなかったが、ミドリが幼くなってスイが大人びると、二人はよく似ていた。整い過ぎて硬質な印象のあるミドリと、繊細な顔立ちにまろやかな幼さを残したスイは、性別を越えて重なる部分が多かった。

これなら二人の入れ代わりも、もう少し誤魔化せるだろう。

――だが、それもあと僅かだ。

スイは少年期の最後にいる。中性的な肢体が男の身体になるのは時間の問題だ。顔が変わり、手足が伸び、身体付きが変わって、二人の違いがはっきりしてくる。

スイの努力ではどうにもならない時期が遠からず来る。

――それが判らない訳ないよな、御蔵さん。

ここにいない相手に問いかける。

――スイはもうすぐ身代わりとしての価値がなくなる。その時、スイをどうするつもりだ？

返らない答えに苛立ちながら、冬哉は似通った横顔を見つめている。

冬哉の物思いを余所に、二人は飛んでから伸び上がるところを繰り返し練習していた。

「頭の中で数をかぞえて。一で膝を曲げて二で溜めて三で飛――っ、ああ、そんな勢い良く立ったら鈴が鳴っちゃうでしょ！　やり直し！」

「だいたい合ってるじゃないか。もう疲れた」

「ダメです！　もう一度！」

ちっ、と淑女らしからぬ舌打ちをしたミドリが、ちかりとスイを睨んでから構えた。

つんのめるように飛び上がってぎこちなく膝をつき、ぴょんと伸び上がるミドリの手の中で、鈴が
じゃらりと音を立てる。

「ぷ……っ」

笑わないように力を込めていた腹筋もそろそろ限界で、冬哉が我慢しきれずに吹き出した。

「ああもうっ!!」

いつものせっかちを封印して辛抱強く教えていたスイも、ついに頭を抱えて座り込む。

「これで判っただろう？　人には向き不向きがある。私は舞うことに徹底的に不向きなんだ」

ミドリが妙に偉そうに胸を張った。どうやら、一周回って自分の出来なさ加減が楽しくなってきたらしい。

「あ〜あ、俺、またミドリ様が何をやらかすかってヒヤヒヤしながら舞うの？」

「安心しろ。たとえ転んだとしても、それはどこぞの従姉妹で私ではない」

座り込んだスイを見おろして、ミドリがふんぞり返る。

「転ぶ気満々じゃん！　そんなの絶対ダメです！　もう一度!!」

「それは時間の無駄だ。というか、今までの時間が最初から最後まで無駄だ」

「何を威張ってるんですか!?　御蔵家の名折れですよ!!」

「御蔵の名など、折れようがへしゃげようが構わん」

「俺は構います！　さあもう一――っ」

文句を言いながら立ち上がったスイが、突然かくんと膝を折った。

力を失った身体がふらりと泳ぐ。

「ス――っ!?」

気がつくのは冬哉のほうが早かったが、杖に縋らなければ立てない彼に瞬発力はない。倒れかけたスイを支えたのは、近くにいたミドリだった。

「スイ!?」

自分より少し大きな身体を支えきれずに、スイを抱えたままミドリも膝をつく。

「スイっ！　どうした!?」

「静かに。それから揺するな」

立つのを諦め、膝で這い寄った冬哉がミドリからスイを抱き取って膝に乗せた。

「……だい……じょ、ぶ……」

「よし、意識はあるな。顔が青い。貧血だ」

「な……んか、突然、あし……、に、力が入らなくな……っ……」

「喋らなくていい。ミドリさん、悪いが水を持って来てくれ。それと、何かかける物も」

頷いたミドリが部屋を飛び出して行く。

「スイ、俺に寄り掛かれ。……そう、そのままじっとしているんだ」

ぐったりした身体を抱え、スイの頭を肩で支える。顔にかかる長い髪を指で払うと、ふっと息を吐いたスイが、目を閉じてもたれかかった。

あんなに動いたあとだというのに、抱えた身体は冷えていた。

顔に色がない。見おろすと、閉じた目の下に隈《くま》が浮いている。今まで気づかなかったのが不思議なくらい、その隈は濃かった。

「……部屋、が、回ってる………」

「吐きたいか？」

「ううん。なんか……、フワフワして気持ちいい……」

ふふふ……。スイが色の失せた唇で笑った。

「おまえ、寝てないな」

「――――うん」

「節分が近いせいか？　緊張しているのか？　御蔵さんが心配か？」

ううん。首を振ったスイが目を開けた。

「眠れない、……というか、眠りたくなくて………」

「どういうことだ？」

眉を寄せる冬哉を、ゆっくりと瞬いたスイが間近から見上げてきた。青白い肌に、目元の泣きボクロが浮き上がる。

「――――前に、誰かに呼ばれる気がするって言ったよね……」

「――――っ」

ため息のような囁きに、冬哉が身を強張らせた。

「それが聞こえるのか？」

「………うん」

「いつから？」

冬哉の問いかけに、また目を閉じたスイが小首を傾げる。

「……どうだろう。こういうことは、前から時々あったから……。でも、毎日聞こえるようになったのは、……十日、くらい前から……、かな……」

「くそ、全然気がつかなかった」

「起きているときは俺も忘れてるくらいだもん。冬哉さんが知らなくて当然だよ」

ぎり、と歯を噛み締めた冬哉に、スイが褪《あ》せた唇で笑う。

「日中はいいんだ。冬哉さんがいるし清姫もいる。ミドリ様も来てくれた。毎日忙しいし、やることは色々あるし、とにかく楽しくて。――――だけど、夜になると………」

「声が聞こえる？」

「――――うん」

「だから眠れないのか？」

「というか、寝たくない。熟睡すると呼ぶ声が聞こえて、気がついたら外にいたりするんだ。そんなことが続いて、なんだか怖くなって……」

清姫、仕事が甘いぞ。スイが気づいちまった。冬哉は以前に見たスイの虚ろな表情と、彼を守るように寄り添う清姫を思い出す。

「ウトウトするくらいなら大丈夫なんだ。だから夜は壁に寄り掛かって座ってた。それでも寝ちゃうときは清姫に起こしてもらって……」

そんな状態で十日間!? 何も気がつかなかった自分に苛立ち、冬哉は肩を抱く手に力を込める。

「なんで俺に言わなかった!? 冬哉さんには関係ない――」

「だって、冬哉さんには関係ない――」

「俺を余所者扱いするな！」

自分の口から出た言葉に驚いて、冬哉はぐっと唇を引き結んだ。

――俺は何を言っている？

俺は予定外の闖入者《ちんにゅう》で、縁もゆかりもない第三者で、余所者以外の何者でもないだろう？

この固く閉じた環境の中では、青江冬哉という男は異物でしかない。自分に出来るのは、一線を引いた外側から見守り、出来るなら少しの手助けをすることだけだ。

何度も繰り返し考え、その都度納得していたはずなのに。

俺は何を言いたい？　何をしたいんだ？

――内側に入り込むつもりか？　その覚悟があるのか……？

「……哉さん、冬哉、さん？」

「――っ!?」

頬に冷たい手が触れて、冬哉が我に返った。

「急に黙り込んで、どうしたの？」

頬に指を添えたスイが、心配そうに見上げている。

首にかかる息、見開かれた瞳、その脇にぽつんと小さな泣きボクロ。膝に抱いた細い身体は、取り戻した熱であたたかい。

「俺、何かした？」

「――――いや。なんでもない」

喉に詰まった塊を無理矢理飲み込んで、不安そうな表情と寄せられた眉に微笑《わら》いかける。

「足音だ。ミドリさんが戻ってくる」

「あ、ホントだ」

ぱたぱたと近づいてくる足音に、スイが身体を起こした。

膝の上に乗せられているのに気づいて、もぞもぞと降りようとする。冬哉は抱く腕に力を込めて、その動きを封じた。

「さっきの話、ミドリさんに言うか？」

「やめて！」

振り返ったスイが、髪を乱して首を振る。

「ミドリ様は俺をすごく気遣ってくれてるんだ！　これ以上心配させたくない！」

「……判った。だが、俺は言ったほうがイイと思うぞ」

「ヤだ！　お願いだよ！　絶対言わないで!!」

「すまない！　遅くなった!!」

冬哉が判ったと言う前に、桶《おけ》を抱えたミドリが夏障子を蹴破るように入ってきた。

「水瓶に水がなくて、井戸まで行って来た！」

裸足で外へ出て、使い慣れない井戸から水を汲《く》み上げたのだろう。ミドリの足は泥だらけで、袂は濡れ、緋袴も膝から下の色が変わっていた。

「ありがとうございます。ミドリ様」

冬哉の腕に抱かれたまま、スイが膝の上から気恥ずかしそうに笑いかけた。

「もう大丈夫。心配かけてごめんね」

そう言って腕を突っ張らせ、冬哉の拘束から逃れて立ち上がる。

そのまますたすたと歩いて、ミドリが持つ桶を取り上げた。食器洗い用の桶になみなみと注がれた水とミドリを交互に見る。

「……これ、飲めばいい？」

「湯呑みも柄杓《ひしゃく》も忘れた」

安堵と照れ臭さと腹立ちが一気に押し寄せたらしいミドリがむっつりと呟く。

「心配させた罰だ！　頭からブッかけてやれよ！」

冬哉が笑いながら声をかけると、硬かったミドリの表情がようやく緩んだ。

陽が落ちる前に帰れという乳母の厳命には従わなくてはいけないとスイに叱られて、ミドリは渋々下之社へ戻ることを承諾した。

山を下りる際にはスイが付き添うのも厳命のうちで、一人でも大丈夫だから休んでいろと繰り返すミドリを、それでは俺が叱られるからとなだめたスイが送ることになった。

それなら俺が送ろうかと申し出た冬哉は、その足では日が暮れてしまうし、いないはずの大男がついてきたら大騒ぎになってしまうと二人から断られた。

突然倒れた理由は、護主様がいない節分の奉祀が心配で、よく眠れなかったせいだとミドリには説明した。

「夕餉を用意させるから、食事の支度などするんじゃないぞ。そして早く寝ろ」

「判ってますって」

「冬哉に途中まで迎えに来てもらったほうが良くないか？」

「逆に歩くのが遅くなるからヤです」

「矢張り私も泊まろうか」

「ミドリ様！」

顔色の悪さを気遣うミドリを、スイがしっかりした声で呼んだ。

「ただの立ち眩《くら》みです。心配してくれるのは嬉しいけど、俺は本当に大丈夫だから。ありがとう」

軽く頭を下げたスイが、満面の笑顔を浮かべた。それを見上げて、ミドリがため息をつく。

「……明日、夜が明け次第戻る。勝手に来るからスイは寝ていろ」

「え？　でも……」

「そこはミドリさんに甘えとけよ。そろそろ出ないと日が暮れるぞ」

ぽん、とスイの頭に手を乗せて、冬哉が二人の問答に区切りをつけた。

「スイは俺が責任を持って見張るから、ミドリさんは帰ってくれ」

「今まで気がつかなかったくせに、偉そうに言うな」

ミドリが冬哉を睨む。蚊帳《かや》の外に置かれるのが面白くないミドリの八つ当りだ。

「それを言われると弱いな。だが、今日からはちゃんと見張る。ほら、早く行け」

苦笑を返して、冬哉が二人を見送った。


山は夜が早い。

スイが戻ってきた頃には、既に周囲が薄暗くなっていた。

ミドリが持たせてくれた豪華な重箱で夕餉を済ませ、自分がやると言うスイを無理矢理座らせて厨に立った冬哉が杖をつきながら戻った。反対の手に湯気の立つ湯呑みを二つ乗せた盆を持って。

「それ、なに？」

湯呑みから漂う匂いに、スイが眉を寄せる。

「熱燗《あつかん》。呑んで寝ろ」

「俺、酒なんて呑んだことない……」

「いいから呑め」

酒が半分ほど入った湯呑みを有無を言わさず突き出す。躊躇いながら受け取ったスイが、舌先でちろりと舐めて顔を顰めた。

「………まっず」

「いい酒だがガキの口には合わないか。まあいい。薬だと思って全部呑んだ」

「うぇぇ」

くしゃりと顔を崩したスイを見ながら、冬哉は大振りな湯呑みになみなみと注いだ酒を啜った。

「おまえ、それを呑んだら寝ろ。ここで」

「は？」

苦い薬でも飲むように、ちろちろと酒を舐めていたスイが顔を上げた。

「ミドリさんにスイを見張ると約束した。だから今日からここで俺と寝るんだ」

スイが敷かれた一組の夏布団と冬哉を交互に見た。

杖をついて布団を運ぶのが面倒だったのと、スイが起き上がった時、少しでも早く気づくために、彼の布団は持ってきていない。

「ここで？」

「そうだ」

「俺が？」

「そうだ」

「冬哉さんと？」

「そうだ」

「…………っ」

スイが両手で持った湯呑みを握り締めて俯く。髪から僅かに覗く耳朶《じだ》がみるみる赤くなってゆくのに冬哉が吹き出した。

「単なる添い寝兼監視だ。気配には敏感なつもりだが、離れて熟睡してたら自信はないからな」

「あ……っ、あ！　うん！　そっ、そうだよねっ!!　かん、監視ね……っ!!」

野湯では全裸で仁王立ちしていたくせに、一緒に寝ることに照れて慌てるスイが面白くて、冬哉が意地悪く唇を吊り上げる。

「野郎が二人で並んで寝るだけで、同衾しようってんじゃない。何を考えてるんだ？」

「なっ、何ってナニが!?　監視でしょ!?　イヤだなぁ！　あは、あは、あははは！」

「昨夜も抱き合って寝た仲じゃないか。何を今更恥ずかしがる？」

「あれは……っ、無我夢中とゆーか、ワケがわかんなくなってたとゆーか!!」

いい加減女《おんなず》擦れしている冬哉にはスイのウブな反応が新鮮で、それが妙に気恥ずかしい。スイをからかっていないと自分まで照れてしまいそうで、冬哉はわざと片眉を吊り上げる。

「ひょっとして、同衾のほうが良かったか？」

「ど……っ、同衾っ!?」

スイの声が裏返った。

「女なら山ほど抱いたが男は未経験だ。スイ、俺と一緒に新しい扉を開いてみるか？」

「な……っ!?」

「楽しい夜にしようぜ」

「ば……っ、ばか！　ばかばかばかばかばかっ!!」

火を噴《ふ》く勢いで赤くなったスイが目を吊り上げるのに、冬哉が喉を反らして笑った。

拗ねてむくれたスイをなだめ、夏布団の端と端に横たわる頃には、夜はすっかり更けていた。

二人は並んで寝ていても身体は触れていない。いくら山が涼しいとはいえ、季節は夏だ。明け方は冷え込むだろうが、今はまだ昼の熱気が籠もっている。単純に暑い。

「清姫を下之社へ置いてきた。明日の朝、ミドリ様に付き添ってもらうように頼んだんだ」

「それは良かった」

冬哉が頷く。スイと清姫の意志疎通能力を今更疑わない。

「清姫がいないの、実は少し心配だったんだ。夜はずっと、清姫が一緒にいてくれたから」

「……ああ」

「でも、冬哉さんがいてくれるなら安心だ」

「そりゃあ良かった」

冬哉が言うと、スイはくふふ、と喉で笑った。その笑いが欠伸《あくび》に変わる。

ふわぁ、と子供っぽい欠伸をしたスイは、うんと伸び上がったあと動かなくなった。

「………ごめんね……」

背中を向けたまま、スイがぽつりと呟いた。

「俺、冬哉さんに迷惑ばっかかけてるね」

「迷惑だなんて思ってない」

「そのケガも、朔の祓の時も、護主様が帰らないって判った時も……。ホントにごめんね……」

長く続いた寝不足と少しの酒で、眠気に抗《あらが》えなくなったのだろう。スイの声はたどたどしく、もったりと蕩《とろ》けている。

「ごめんね、冬哉さん……」

「スイ、もういい」

繰り返される謝罪を聞きたくなくて、冬哉はスイの背中に手を伸ばした。肩を摑んで軽く握る。

「こういうときは、謝るんじゃなくて礼を言うんだ」

その手でぽん、と頭を叩いてやると、一瞬強張った身体がふわりと解《ほど》け、背中を向けたままのスイが擽《くすぐ》ったそうに笑った。

「ふふ……、そうだね。冬哉さん、ありがとう」

「そうだ、そのほうがいい」

頷いて、長い髪をゆっくりと梳く。その感触が心地《ここち》好いのか、スイはふう、と息を吐いて、猫のように丸くなった。

「……ありがとう。声、のこと……、誰にも言……えなくて……ずっと、不安……だった。……冬哉さん、に……、聞いて……も、らって、なんか……スゴ、く……ほっと、し………」

ありがとう。急速に眠りに落ちてゆくスイが、舌っ足らずの幼い声で途切れ途切れに呟く。

「スイ、もういい。寝るんだ」

「………う……ん……」

ぼやけた声で頷いたスイの身体から、完全に力が抜けた。

徐々に深くなるスイの呼吸を聞きながら、冬哉は髪を梳き続ける。

………ありがとう。一緒にいてくれて……。

呼吸が寝息に変わる寸前、スイが息だけで囁いた。

「――どういたしまして」

完全に眠りに落ちたスイをそっと抱き寄せる。尖った肩を掌で包み込み、艶やかな黒髪に唇をつけて、息だけで囁き返した。

「俺も感謝してるよ」

口から出たのは、自分らしくない呟きだった。

「――スイの傍は息がしやすい……」

逆だ。むしろ理解不能で息苦しいことばかりだと頭は冷たく反論するが、冬哉は自分の言葉を否定する気にならなかった。

――夜半。

空気の揺らぎを感じて、冬哉は目を覚ました。

隣を見ると、スイが天井を見上げていた。

違う。その目には何も映っていない。薄く曇った瞳はただ虚《うつ》ろだ。

「……っ」

冬哉は起き上がってスイの身体を跨《また》いだ。身を乗り出し、頭の両脇に腕をついて覗き込んでも、見開かれた瞳は瞬きもしない。

身体のどこにも力が入っておらず、投げ出された四肢はぴくりとも動かない。微かに胸が上下していなければ、今のスイはよく出来た人形のようだ。

どうする？　起こすか？　このまま何をするか観察する？

一切の表情が抜け落ちた、ガラス玉のような目を見おろしながら考える。

――と。何かに耳を澄ますように、スイが僅かに顔を傾けた。

次の瞬間、瞳は相変わらず虚ろなまま、予備動作の全くない不自然な動きで、スイが唐突に起き上がった。

頭がぶつかる寸前に身を引く。スイには覆い被さった冬哉が見えていないらしい。

そのまま立ち上がろうとしたスイの両肩を、冬哉は反射的に摑んだ。何も考えないまま、細い身体を布団に押しつける。スイは抗《あらが》わずに横たわった。

しかし、虚ろな瞳は相変わらず見開かれたままだ。こんなに近くにいるのに、覗き込む冬哉と視線は合わない。

――駄目だ。このまま様子を見ているなんて出来ない。

冬哉はその目を手で覆《おお》った。ぐっと身体を倒して、耳元に唇を近づける。

「――スイ」

その声を聞くな。

「スイ」

俺の声を聞け。

「スイ」

戻ってこい。

「スイ……」

繰り返し名を呼ぶ。

「スイ、スイ、スイ――」

片手で目を覆い、もう一方の手で髪を梳きながら、耳朶に唇を寄せて呼び続ける。スイは微動だにしない。体温があるのが不思議なくらい、手足を投げ出した姿は人形めいている。

「スイ、スイ」

頬を撫で、額に落ち掛かる髪をかき上げて尚も呼び続けると、脱力しきっていたスイの身体がひくんと反応した。

目を覆っていた手に睫毛が触れる微かな感触があって、スイが目を閉じたのが判った。

「………スイ」

「う……ん……」

小さく呻《うめ》いたスイが、目を覆っていた冬哉の手を払った。伸しかかる冬哉の拘束を嫌がってもぞもぞと身動ぎ、体勢を変えて横を向く。

「スイ……？」

「と……やさ……、……るさい……」

眉を寄せて顔を顰め、不機嫌そうに呟くと、スイは髪を梳いていた冬哉の手に額を押しつけた。

「…………っ……」

もぐもぐと何か呟き、冬哉の大きな手にもぐり込むように丸くなる。

そのまま深い寝息を立て始めたスイを見つめて、冬哉は安堵と胸騒ぎの両方を感じていた。


夏障子の開くからりという音で、冬哉は目覚めた。

見上げると、陽の光を背に受けて逆光になったミドリが突っ立っている。

「……これ、昨日も見たな」

ミドリが呟く。隣を見ると、冬哉の夜着にもぐり込むようにして、スイが身体を丸めていた。

しぃ。静かに。指を口に当て、縁側で話そうと目で告げる。

頷いたミドリが出て行くのを待ち、浴衣を握るスイの指をそっと離して起き上がった。

冬哉が立ち上がると同時に清姫が音も立てずに縁側に飛び乗り、彼と入れ違うように部屋へと入って行った。熟睡しているスイの匂いを嗅ぎ、さっきまで冬哉がいた場所にどさりと寝そべる。

「……ん……」

小さく吐息を漏らしたスイが、清姫の身体に腕を回し、白い毛皮にもぐり込む。

清姫は自分にしがみついて寝息を立てるスイにちょんと鼻先をつけ、黄色い瞳で冬哉を見ると、出て行け、ここは自分の場所だと言わんばかりに白く長い牙を剝いた。

「……判った、邪魔者は退散する」

降参のしるしに両手を上げ、冬哉が静かにその場を離れる。

「清姫は、冬哉を恋敵認定しているんだな」

少し離れて一人と一匹のやりとりを見ていたミドリが、感心したように呟いた。

「独占欲が強過ぎだ。俺、いつかあいつに嚙み殺されるな」

ぼやきながら部屋を離れ、縁側の端に並んで座る。

「スイを守ろうとしているんだ。私は清姫がスイの傍にいてくれることに感謝している。気位が高いところも、スイ以外には尾を振らないところも好ましい」

寝乱れた夜着を整えながら、冬哉が肩を竦めた。

「まあ賢いよな。賢すぎてホントに犬かと思うくら――――、ふわ……っ」

胡坐をかいて髪をかき上げると、大きな欠伸が出た。

「眠れなかったのか？」

「一晩中、子守歌を歌ってやってたんでね」

タフで頑丈なのが取り柄だ。一晩や二晩の徹夜でへバる冬哉ではない。

だが、目を閉じると、瞬きもせずに見開かれた虚ろな瞳を思い出し、寝苦しい夜を過ごしたことはミドリには言えない。

「スイはよく寝ていた。子守歌が効いたんだな」

「らしいな。あとは清姫に任せておこう」

「清姫がいれば、スイも安心して眠れるだろう」

冬哉の言葉に頷いて、ミドリが部屋のほうを見た。

「――あんなに大きくて美しい犬を見たことがない。撫でてみたいと思うが、清姫が許してくれそうもない。彼女に触れられるのは、悟堂伯父様とスイだけだ」

「俺は撫でようなんて物騒な気は起こさないな。迂闊に手を伸ばそうもんなら、一瞬で喰い千切られちまう」

軽く言っているがかなり本気だ。冬哉にしてみれば、猛獣に一挙手一投足を常に監視されているようなものなのだ。

「あいつ、俺のことが嫌いなんだ。これだけ一緒にいるのに、絶対に警戒を解こうとしない」

「私のことはスイの友人として認めているようだな。ただし、許容範囲はぎりぎりだ。スイがいないときは近寄りもしない。今朝は一緒にここへ来てくれたが、それもスイの頼みだからだ」

「妬《や》いてるんだよ。大事なスイが大事にしているお嬢様に」

「よせ！　清姫に聞こえる!!」

人の悪い笑みを唇の端に引っ掛けた冬哉を、ミドリが慌てて止めた。

「妬いてるなんて、清姫の前で言うなよ。彼女は人の言葉を解すぞ」

「俺は妬くぜ。あんたといい清姫といい、スイはイイ女にモテ過ぎだ」

ぽかんと冬哉を見上げたミドリが、愛らしい桃色の唇を吊り上げてにっと笑った。

「それは光栄だな。冬哉のような美丈夫に妬いてもらえるなんて、女冥利に尽きる」

「あのなあ、光栄だと思うなら少しくらい顔を赤らめてはにかんでくれよ。自信なくすわ」

「それが作法なんだな。了解した。以後気をつける」

ぐっと顎を引き、確認するように頷いたミドリに、冬哉がかくんと脱力する。

「……ミドリさんさあ、その口調で女学生やってるワケ？　良家のお嬢様方の中で浮かないか？　いや、逆だな。沈まないか？」

改めて見つめるミドリは艶のある長い黒髪、可憐な唇、濃い睫毛、内側から発光しているような白い肌。いささか瞳の力が強すぎるのが難といえば難だが、文句なしの美少女だ。

その大きな瞳を見開いて冬哉を見上げたミドリが、きゅっと唇を窄《すぼ》めて小首を傾げた。

「あら、そんなご心配は無用でしてよ。ワタクシ、ＴＰＯは心得ておりますもの。これでも女学校では人気者ですの。お姉様方からＳにならないかと降るようなお誘いがありますのよ」

「ぶ……っ！　やめ……っ、ぶくくくっ！」

手で口を覆って悶絶《もんぜつ》する冬哉を、長い睫毛をぱちぱちと瞬かせたミドリが窘《たしな》める。

「いけませんわ、青江様。そんな大きな声でお笑いになると、スイが目覚めてしまいましてよ」

「悪いっ、くくくっ、で、でも、全然似合わねぇ……っ、くくっ」

「ざっとこんなモノだ」

一瞬でいつもの彼女に戻ったミドリが肩を竦める。

「面倒だし疲れるが、あの場所に馴染《なじ》むには必要なことだと思っている」

「にしてもバケるなぁ。猫を被るにもホドがあるぜ」

「私の通う女学校には、家柄や財力が飛び抜けた良家の子女が大勢通っている。彼女達が嫁《か》す相手は同等かそれ以上だ。そんな人間達と良好な関係を持つのは、御蔵家にとって損にはならないからな」

平然と呟いて、ミドリが木々の間から射す陽光に目を細めた。

今日のミドリは白いブラウスに紺のスカートだ。ミドリは着物より洋装が似合う。

女性の衣裳《いしょう》に疎い冬哉はどういう素材か知らないが、動きにつれてふわりと広がるやわらかそうなスカートは、銀座あたりで見かけるデザインだ。

華奢で可憐。どこをとっても小作りな美少女。だが、彼女の細い両肩には、冬哉なら絶対に持ちたくないモノがずしりと乗っている。

「――あんた、このうえスイまで背負い込むつもりなのか……？」

「スイは荷物ではない。私の家族だ」

一瞬の迷いもなく言い切ったミドリに、冬哉が感嘆の息を吐いた。

「……結構世間を見てきたつもりだが、こんなイイ女に会ったのは初めてだよ」

「私も、冬哉のような男前は初めて見たな」

掛け値なしの誉め言葉に首を竦め、ミドリが悪戯っぽく笑った。

「キネマで見た西洋の俳優に、おまえみたいな顔をした男がいた気がする」

「バタ臭い顔だとよく言われる。でも、イイ男だろ？」

どうせスイが起きるのを待つ間の無駄話だ。だったら面白いほうがいいと、冬哉が様になったウインクを投げる。

「確かに。冬哉は英国《えいこく》の言葉でハンサムというヤツだな」

ミドリもそのつもりらしく、真面目くさって頷いた。

「冬哉に美男という言葉は似合わないな。顔立ちがキツ過ぎて、男前と呼ぶのも違う。しかし整ってはいる。それは間違いない」

しげしげと冬哉の顔を見つめて、ミドリが深く頷く。

「だが万人受けはしないな。顔も身体も凄味があり過ぎる。――――こういう表現が合っているかどうか判らないが、冷たい色気があるように思う」

こんな年若い少女とする話ではないかもしれないが、ミドリは普通の箱入り娘ではない。構うものか。そう思って仕掛けた戯言《ざれごと》に、ミドリは予想のさらに上の返しをしてきた。

「……ミドリさん、ホントに十五歳？　目利《めき》きのレベルが廓《くるわ》の遣手婆《やりてばば》だぜ」

「小娘が何を言う、と？」

「いや、末恐ろしいオンナだと言ってるんだ。嫌いじゃないね」

「惚《ほ》れたか？　娶《めと》ってやろうか？」

満更嘘ではない言葉に、ミドリが面白そうに身を乗り出す。

「ご冗談！　背負《しょ》ってるモノがデカ過ぎるぜ」

「一生遊んで暮らせるうえに、こんな美少女がついてくるんだぞ。惜しくないのか？」

「惜しいね！　だが、金も女も自前で調達したい性分なんだ」

「厄介な性分だな」

「ああ、まったく」

すっかり愉快になった冬哉が声を抑えて笑うのと、開いたままの夏障子からスイが四つん這いで出て来るのが殆ど同時だった。

「――――冬哉さん、どこ？　ミドリ様の声もする…………」

半分しか開いていない寝惚け眼と、帯紐で辛うじて纏っているだけの寝乱れた浴衣姿で、スイが首を傾げる。

「……寝る前は冬哉さんだったのに、起きたら清姫になってた。……おかしいなあ……、俺、まだ夢を見てんのかなあ……」

長い髪を床に引きずり、両手両足を使ってぺたぺたと這うスイが呟くのに、顔を見合わせた冬哉とミドリはたまらず吹き出した。

「下之社はだいぶ慌ただしくなってきたぞ」

ミドリが持って来た握り飯と惣菜《そうざい》、スイが作った汁物で朝餉を済ませた三人は、御蔵家一行が持参した荷物を玄関で選《え》り分けていた。

「しょうがないですよ。里の人達は季節ごとの節分の御奉祀を楽しみにしてるんですから」

スイが顔も上げずに応える。

本当は昨日のうちに片付けたかったらしいが、ミドリの神楽の練習に思った以上に時間がかかり、思った以上に成果がなかったうえに、自分が倒れたせいで強引に早く寝させられたため、土間に積み上げたままになっていたのだ。

「早朝から櫓《やぐら》を立てたり露店を組んだり、人の出入りが多くてうるさくてかなわん。でもまあ、そのおかげでここに来れた」

「また内緒で抜け出して来たのか？」

荒縄で縛られた大きな荷物から縄を解きながら、冬哉が唇の端を上げる。

「違う、奉祀が始まるまで私が中之社へいるのはいつものことだ。御蔵家から来た従姉妹が、ミドリ様と同じ顔をしてるのがバレたらまずいだろう？」

「ああ、なるほど。スイ、この縄どうする？」

「焚《た》き付けに使うから隅に置いといて。あと酒樽《さかだる》と味噌瓶の菰《こも》も外して同じ所に。ミドリ様！　割れ物は俺がやりますから絶対に触らないで!!」

スイは油紙に包まれた荷物を取り出す手を止めずに、てきぱきと指示を飛ばす。

「割ったりしないぞ。少しは信用しろ」

「……前回、つまずいて醤油をブチまけた人はどなたでしたっけ？」

むっと唇を尖らせたミドリに、顔を上げたスイがにこりと笑う。

「いつもありがとう。手伝ってくださるなら、その本を書庫に持って行ってもらえますか」

敬語とタメ口が入り混じる、ミドリに対するスイ独特の話し方だ。

「いくら不器用で粗雑でも、本は壊せないからな」

スイに頼まれると弱いのだろう。文句を言いながらも、ミドリが本を抱えて立ち上がる。

「違いますよぉ、ミドリ様って華奢なのに力持ちだからお願いしてるんですぅ」

その背に朗《ほが》らかに声をかけて、スイが荷物を包んでいた油紙を纏《まと》め始めた。

「──冬哉さん」

「ん？」

「……昨夜、俺、なんかした……？」

「──……」

酒樽から菰を外していた冬哉が、肩越しに振り返った。スイは背中を向けて油紙をたたんでいる。

「ミドリ様の前じゃ聞けなくて。……俺、起き上がって外に出ようとしなかった……？」

「──いや。よく寝てたぜ」

言わないと決め、意識して軽く答えると、スイが全身で振り返った。必死の目が冬哉を見つめる。

「ホントに⁉」

「ああ。ことんと寝てそれっきりだ。ただ、寝相はスゴかったぜ。おかげで俺は寝不足だ」

「よ……かったぁ……っ‼」

苦笑してみせると、スイがぺたんと座り込んだ。

「俺、あんなにぐっすり寝たの、久しぶりだったんだよ。目を閉じて開けたらもう朝で、まるで時間が飛んだみたいだった。で、なんにも覚えてないのが逆に不安になってさぁ」

「――声は、聞こえたか？」

「ううん！　夢も見なかった‼」

表情を窺いながら問いかけた冬哉に、笑顔全開のスイが答える。

「そりゃ良かった。しばらく続けてやるから、俺に感謝しろよ」

「するする！　スッゴク感謝します！　ありがとう‼」

「何を騒いでるんだ？」

戻ってきたミドリが、はしゃぐスイに眉を寄せた。
二、三日様子を見て、それでも続くようだったらスイを止めずにおこう。どこへ行くか、何をするか、とことん付き合ってみよう。
熟睡できた心地好さを、嬉々としてミドリに説明するスイを見ながら、冬哉はそう決めた。

「よし、これで全部片付いた。ミドリ様、お手伝いありがとうございます。冬哉さんも」

手元の目録に最後のチェックを入れたスイが、二人に向かって頭を下げた。

「今回は荷物が少なかったな」

これで？　山中の二人暮しとは思えない量と質の荷物に驚く冬哉を余所にスイが頷く。

「うん。春は肥料とか種とか必要だから。あと、なんか薬品みたいなのもあったねえ」

「ああ、変な臭いがする大きな袋があったな。あれ、何に使ったんだ？」

「わかんない。護主様がこれは自分用だからって部屋に持って行かれました」

「気にならないのか？　それは何だと聞かなかった？」

「護主様がなさることだもの。気にならないし聞かないですよ」

一瞬の躊躇いもない即答。ぐっと唇を引き結ぶミドリに気づかず、スイが身軽に立ち上がる。

「お茶を淹《い》れるから、一休みしましょう。持ってきてもらった羊羹を切るよ」

軽い足取りで遠ざかる後ろ姿を睨むミドリに、冬哉が肩を竦める。

「怒るなよ。『スイの一番は悟堂伯父様』だって、ミドリさんが言ったんだぞ」

「うるさい。冬哉だって面白くないくせに」

まあね。肩を竦めた冬哉がスイの消えた方を見る。

「スイのあれは、尊敬というより崇拝だ。人が人に向けていい感情じゃない」

「しょうがない。スイにとって、悟堂伯父様と五頭竜様は同じ――」

ミドリが唐突に言葉を切った。つかつかと冬哉に近寄り、ずいと顔を突き出す。一段低い土間にいる冬哉と上がり框《かまち》に立つミドリは、ほぼ同じ目線になった。

「一応確認しておくが、スイは清童だろうな？」

「せいどう？」

凄いほど整った美少女に顔を突き付けられ、冬哉がその分だけ顔を引いた。

「……っ、つまり、冬哉はスイとまぐわったりしていないかと聞いている」

「まぐわ……っ、はぁ!?」

滅多にないことだが、冬哉が声を跳ね上げた。

「気は確かか!?　スイは男だぞ！」

「何を驚く？　衆道は大昔からあるじゃないか」

大真面目に返されて、冬哉がどさりと上がり框に座り込んだ。ため息をつき、上目遣いにミドリを見上げる。

「言っとくが、俺は女に不自由してないしその趣味もない」

「スイは普段はアレだが、黙っていればそこそこの美形だと思うが」

「顔はどうでもいいって。身体的構造の問題だ」

「…………ホントに？」

「正真正銘、心の底からホントだよ。ってか、なんでそんな下世話なことを聞く？」

年頃の娘の少し偏《かたよ》った興味というにはあまりにも真剣な眼差しに、冬哉が改めてミドリを見た。

「巫女は清らかでないと勤まらないからだ」

「はっ！　カミサマって奴は処女がお好きらしいからな。にしても、それは男にも適用すんのか？」

「五頭竜様は、穢《けが》れた者が近づくことを極端にお厭《いと》いになる」

唇を吊り上げ、皮肉な薄笑いを浮かべた冬哉に、ミドリが真剣な顔で言った。

「私がどこぞの殿方に嫁《か》したら、その日から中之社には来れなくなる。入れるのは下之社までだ。五頭竜様のお近くに侍《はべ》る巫女は、清らかでなくてはならないんだ。その禁忌を破った巫女は巫女の資格を失い、穢れとして五頭竜様に罰せられる」

「――そういうの、鼻で笑うと思ってたんだがな」

ミドリの声に滲む本気の畏れに、冬哉が鼻白んだ。

「矢張り御蔵家の人間だからか？　五頭竜様への畏怖は、どうしても忘れられないか？」

ふふ……。冬哉の言葉にミドリが薄く笑った。

「これが自分のことなら鼻で笑おう。だが、スイはダメだ」

さらさらと髪を振って、ミドリが唇を引き締める。

「スイにこれ以上御蔵家が背負うべきモノを肩代わりさせる訳にはいかない。それが迷信だろうと眉唾モノの言い伝えだろうと、少しでもスイに危険が及びそうなら取り除いておきたい」

だから、スイは清らかでないとダメだ。低く呟いたミドリが、小さな手を握り締めた。

くそ、ここにも五頭竜様の犠牲者がいる。

スイを守ろうとするミドリの覚悟が痛々しい。

「――俺に関しては清廉潔白だぜ。スイは処女で童貞だと誓う。とはいえ、ヤりたい盛りの青少年に禁欲を強いるのも、結構な拷問だってコトは覚えとけよ」

彼女がその肩に背負ったモノを少しだけ軽くしてやりたくて、冬哉は思い詰めた目をしたミドリの額を、指先でちょんと突いた。

「スイが木の股《また》見て鼻息荒くしてても、薄目で見てやれよ。これ、お兄さんからの忠告な」

「――っ、ぶっ、無礼者!!」

「あ～、またやってる。冬哉さん、ミドリ様と遊ぶの好きだなぁ」

額を押さえたミドリの叫びと、近づいてきたスイの呑気な声が重なる。

「冬哉は私と遊んでいるんじゃない！　私で遊んでいるんだ!!」

「ホント、仲イイよねぇ」

牙を剝《む》くミドリと爆笑する冬哉に、スイがほんわかと微笑んだ。


「さて、これからお昼まで神楽の練習を再開します」

お茶と羊羹の一休みの間中、膨れっ面で一言も喋らなかったミドリにスイが宣言した。

「……それは無駄だと何度も言った……」

不機嫌を引きずるミドリが、上目遣いにスイを睨む。

「俺も、出来るまでやると何度も言いました」

こと『仕事』に関しては、スイはミドリに負けていない。

「私に上手く舞えというのは、モグラに空を飛べというのと同じだ」

「モグラは空を飛ぶ練習をしないから飛べないんです！　練習すればきっと飛べます!!」

「そんな無茶な……」

胸を張って断言したスイにミドリが呆気に取られ、冬哉は必死で笑いを圧し殺す。

「スイ、人には得手不得手ってのがあるんだ。現におまえが出来ないって泣き喚いた口上や里の人間とのやりとりは、ミドリさんが一手に引き受けるんだろ？　程々にしとけよ」

「それはそうなんだけどさぁ……」

冬哉に庇われるのが面白くないミドリがきっと彼を睨むのに対し、スイはしゅんと俯いた。

「俺に神楽を教えてくれたのはミドリ様のお母様の初音《はつね》様だったんだよ。初音様は舞いの名手で、舞姿がうっとりするほど綺麗だったんだ。だから、ミドリ様にもちゃんと舞って欲しくて……」

「あんたの母親も巫女だったのか？　スイと一緒だったことは？」

冬哉が驚いてミドリを見る。初めて聞いた情報だ。しかし、考えてみればスイに舞いを教えた人間がいるのは当然といえば当然だ。

「御蔵家に輿入れする娘は、五頭竜山で一年間巫女を務めるならわしだ。お母様は本家の許婚《いいなずけ》と決まった十四歳のときにここに来た。お母様は私を産んでから、下之社でスイに神楽舞を教えたんだ。巫女だった時期はスイと重ならない」

ミドリがそっぽを向いて答える。

「巫女をしてたなら、母上にも刺青があるのか？」

「――――ない」

しばしの沈黙の後、ミドリが低く答えた。

「本家に嫁ぐための巫女は花嫁修業のようなもので、巫女見習いだから刺青は彫らない。それでも五頭竜山に住むためには証が必要で……っ、背中に竜を描いて代わりにしたそうだ……」

低く呟きながら、ミドリが膝の上で拳を握り締める。スイの背には刺青があるのに、御蔵家の巫女にはそれがないことを恥じているのだ。

「ああ、そーいえば書庫の机の中に、竜の絵の型紙があるよ。すっごいキレイでやさしそうで、俺、好きなんだよね。あれ、初音様が使ってたんだね。ミドリ様も見るといいよ」

そんなミドリの懊悩《おうのう》など全く知らないスイが、あっけらかんと言ってミドリを覗き込んだ。

「ホントにキレイなんだ。まるで初音様の舞いみたいに、ふわっと浮かび上がって舞ってるみたいな竜だよ。初音様に似合ってただろうなぁ」

目を細め、なんの衒《てら》いもなく微笑むスイに、強張っていたミドリの肩から力が抜ける。

「……お母様は今でも舞いが巧みだ。お身体があまり丈夫ではないため、手取り足取りとはいかなかったが、私に基本的な所作を教えてくださったのはお母様だ」

「初音様は凄くお綺麗な方で、神楽も天女様みたいだった。だけど、少し動くと顔色が真っ白になっちゃうんだ。それでもやさしいお声で丁寧に教えてくださったよ。いつもいい匂いがしてたなぁ」

「……顔も舞いもお母様に似なくて悪かったな……」

「やだなぁ、ミドリ様はミドリ様でお綺麗ですよ！　少しワガママで、少し物言いがキツくて、少し動作が雑で、少し気が強くて、少し怖いけど、ミドリ様はこうでなくっちゃ！　ね!!」

「…………誉められてる気がしない……」

拳を握って力説するスイに、ミドリが脱力する。

「お母様は私が何度舞っても妙なお顔をなさるが、スイのことは誉めていたぞ。スイの神楽舞は、瑠《る》璃《り》様を見ているようだと」

「瑠璃様？　誰だ？」

「護主様の娘様だよ。瑠璃様もここで巫女をなさっていたんだ」

「あの人に娘がいるのか？」

冬哉が目を見張る。御蔵翁と家族のイメージが重ならない。

「いた、だ。早逝なさった。お母様は瑠璃様の舞いをもう一度見たいと常々仰っている」

「護主様のお嬢様が瑠璃様というお名前で、巫女をしていたのは初音様からお聞きしました。護主様は何も仰らなくて、あとで聞いたら怖い顔で『その話はしたくない』って、それっきり……」

叱られたことを思い出してスイが悄気《しょげ》る。

「早逝した愛娘《まなむすめ》の話はおつらいのだろう。悟堂伯父様には三人のお子様がおられるが、上二人は男子で、最後にお生まれになったのが瑠璃様だ。お兄様達とはずいぶん歳が離れていたそうだ」

そんなスイを励ますようにミドリが付け加えるのに、冬哉が首を傾げた。

「前から気になってたんだが、ミドリさんは御蔵さんのことを『悟堂伯父様』と呼んでるが、家系図で言うと、どういう関係になるんだ？」

「伯父様は呼称だ。正式には私の曾《そう》祖父と悟堂伯父様の父が兄弟だ。私のお祖父様には歳の離れたお兄様がいらしたんだが、悟堂伯父様はその方と同年代で仲が良く、その方が夭折《ようせつ》し、その弟である私のお祖父様も当時まだ子供だったため、請《こ》われて本家の後見人になられた。そのお祖父様も早逝なさり、そのまま私のお父様の後見もなさっていたんだ」

ミドリがすらすらと答えるのに、冬哉が眉を寄せる。

「……話を聞いてると、夭折とか早逝とかが矢鱈と出てくるんだが、御蔵の人間は身体が弱いのか？」

「お父様は心の臓がお悪いし、親戚筋から嫁したお母様も蒲柳《ほりゅう》の質だ。お祖父様もお祖母《ばあ》様も早くに亡くなった。近しい親族にも早死には多いな。だが、逆にそうでない者は頑健で長生きだ。御蔵家は極端なんだ」

「護主様もそちら側だね。寝込むほどの病気は数えるくらいだし、お身体そのものもお強いから」

五頭竜山が全てのスイは、家系や家族の話は関心が薄いのだろう。気のない顔で耳を傾けていたのだが、ここぞとばかりに身を乗り出す。

「私もそうだ。五歳くらいまでは病弱で、両親はずいぶん心配したらしいが、それ以降は風邪ひとつ引かない。それどころか、流行《はや》り病も私を避けて通る」

「五頭竜様の御加護だね」

「……御蔵さんは、自分が丈夫なのは五頭竜様のおかげだと言ったのか？」

至極当然という顔のスイに、冬哉が唇を歪める。

「聞いたことはないなあ。でも、そういうことでしょ？」

「なら、早逝したり病弱だったりする他の御蔵家の人間は、なんで五頭竜様の御加護とやらを受けられないんだ？」

「う〜ん、そういえばそうだね。でも、前に護主様が『五頭竜様は人を選ぶ』って仰ってたから、その違いなんじゃないの？　選ばれるかどうかのさ」

人との関係が希薄なスイは、人間の生死に対する感覚が鈍《にぶ》い。聞き様によっては残酷なことをさらりと言って、てきぱきと茶道具を片付け始めた。

「一休みのつもりが長くなっちゃったな。ミドリ様、練習を始めますから着替えてください。俺は昼餉の準備をしてから行きます。冬哉さん、逃げないように見張ってて！」

言うだけ言うと、スイはすたすたと遠ざかって行った。

「……スイの『五頭竜様と護主様は絶対正しい』ってヤツ、時々無性に癇《かん》に障《さわ》る……」

低く呟いて、冬哉が伸び過ぎた髪を苛々とかき上げた。てっきり同意が返ると思ったのに、ミドリは無言だ。眉間に皺を寄せ、何やら考え込んでいる。

「どうした？」

「──冬哉」

「ん？」

「ひとつ、思い出したことがある」

気を抜くと逃げてしまう記憶をしっかり捕らえるように、眉をきつく寄せたままミドリが言った。

「幼い頃、病弱で両親を心配させたと言ったな？　だが、過ぎるほど健康になった私を、両親は未《いま》だに心配し続けている。──別の心配だ」

ミドリの集中の邪魔をしないために、冬哉が黙って頷く。

「――あれは七歳くらいだったと思う。深夜、厠に立ったとき、泣くお母様をお父様が慰めておられた。お母様は、あれだけ病弱だった私が突然病気ひとつしなくなったのが怖いと泣いていた。私が五頭竜様に見初《みそ》められてしまったのかもしれない、五頭竜様に娘を獲《と》られてしまわないかと不安でたまらないと、お父様に縋って泣いておられた」

「五頭竜様に獲られる……。それは人身御供のことか？　生贄に選ばれる条件は健康なのか？」

判らない。長い髪を振って、ミドリが悔しそうに唇を噛む。

「他にも色々と話していたと思うが、幼い子供に理解できたのはそれだけだ。お父様は大丈夫だ、ミドリが喚《よ》ばれることは絶対にない、ミドリは人身御供になど決してならないと繰り返しておられた。御蔵の家とミドリは、悟堂伯父様が守ってくださる、とも……」

「スイが言った『五頭竜様は人を選ぶ』ってのは、加護じゃなくて生贄のこと、なのか……？」

それも判らない。唇に歯を立てたまま、ミドリがさっきより強く首を振った。

「当時の私には、それで充分だった。お父様が大丈夫と仰って、悟堂伯父様が守ってくださるなら、もういいと思ったのだろう。眠気に負けて、そのまま部屋に戻った……」

翌日、お母様は何事もなかったように笑っておられたし、お父様はいつも通りおやさしかった。だから、あれは夢だと思っていた。唇だけで呟いた後、ミドリが弾かれたように顔を上げた。

「ずっと忘れていた！　さっきの話を聞かれなければ、思い出しもしなかった！　冬哉、これは何か大事なことなんじゃないか!?　私が大丈夫なら、他の誰かが!?　それは……っ!!」

「落ち着け」

声を震わせるミドリの肩に、冬哉が手を置いた。そのまま緩く握る。

「しっかりしろよ。人身御供は御蔵家本家か、ごく近い親戚からしか出ないと俺に教えたのはミドリさんだろ？」

ゆっくりと話す冬哉に、ミドリがはっと目を見開く。

「俺も書庫の記録を調べて確認した。人身御供は御蔵家からしか出ない。孤児のスイには当て嵌《は》まらない。妙な言い方だが、スイには生贄の資格がないんだ」

「……そうだ……、冬哉の言う通りだ……」

ほっとしたのだろう。冬哉の手の下で、強張っていた肩の線が和《やわ》らいだ。

どうやら里の人間と護主の間に黙約があって、生贄という名で罪人の断罪が行われているらしいことは、ここで言う必要はない。

「大丈夫だというお父上の言葉を信用していいんじゃないか？　そもそも『徴《しるし》』が顕れない限り、人身御供は必要ないんだろ？　そうだ、『徴』のこと、何か聞いていないか？」

「……ああ、五頭竜様が御蔵の人間を召し上げる際、予兆があるとは聞いている。それを『徴』と呼ぶのも知っているが、それがどういうモノかは知らない。――――すまない」

「俺は勝手に首を突っ込んでるだけだ。ミドリさんが謝ることはない」

きゅっと唇を噛んだミドリに冬哉が笑いかけた。

予想していたので落胆はしない。歯痒い思いはあったが、この聡く靭《つよ》くやさしい娘に話して、どんな激しい反応が返るか危惧する御蔵の人間の気持ちも判る。

裏を返せば、隠さねばならない秘密があるということか。

「『徴』のことも含め、御蔵さんの部屋を調べて何か判ったら教える。それより、ミドリさんは早く行けよ。スイが怒るとうるさいから」

「………どうしても舞わないとダメか？」

「俺がどうこう言えるコトじゃないな」

露骨に嫌そうにしているミドリに、冬哉が肩を竦める。

「どうせドタバタと手足を上げ下げするだけだ。なんでスイは諦めてくれないんだろう」

「使命感ってヤツだろ。でもまあ、ご同情申し上げるよ」

「代わってくれたら嫁にいってやるぞ」

「こんな漢気《おとこぎ》たっぷりの嫁はいらないから代わらない」

「ふん！　冬哉なんか嫌いだ！」

鼻息荒く言い放って、ミドリが身を翻した。苛立ちそのまま、どすどすと板の間を踏みしめてミドリが遠ざかる。

「俺は好きだよ」

多くのモノを背負って尚、凛《りん》と伸びた華奢な背中を見つめて、冬哉がやさしく呟いた。

「―――雨？」

鈴を持った手を止めて、スイが夏障子の向こうを見た。

ミドリが自棄《やけ》気味に宣言した通り、矢張り彼女の舞いは何度繰り返しても舞いにならなかった。

ぎこちない動きに辛抱強く、粘り強く付き合っていたスイも、錆《さ》びた機械のようにギコギコと手足を動かしていたミドリも、笑わないように腹筋に力を込め続けた冬哉もそろそろ限界だった頃、周囲が暗くなったと思ったら、すぐに屋根を雨が叩き始めた。

「ありゃ、降ってきちゃったな。ミドリ様、足元が悪くならないうちに下之社へお送りしますね」

冬哉も格子の間から外を見る。

「雨音を聞くのは久しぶりだな……」

「そういえば、季節ごとにここに来るが、雨に降られた記憶はないな」

露骨にほっとしたミドリが、肩を揉みながらスイを見た。

「今まで気にしたことがなかったが、ここら辺は雨が少ないのか？」

「少ないかどうかは判らないけど、降るときは降りますよ。でも節分の前後はいつも晴れが続くから、ミドリ様がそう思っても不思議じゃないね」

そう言って、スイが顔を顰める。

「むしろ今年は雨が多かったよ。冬に長雨が続いて、春先もずっと雨ばっかりでさ。――俺、雨は嫌いだ」

「外仕事が出来なくなるから？」

「違う。雨が続くと、護主様が怖いお顔で雨を睨むから」

「年寄りにぬかるむ山道は難儀だからな。神経痛が出るんだろ」

結局は『護主様』か。そう思うと、冬哉の口調が自然と尖る。

「護主様は年寄りじゃないし神経痛もない！　逆に雨が続くと頻繁に出かけられるくらいだ！」

眉を吊り上げたスイに、冬哉とミドリが顔を見合わせた。

「出かけるって、どこへ？」

「え……？」

しまったという顔をしたスイに、ミドリが重ねて問いかける。

「悟堂伯父様は、スイになんと言って出かけられるんだ？」

「……………上之社……かな……？」

冬哉が聞いても答えなかっただろうが、ミドリには隠せないらしい。スイが渋々答えた。

「え───」

「上之社……」

「でも！　護主様がそう言ったんじゃないし、俺はついてくるなって言われてるから見たワケじゃない！　俺がそうかなって思ってるだけだよ!!」

上之社と聞いて表情を変えたミドリと冬哉に、スイが早口で付け足す。

「知りたいなら護主様に聞いて！　俺は本当に知らないから!!」

「───判った。折りを見て、私が伯父様に伺ってみる」

あまりに必死なスイに、小さな子供を二人がかりでいじめているような気分になったのだろう。ミドリが頷いた。

「スイから聞いたと言ったら、スイは叱られるのか？」

「う～ん、護主様は滅多に声を荒げたりなさらないけど、余計なことを言うな、くらいは…………」

想像しただけで切なくなったのか、スイの顔が歪む。

「判った。そこは上手くやる」

「ありがとう！」

ミドリの言葉に笑顔で頷いたスイが、くっと顎を引いて上目遣いにミドリを見た。

「――ミドリ様は、今まで一度も上之社のことを口にしたことがなかったのに、なんで突然気にし始めたんですか……？」

「それは……っ」

「冬哉さんのせい？　二人でよく話してるけど――……」

語尾を濁したスイが、顔を動かさずに視線だけを冬哉に向ける。

物問いたげに薄く開いた唇、微かに寄せられた眉、目尻に小さな泣きボクロ、半分伏せた睫毛が長い。いつもはあけっぴろげで感情全開のスイの顔が、憂いを含んで冬哉を流し見る。

舞っているときは少女そのものなのに、今、背筋を伸ばしてすっきりと立つ姿は若い男のそれで、なのに巫女衣裳と長い髪が似合うのが妙に……、妙に……なんというか……、艶《なまめ》かしい……？

「……っ、いずれ私は当主になる」

スイの表情に同じモノを見たのだろう。ミドリが彼女らしくなく声を上擦らせた。

「そのとき全てを聞くことになる。ならば今、中途半端に話を聞くより一気に片付けたほうが効率的だと思っていたんだ。それに、スイと私だけならいまさら話題にもしないだろう？　新参者の冬哉が珍しがって色々と聞くから、なんとなく気になっただけだ」

話しているうちにいつもの調子を取り戻したミドリが、悪戯っぽく唇を吊り上げる。

「安心しろ。冬哉と私のどっちに妬いてるのか知らないが、話す内容の殆どがスイのことだから」

「あいにくミドリお嬢様はおまえのことを弟だと思ってるそうだ。妬くなら俺にしとけ」

「な……っ!!」

冬哉が様になったウインクを投げるのに、耳まで赤くなったスイが目を見開いた。

「おっ、俺は！　五頭竜様のことをあれこれ詮索しちゃダメだと言おうとしたんだ！　それを妬いてるってナニ!?　妬くって誰に!?」

一瞬でいつもの彼に戻ってキャンキャンと騒いだスイが、だん、と床を踏み鳴らした。

「もう！　ばかなコト言ってないで着替えてください！　雨がひどくならないうちに送ります！　冬哉さんは米を炊いておいて！　怪我人でもそれくらい出来るでしょ!!」

二人を睨んだスイが、赤い顔を隠すように身を翻した。そのまま早足で遠ざかる。

「――――スイは時々、ひどく大人びた顔をする……」

その後ろ姿を見送って、ミドリが低く呟いた。

「俺ならアレを、大人びたとは言わずに婀娜《あだ》っぽいと言うね」

「…………冬哉は衆道に興味はないと言わなかったか？」

光の強い瞳にちかりと睨み上げられて、冬哉が苦笑する。

「ないよ。ただ、ろくに人と関わってこなかったスイが、嫉妬なんて感情を知ってるのに驚いた」

「古今東西の物語には恋愛話が付きものだ。現に書庫にも山ほどある。だからスイは『知って』いる。ただ、知ってはいたが、自分のモノとして感じたのは初めてかもしれない」

肩を竦め、ミドリが複雑な顔で笑った。

「冬哉と私、どちらに妬いたのか知りたいような知りたくないような……。いずれにせよ、スイが人間に近づいているようで少し嬉しい」

人でなく人間、とミドリは言った。

「一人でも人には成《な》れるが、誰かがいないと人間には成らないから」

そう付け足して、やさしく微笑む。

「俺はあいつの情緒がそこまで育ってるとは思わないな。スイは仲良く話す俺達二人に、子供っぽく拗ねたってトコだと思う。仲間外れは嫌だ、くらいな」

「それも充分人間らしい。スイと私だけでは生まれない種類の感情だ。……にしても、子供っぽい嫉妬程度で、あんなに色が滲《にじ》むものか？」

「感情は幼くとも身体は違うからだろ。それに、あいつの表情にソレを見たのはこっちの勝手だ。スイは自分がどんな顔をしたか知らないし、気づきもしていないんだから」

肩を竦めた冬哉が外を見た。雨音がさっきより強くなっている。

「そろそろ帰る準備をしたほうがいいぞ。雨がひどくなってきた」

頷いたミドリも夏障子の向こうに視線をやった。

「雨、ねぇ……」

冬哉が呟く。

「雨と伯父様の行動に、何か意味があるのだろうか……」

「判らない。というか、判らないことが多過ぎる――」

雨を睨んで、冬哉が拳を握り締めた。苛立ちともどかしさが胸の中で渦を巻いている。

「宿題がまた一つ増えたな」

そんな冬哉を見上げていたミドリが、ふっと息を吐いた。

「ここで話し込んでいると、スイがまた拗ねるな。もう行く。スイには明日、出来るだけ早く下之社に来るように言う。そして少しでも長く引き止めておく。あとは頼んだ」

「了解」

短く返した冬哉に頷いて、ミドリが歩きだした。

明日は節分の祓の宵宮《よいみや》だ。翌日の夜の本宮が終わるまで、スイは下之社へ留まる。その間に、冬哉は御蔵翁の部屋に侵入するのだ。

何が見つかるか、見当もつかない。だが、必ず何か隠されている。

それを見つけることがスイにとって良いことなのか悪いことなのかは、考えないと決めた。

迷うな。動け。冬哉は自分に言い聞かせる。

考えるのはそれからだ。

全ては明日――――。

次第に暗くなる部屋の中、一際《ひときわ》黒いシルエットになって、冬哉は雨を睨み続けた。

ミドリを送り、夕餉を済ませたあと、スイは当然のように冬哉の夜具にもぐり込んで来た。

少し前に妬くの妬かないのと騒いだというのに、一つの布団で眠ることに何の抵抗もないところをみると、矢張りスイの感覚はどこかズレている。

スイは人との距離感が判らない。今までずっと人間ではなく人だったのだから、情緒の発育不全は当然のことだ。むしろ、ここまで人懐っこく育ったことのほうが不思議なくらいだ。

「……それにしても、俺にちょっと触ったくらいで土下座してたヤツが、当たり前の顔でくっついてくるんだからなぁ」

「え？　ダメだった？」

冬哉の呟きに、寝心地の良い場所を探してもぞもぞと身動いでいたスイが顔を上げた。

「いや、俺は構わない。ただ、あっさり馴染んだなあって思っただけだ」

身体を起こしたスイが、組んだ手に頭を乗せて天井を見上げる冬哉をきょとんと見る。

「だって、冬哉さんは俺が傍にいてもいいって言ってくれたでしょ？　触っても気にしないって」

「ああ、いいぞ。好きに触ってくれ」

えへへ。照れ臭そうに笑ったスイが、冬哉の隣にぱたんと寝転ぶ。

「いや、わざわざ触ったりはしないけどさ。でも、冬哉さんがいると安心して眠れるから助かるよ」

「お役に立てて何より」

「それに、清姫もいるし」

「う……」

そうだった。スイの声に反応して、大きな犬が部屋の隅で頭を上げた。

相変わらず気を許さない清姫は、スイと一緒に眠るという仕事を奪ったことで、冬哉を一層嫌いになったらしい。黄色い瞳に冷気を纏って、部屋の隅にその身を横たえている。

「俺を見てないでさっさと寝ろ」

「うん」

「明日も忙しいんだろ」

「……うん」

「俺と清姫が見張ってる。妙な心配はしなくていい」

「う……ん……」

「俺は下之社に行けないが、清姫がいれば安心だろ」

「……う…………」

「夜は清姫の傍を離れるなよ」

「…………」

徐々に小さく、間遠になっていった返事が、ついに返らなくなった。

隣を見ると、スイは小さく口を開け、冬哉の方を向いて眠っていた。眠るスイからは不快ではない汗の匂いと森の匂い、巫女衣裳に焚き染められた香の匂いがする。聞こえるのは深い寝息。人肌から伝わる熱。長い髪が、一筋顔に落ちている。

視線を感じたのか、睫毛が小さく震え、唇が笑みを形作った。そして寝息。

「——ということだから、頼んだぞ、清姫」

ぼんやりと浮き上がる白い巨体に声をかけると、おまえに言われる筋合いはないとでも言いたげな鼻息が一つ返った。

「ふふ……」

それに息だけで笑い、そっと手を伸ばして頬にかかった髪を指で払う。

「————ごめんな」

明日俺がやることを、おそらくスイは許さない。

怒るだろう。悲しむだろう。それでも————……、

「ごめん………」

微笑みながら眠るスイにもう一度呟いて、冬哉もまた目を閉じた。

早朝、まだ夜が明けきらぬうちにスイは中之社を出発した。

一晩中降り続けた雨は朝方に止み、うっすらと明るくなってきた空は霧で霞んでいた。

重く立ち籠めていた雲が薄まり、上空の陽光が白く透けている。晴天とまではいかないが、今日は降らずに済むだろう。


――昨夜、スイはまたぽかりと目を開けた。気がついたのは清姫が先だった。

清姫が夏障子とスイの間に立ちはだかる気配で冬哉が目覚めた。覗き込んだスイの目は焦点が合っていなかった。見開かれた瞳は虚ろで、彼が目覚めたのではないのはすぐに判った。

清姫はスイではなく、外を見ていた。背中の毛を逆立て、耳をぴんと立てて、全身に力を込めて身構える清姫の様子に、冬哉はスイを抱き寄せた。

スイ、スイ、スイ。起き上がろうとゆるゆると藻掻《もが》くスイの耳に唇を寄せ、何度も繰り返しその名を呼び続けると、力なく冬哉を押し上げようとしていた手がぱたりと落ちた。

スイ。尚も繰り返し呼び続けると、強張っていた身体から溶けるように力が抜け、瞬きもせずに見開かれていた瞳がゆっくりと閉じられた。

清姫の逆立っていた毛が元に戻り、緊張を解いた山犬がまた横たわっても、冬哉は気を抜くことが出来なかった。

うっすらと汗ばむスイを腕に抱き、耳元で軽い寝息を聞きながら、冬哉は浅い眠りに終始した。

そして今朝、スイは何事もなかったように元気良く跳ね起きた。

起きたと同時に雨のあがった空に歓声を上げ、忙しなく口と身体を動かしながら朝の用事を済ませて、ここに残る冬哉に米や野菜や干し魚の在処、味噌や醬油の場所やらをあれこれと説明し、最後に彼の包帯を丁寧に巻き直して出て行った。

冬哉は清姫を伴って山を下るスイを見えなくなるまで見送った。

待ち切れなくなった子供神楽が始まったのだろう。中之社の前に立つ冬哉の耳に、風に乗って笛や太鼓の音が微かに聞こえてきた。

念のためにもう半刻待ってから浴衣を脱ぎ、シャツとズボンに着替えて、冬哉が行動を開始した。

「さて、やるか」

気合いを入れて御蔵悟堂の自室の前に立つ。

そこは開け放つのが基本の和風建築には珍しく、開口部分が目の前の扉だけという造りになっていた。スイによると、代々の護主が私室として使用していたという。

どうやら座敷蔵《ざしきぐら》と呼ばれる贅沢な造作のようで、この部屋だけは独立していて他の部屋とは繫がっていない。外から見た限りでは部屋を囲む漆喰《しっくい》は厚く、格子の嵌《は》まった明かり取りの窓は高くて、図抜けた長身の冬哉が爪先立ってもその手は届かなかった。

おまけに寺院などで見かける二重扉になっていた。まず厚く漆喰が塗られ、装飾の施された鍵付きの重厚な扉があり、それを開けると通常の襖か障子が現れる造りだ。

普段は重い扉は閉めずに開け放っていたそうだが、御蔵翁が姿を消し、代わりに不審人物である冬哉が来たため、スイが部屋を閉め切った。

冬哉がここで暮らし始め、充分打ち解けたあとも、スイは決してこの部屋を覗かせなかった。どんなに頼んでも、頑として首を縦に振らなかった。

あまりに繰り返したせいで警戒させてしまい、ついには鍵を隠してしまった。

「……そいつを探すより、勝手に開けさせてもらうほうが早いな……」

低く呟いて、冬哉は身を屈めた。杖に寄り掛かり、古風な鍵を仔細《しさい》に確かめる。

かなり以前に取り付けられたものを使い続けているらしく、鍵は頑丈な作りの和錠だった。杖を置き、膝をついて、鈍く光る錠の側面をそっと撫でて中央の鍵穴を覗き込む。

「……ふん、阿波《あわ》錠ほど凝った造りではないから、土佐《とさ》錠か安芸《あき》錠か……」

いずれにしても、仕組みは判っている。板バネを使って開閉する構造だ。板バネの数が多いと開錠が厄介だが、バネを押し広げれば閂《かんぬき》は抜ける。

冬哉はポケットから細いタガネと数本の錐《きり》、菜種油を取り出した。

タガネと錐は作業用の道具をしまってある倉庫から、油は厨から失敬してきた。外の人間の手を借りることが出来ないからか、倉庫にはありとあらゆる道具類が揃っていた。

「……あいつ、ここから出たらすぐさま大工としてやっていけるんじゃないか？」

使い込まれ、きちんと手入れされたタガネと錐を並べながら呟く。植木屋もいけそうだ。

「にしても、お兄《アニイ》さん達のいなせな角刈りは似合いそうもないな」

印半纏《しるしばんてん》を羽織り、角刈りの頭に捩り鉢巻きをしたスイを想像して吹き出した冬哉が、表情を引き締めて和錠の前に屈み込んだ。

鍵穴にたっぷりと油を注《さ》し、針先の長い錐と細いタガネを鍵穴に差し込んで、慎重に板バネの位置と枚数を確認する。しっかりとした造りだが、仕掛けは通常の和錠のようだ。

冬哉はタガネと錐を抜き、手汗を拭ってからもう一度差し込んだ。目を閉じ、耳を澄ませて、内部の構造を頭に描く。

錐とタガネでは、板バネがうまく押さえられない。屈み込む姿勢もきつい。怪我をした足を庇っているせいで、上手く力が入らない。

それでも暫《しばら》く格闘すると、指先に板バネを挟んだ確かな感触があった。

「…………よし、ここだ――――っ」

力を込めて捻《ひね》る。有り合わせの道具で無理強いしているせいか、それとも内部が錆びているのか、なかなか回らない。冬哉は膝立ちになって、ぎちぎちと抵抗する板バネを力任せに挟み込んだ。

「――――っ」

歯を食い縛って力を込める。握った錐とタガネが汗で滑る。指先が痺れてきて、挟み込んだはずの板バネの感触が判らなくなってきた。

「く……っ、そ……ぉ……っ!!」

まずい。このままでは錐が折れてしまう。そう思った瞬間、かちりと小さな音がして、一気に抵抗がなくなった。

「ふう…………」

閂を引き抜いて、額の汗を拭う。手を振り、開閉を繰り返して固まってしまった指先をほぐして、不自然な姿勢に攣《つ》りかけていた足を揉んだ。

「……まさか、こんな所で鍵開けをする羽目になるとはね……」

呟いて、唇を吊り上げる。好むと好まざるとにかかわらず、必要に迫られて身につけた知識と技だったが、真っ当なモノではない。過去に開けてきた鍵も、今と同じように持ち主の許可は得ていない。

「久しぶりだったが、腕は鈍《なま》ってなかったな」

苦く笑って、冬哉が杖を引き寄せる。

「――さて。見せてもらうぜ、御蔵さん」

呟いて立ち上がると、冬哉は力を込めて重い扉を開いた。


時間は今日丸一日と、明日の本宮が終わる夜半まで。

引き止め役のミドリの頑張り次第でもう少し延びるだろうが、それまでに何か見つけたい。

何が出てくるかは判らないが、手も足も出ない今の状況を少しでも変えたい。せめて手がかりだけでも。

そう思って一歩踏み込んだ御蔵翁の私室は広くて大きかった。

磨き漆喰の壁に黒漆塗りの板の間、太い柱と厚みのある畳の敷かれた贅沢な部屋だった。調度や家具はどれも一級品だと判る物ばかりだ。

部屋そのものは豪華だったが、御蔵悟堂は座敷蔵を修業僧の居室か学者の仕事部屋のように変えていた。

漆喰の壁は殆ど本棚で埋まり、実用一点張りの大型の洋燈《ランプ》が文机の脇にでんと据えられて、本来広々としているはずの大きな間取りを狭めている。布団と衣類が入っているらしい半間の押し入れ以外、本棚がないのは床の間だけだ。そこには刀掛けが置かれていたが、刀はない。

華美な装飾は一切なく、武骨だが隅々まで整えられた、居心地の良さそうな私室だ。

たった一度しか会っていないが、古武士然とした御蔵翁の背筋の伸びた立ち居振る舞いそのままの部屋だった。

慌ただしく出て行ったと聞いたが、きちんと整頓された部屋にその気配はない。

唯一乱れているといえるのは文机の上だが、それも数枚の紙片が挟まれた洋書が一冊と、使い込まれた万年筆が置かれているくらいだ。

置かれた本を手に取り、ぱらぱらとめくってみる。独逸語の医学書らしく、人体図や細かい注釈などがびっしりと書かれた専門書だった。挟まれていた紙片には矢張り独逸語の薬品名らしきものとグラム数、それらを混ぜ合わせる順序のようなものが悟堂翁の筆跡で書かれている。

「薬の調合でもしてたのか……？」

呟いて、文机の引き出しに手をかける。

文机には引き出しが二つあった。どちらも鍵はかかっておらず、上段の引き出しには文房具や便箋、白紙のノートや住所録、きちんと綴じられた手紙と本家から届けられた荷物の明細書、次回に欲しい物の覚え書きなどが入っていた。

下段の引き出しを開けると、液体が入った小さな瓶があった。蓋を取って匂いを嗅ぐと、独特の芳香がする。刀の手入れ用の丁子油《ちょうじ》だ。冬哉は顔を上げて再び床の間を見た。そこには刀掛けがぽつんと置かれているのみだ。

「刀はない、よな……」

首を捻ってさらに奥を探る。煙管《キセル》と煙草と煙草盆の喫煙セット、懐紙。何に使うのか、先端が鍵状に曲がった細い金属の棒。金茶色の大きな琥珀は、スイが冬哉の目に似ていると言った文鎮だろう。いずれにしても、手がかりになりそうなものはない。

冬哉は机を離れ、書棚を振り返った。

彼は御蔵翁の部屋を調べるにあたり、一応の段取りをつけていた。

何よりもまず、書庫になかった日誌兼日記を探す。何か判るとすればそれだろう。読む時間がなければ持ち出すつもりだが、スイに見つからないように重要なものだけを選り分ける。

しかし、見回してもすぐに判るような場所にそれはなかった。

和綴《わと》じの本も普通の本も本棚にずらりと並べられていて、ぱっと見てすぐには見当がつかない。とにかく本が多かった。

「まいったね、こりゃ……」

呟いて、ずらりと並んだ本を眺める。背表紙をざっと見ても、脈絡はない。科学、化学、医学の専門書があるかと思えば歴史書が並び、古事記《こじき》や日本書紀《にほんしょき》にあちこちから取り寄せたらしい風土記《ふどき》、西洋や東洋の民話集に図説付きの岩石図鑑と構造地質学解説書などという、理工学部地質学科院生の冬哉には馴染みのある本まであった。

「……うわ、耳嚢《みみぶくろ》まである……」

背表紙を読みながら歩いていた冬哉は、自分がここに来た原因である柏原左京の愛読書を見つけて顔を顰めた。

「御蔵さん、意外にあの人と話が合ったかもな……」

呟いてみたものの、趣味というには膨大な本から何か執念じみたモノが漂ってくるし、小説の類が一切なく、統一性がなさ過ぎるラインナップは雑学好みで片付ける範囲を越えている。

「御蔵さんの嗜好《しこう》なんざどうでもいい。とにかく日記だ」

スイと暮らしていたせいで、何時の間にか自分も独り言を言うようになってしまったことに苦笑しつつ、冬哉は和綴じの本が並ぶ棚の前に屈み込んだ。

和綴じの本には背表紙がないから、取り出してみないとタイトルが判らない。表題がない本も多かった。御蔵翁は内容を把握していたらしいが、冬哉は片端から調べるしかない。

冬哉はため息をついて、本棚の前に胡坐をかいた。一冊取り出してページをめくりながら考える。

スイはここに暮らしてから部屋に入ったのは数回だと言っていた。

入室を禁じられてはいなかったが、掃除や布団の上げ下げなどは悟堂翁が自分でやり、用事があるときは部屋から出て指示をし、この部屋にスイを呼ぶことは滅多になかったという。

そして、スイは御蔵翁が呼ばない限り決して部屋には入らない。

「……だったら、わざわざ隠したりしないよな」

一人呟いて、冬哉は和綴じの本を開いて素早く目を通しながら積み上げていった。

「――なんで日誌がない？」

最後の本を脇に置いて、冬哉は眉を寄せた。

並んでいた和綴じの本は、ざっとではあるが全て目を通した。なのに目当ての日記兼日誌はなかった。一冊もだ。御蔵翁の書いたものは勿論《もちろん》、過去の護主が残し、書庫から持ち出されたものも見当らない。

「……ってことは、どこに……？」

冬哉は杖に縋って腰を上げ、部屋の中央に立った。ゆっくりと周囲を見回す。

代理の時も含め、御蔵翁が護主を務めていたのは四十年以上だ。書庫から抜いた分もあるとすれば、かなりな冊数になる。

それを纏《まと》めて隠せる場所。日記を書くために出し入れするのに、さほど面倒ではない場所。

どこだ？　一点を凝視せずにぼんやりと全体を見回す。どこかおかしい所はないか。違和感のある

場所は…………、

「────？」

角度や位置を変えて見回していた冬哉が、ふと足元に目を止めた。

一ヵ月以上人の出入りがなかったため、うっすらと埃《ほこり》の積もった漆塗りの板の間に一ヶ所だけ、ほんの少しだが埃の色が違う場所があった。

近づいて膝をつき、積もった埃を手で払う。その手に、白い埃に混じって僅かに煤《すす》がついた。

「洋燈《ランプ》の煤、か……？」

煤はほんの少しで、黒漆で全面塗られた板の間では黒い煤は全く目立たなかった。埃がなければ見落としていただろう。

冬哉は振り返って洋燈《ランプ》の位置を確かめた。畳の上でもなく、書き物をする文机近くでもなく、書棚にも遠い。こんな場所に洋燈《ランプ》を置いて何をする？

煤のあったあたりをシャツの袖で拭き、黒光りする床を掌で撫でてみると、塗り込まれた黒漆と木目に巧妙に隠された、小さな返しがあった。指で押すと、くるりと回って持ち手が現れる。

持ち上げると九十センチ四方くらいの床板が開き、その中に和綴じの日誌が並んでいた。

「は……っ」

冬哉は見つかった安堵と、ここまで手間をかけさせた御蔵翁への苛立ちとでその場に座り込んだ。

「────あんた、どこまで秘密主義なんだよ……っ」

ふうっと一つ息を吐き、屈み込んで日誌を全て取り出す。

髪をかき上げて時計を見ると、とうに昼を過ぎて午後も半ばになっていた。思った以上に時間がかかっている。高い位置にある明かり取りの窓から曇天の薄い陽光が射し込んでいるが、陽が傾き始めれば日暮れはあっという間だ。

取りあえず目当てのものは見つけた。あとはどこまで探れるかだ。

冬哉は積み上げた冊子を鋭く見つめた。時間がない。急がなければ。

数えてみると、日誌兼日記は全部で五十七冊あった。一瞬考えて、御蔵翁が書庫から抜き出した日誌を手に取る。

わざわざ隠したということは、何かあるということだ。そうであって欲しい。

「頼むぜ御蔵さん……」

低く呟くと、冬哉は足を投げ出し、楽な姿勢で座り込んだ。


冬哉は座り込んだまま、日が暮れるまで読み続けた。

字が読めなくなると洋燈《ランプ》を灯してまたページをめくった。時間を忘れ、寝食を忘れ、身動きすらせずに、ただ文字を追い続けた。

最初に読み始めた過去の護主の日誌兼日記には、驚くような事実が記されていた。それを読んだだけで、疑問のいくつかは解明された。

――だが、本当の衝撃は御蔵翁の日記の中にあった。

御蔵翁は日誌と日記を分けていた。

日誌には日々の出来事や行事を中心に、採れた作物や送られてきた荷物の内訳、怪我人や病人の治療内容や使用した薬などが書き記されていた。明快でとても判りやすいが、一切の私情をまじえない文面は、素っ気なく感じるくらい淡々としている。

いずれは過去の護主の日誌と同様、書庫に並んで誰かに読まれるのを見越した書き方だ。

しかし日記は――。

それは確かに日記だったが、正確には日記ではなかった。

通常のような日付や出来事による区切りはなく、理系の人間らしい冷静な筆致で判ったこと、調べたこと、考えたことを書き、日誌には記さなかった行動とその理由と結果を、実験結果を纏める科学者のように書き並べていた。

それは誰かに読ませるつもりはなく、というか、むしろ絶対に誰にも見せたくないもので、ただ自分のためだけに書かれている点では日記といえるだろう。

しかし、その内容は過去に飛んだり現在に戻ったり参考文献の考察を挟んだりしながら、ひたすら一つのことを追い求めていた。読み進めると、御蔵翁の思考を追うことが出来た。

冬哉が感じた様々な疑問は、御蔵翁の疑問でもあったようだ。

そして、彼は自分なりに答えを出していた。

そのうえで、あるかもしれない未来をいくつかのパターンに分け、その対処法を何通りもシミュレーションしていた。

御蔵翁は極力感情を排し、理性的であろうと努めていた。

事実、感情的な言葉はなく、その努力はほぼ成功していたが、時折達筆が乱れ、文字が震えて、墨が掠《かす》れたり墨滴が落ちたりしている箇所からは、彼の感情が迸《ほとばし》っていた。

御蔵翁の日記。

そこには彼が四十年以上追い続けた謎と、その解明に向けた努力があり、他人に隠し続けたまま、一人で背負い続けた秘密と苦悩と覚悟があった。

全てに目を通し、顔を上げると、既に夜は明けきっていた。

冬哉はもう一度御蔵翁の日記を繰り返し読んだ。勘違いはないか、見落としはないか、呼吸すら忘れて食い入るように読み続けた。

深夜、中之社へと戻ってきたスイが冬哉を見つけた時、彼は文机の上に置いてあった走り書きを握り締めて突っ立っていた。

「冬哉さん!?」

呼ばれて顔を上げた冬哉は、焦点の合わない目でスイを見た。

「…………スイ？」

部屋の入口で棒立ちになり、目を見開いたスイが、洋燈《ランプ》の光にぼんやり浮かび上がっている。

周囲は既に闇に包まれていて、明かりは文机の脇に置かれた洋燈《ランプ》だけだった。自分が灯したのだろうが、火を点けた記憶はない。

スイが出て行ってから戻るまでのほぼ二日、食べず眠らず、部屋から一歩も出ずに過ごしていたことを今更ながらに悟る。

冬哉は時間の感覚を失っていた。あまりに長時間、一点に集中し過ぎたせいで目が霞み、身体が強張って頭が重い。

あちらとこちらの狭間《はざま》に立っているような、妙な非現実感が頭と視界に薄い膜を張っている。オーバーヒートを起こした脳が視覚からの情報を処理しきれず、目の前のスイが幻のように見えた。

洋燈《ランプ》の遠い光を受けて、薄く煙ったように見えるスイの髪が顔や身体に張りついている。

どうやら外は雨のようだった。それもかなり激しい雨だ。没頭していた冬哉にはいつから降りだしたのか判らなかったが、蔵座敷の厚い壁を雨が叩いているのに今気がついた。

「……雨、か……？」

半分夢でも見ているような気分で、冬哉は部屋の入口に立つスイにぼんやりと笑いかけた。

「『雨か？』じゃない！　どうしてアンタがこの部屋にいるんだ⁉」

しかし、スイは紛れもない現実だった。

「部屋にも書庫にもいなくて、どうしたのかと思ったら護主様のお部屋に――――っ‼」

スイは本気で怒っていた。目を吊り上げ、拳を握って声を荒らげる。

「ってか、鍵かかってただろ‼　どうやって入った⁉　壊したのか⁉」

冬哉を睨みながらスイが叫ぶ。スイが初めて見せた激しい怒りを浴びているうちに、ようやく現実感が戻ってきた。

「壊してない」

「だったらどうや……っ、そんなことはいい！　さっさと出ろ‼」

「まだ調べたいことがある」

「ふざけるなぁ‼」

スイが全身で叫んだ。

激しい怒りに身を震わせているのに、スイは部屋の入口から動こうとしない。こんな時でもスイは御蔵翁に忠実なのだと思うと、冬哉はたまらなくなる。

「ここは護主様のお部屋だ！　アンタが入っていい場所じゃない！」

「スイ」

その名を呼び、向き直ろうとしてふらりとよろける。見ると、膝が笑っていた。一気に詰め込んだ情報の重さか、それとも不眠不休と絶食のせいか、身体に力が入らない。

「何を調べるって!?　勝手に入って何を漁《あさ》ってる!?　その本は何だよ!!　この盗人！」

足元に転がっている杖を拾おうと身を屈めた冬哉の上に、スイの罵声が降り注ぐ。

「何も盗《と》ってない」

「嘘だ！　この部屋はダメだって言ったのに！　何度も言ったのに!!」

杖に縋って頼りない身体を支えた冬哉を、スイが尚も責める。

「それは謝る。だがスイ――」

「言い訳なんか聞かない!!」

スイが激しく首を振りながら両手で耳を塞いだ。

「絶対許さない！　信じてたのに！　好きだったのに……っ!!」

叫ぶ声が涙で滲んだ。冬哉を睨む目に涙が盛り上がり、責める声が擦れる。

自分の涙声に気づいたスイが手の甲で乱暴に目元を拭い、震える唇に歯を立てた。

「スイ、聞いてくれ」

妙に遠く感じるスイに向かって冬哉が一歩踏み出す。

「うるさいうるさいうるさい！　アンタは俺を裏切った！　そんな奴の言葉なんか聞かない!!」

冬哉が踏み込んだ分だけ後ろに下がって、耳を塞いだままのスイが叫ぶ。

「青江冬哉！　いますぐここを出て行け！　部屋からも屋敷からも山からも!!」

「スイ、俺の話を――」

「俺を見るな！　喋りかけるな！　さっさと出て行け!!」

「スイ、頼む」

「やめろ！」

怒りと悲嘆に身を震わせながらスイが叫ぶ。

「スイ」

自分には聞こえない声に耳を澄ませ、虚ろに目を見開くスイを呼び続けたように、その名を繰り返しながらさらに一歩踏み出す。

「やだ！　こっちへ来るな!!」

悲鳴じみた声で叫んだスイが、自分で自分を守るように両手で身体を抱き締めた。

「そんなふうに俺を呼ぶな！　俺の前から消えろ――っ!!」

「スイっ!!」

彼我の距離を一気に詰めて、冬哉がスイの腕を摑んだ。

摑んだ腕を思い切り引いて、スイを部屋に引きずり込む。

「な……っ!?」

つんのめるように部屋に足を踏み入れたスイが、冬哉の腕を力一杯振り解いた。

振り払われた勢いで冬哉がよろける。体勢を崩した冬哉の頰に、スイの怒りの拳がヒットした。

「――っ」

スイは細身だが、山仕事、畑仕事で鍛えた身体は強靭だ。そのスイに手加減なしで殴られて、冬哉の大柄な身体が吹っ飛ぶ。

「何するんだ！」

怪我した足では踏ん張りがきかず、反射的に足首を庇ったせいで、冬哉は背中から板の間に叩きつけられた。一瞬息が止まり、目の前が暗くなる。

倒れ込んだ冬哉の前に、スイが仁王立ちした。

「もういい！　アンタが出て行かないなら、俺が放り出してやるよ！」

叫んだスイが冬哉を跨ぎ、片手で胸ぐらを摑むと、握り締めた拳をぐっと引いた。

風を切る音をさせて、本気の拳が顔面に打ち付けられる寸前、冬哉がその手を摑んだ。

「くそっ！　離せ!!」

暴れるスイの腰に手を回し、引き寄せることで動きを封じる。

「……一発は殴られるつもりだったが、それ以上は駄目だ」

足を使わない接近戦になれば、体格のまさる冬哉に分がある。握った拳を捻り、同時に無事なほうの足をスイの身体に絡ませて体勢を入れ替えた。

「離せよ!!」

「痛《い》て……っ、おまえ、細い割に力があるよな。もう一発喰らったらヤバかった」

長身と体重を利用して、暴れるスイに乗り上げる。

「離せってば！」

冬哉はスイの太腿に腰を落として蹴り上げようとする足を押さえ、両手で手首を掴んで床に縫い止めた。

「今は不様《ぶざま》に気を失う訳にはいかないんだ。悪いがこのまま聞いてくれ」

「ばかっ!! 聞かないって言――っ」

「聞くんだ!!」

スイの言葉を遮って冬哉が叫んだ。

「――っ……」

鋭い一喝と冬哉の鬼気迫る表情の両方に驚いて、スイの抵抗が一瞬止《や》んだ。目を見張り、身体を強張らせて、伸しかかる冬哉を見上げてくる。

「スイ、山を下りろ」

「は………?」

それは、スイにとって予想だにしなかった言葉だったらしい。大きな瞳がさらに見開かれた。

「明日、ミドリと一緒にここを去れ」

「は……っ、はは、あはははは!」

続けた言葉に、スイが笑い声を上げた。

「アンタ、なに言ってんの?」

「持ち出す物は最低限にして……、いや、何もいらない。取りあえず下之社まで下りろ」

「おい、ふざけてんのか? なんでアンタが俺に命令するんだよ」

「ミドリには俺が説明する。あの子なら上手くやるだろう」

「説明なら、まず俺にしろ‼」

スイが叫んだ。

「冬哉さん、アンタおかしいよ！　帰ってからずっと、ワケの判らないことばっか言って！」

身体を床に縫い止められながらも、勝ち気な瞳が冬哉を睨み上げる。

「いや、説明なんかいらない！　山を下りるのはそっちだ！　俺の前から消えろ‼」

「スイ、駄目だ。おまえは山を下り――」

「アンタこそ出て行け！」

激しい口調でスイが冬哉の言葉を遮った。

「俺に指図するな！　アンタに口出しされる筋合いはない！」

眉を吊り上げ、瞳を怒りに燃やしたスイが言い放つ。

「俺はここで護主様を待つ‼」

「…………スイ」

冬哉が苦しげにスイの名を呼んだ。迷いなく言い切るスイに顔を歪め、唇を引き結んで黙り込む。

「……………御蔵さんは戻らない」

迷い、躊躇い、逡巡《しゅんじゅん》した後、冬哉は喉に絡む言葉を無理矢理押し出した。

「――――……」

何を言われたのか判らなかったのだろう。スイは全くの無反応だった。

きつく眉を寄せ、苦しげに繰り返す冬哉をぽかんと見上げていたスイが、くしゃりと顔を崩して笑い始めた。

「あはっ！　あはは！　あははは！」

「スイ、聞こえているか？　御蔵さんは――」

言葉は判っても、意味は理解は出来なかったらしい。スイは幼い仕草で小首を傾げた。

「――え？」

「もう帰って来ない」

「ふっ、くく……っ。冬哉さんってば、ホントにおかしくなっちゃったんだね」

「スイ、俺の話を――」

「何言ってるんだ。護主様はちゃんと帰って来るよ。だって、ここは護主様と俺の家だもん」

「御蔵さんは戻らない」

「やだなぁ。冗談はいい加減にして、そろそろ俺の上からどいてくれない？　手と背中が痛いよ。冬哉さん、ガタイが良くて力が強いんだからさ」

あくまでも冗談にするつもりらしく、スイはけらけらと笑いながら身動ぐ。

「あ～あ、あんなに頭にきてたのに、笑ったらどうでもよくなっちゃった。ほら、もう怒ってないからどいて。冬哉さん、顔色悪いけどご飯食べた？」

「スイ、すまない。こんなふうに伝えるつもりはなかった。もっと上手い言い方があったと思う。だが俺も混乱していて、まだよく判らない部分も多くて――……」

スイの口元は笑っているのに、見開かれた目が全く笑っていない。それに気づいた冬哉は、言い訳にしかならない言葉を飲み込んだ。

「……っ、くそっ!!」

鋭く舌打ちをして、冬哉が強く頭を振った。

考えがまとまらない。大量の情報を咀嚼《そしゃく》するのが精一杯で、整理する時間がなかった。スイに何を、どこまで告げるか決められない。

正直言って、信じられない部分も多い。別な場所で聞いたら、出来の悪い怪談だ、荒唐無稽だと笑い飛ばしてしまいそうな話だ。

だが、理性が否定しても感情が叫ぶ。

スイをここに置いてはいけない。この社から、山から、スイを逃がさなければ。

どんなに悲しませても、その結果スイが俺を憎んだとしても――……。

様々な葛藤を飲み込んで、冬哉は腹に力を込めた。

「――スイ、おまえがどんなに待っても、御蔵さんは戻らない」

その言葉に、辛うじて残っていた笑みが消えた。

「説明はあとからいくらでもしてやる。だから、頼むから今は山を下りてくれ」

スイが無言で冬哉を見上げる。

「御蔵さんも、おまえがここに居ることを望んでいない」

見開かれた瞳は虚ろで、それが夜半に見た人形じみた表情と重なった。

「御蔵さんを待つな。あの人は二度と戻らな――」

「嘘だ――――っ!!」

それは、血を吐くような叫びだった。

「護主様は帰って来る!!」

「スイ」

「手紙！　急用で戻れないって手紙が本家に来たって！　アンタだって聞いただろ!?」

「それは時間稼ぎと、おまえに自分を探させないための方便だ」

「なんでアンタにそんなことが判るんだよ！」

「御蔵さんの日記を読んだからだ」

「日記!?」

その言葉に、スイの瞳が再度燃え上がった。

「護主様の日記を読んだのか!?　最低だ！　絶対許さない!!」

「俺を許さなくてもいい。だが、あの人はずっと前からこれを決めてた」

両手を拘束され、身体に伸しかかられたまま、スイは蛇が鎌首をもたげるようにぐっと顔を突き出した。顎を上げ、目を光らせて、覗き込む冬哉を睨み返す。

「…………アンタの言うことなんか信じない。護主様は絶対帰って来る」

静かな声と必死の眼差し。目を逸らしたくなるのを怺えて、冬哉はスイを見つめ返す。

「戻らないと言ったのは俺じゃない。御蔵さんだ」

「嘘だ！」

その言葉を弾き返すように拒んで、スイが猛然と暴れ始めた。

「護主様がそんなこと言う訳ない！」

スイの抵抗は想像以上だった。圧倒的な体格差にもかかわらず、冬哉の身体が浮きかける。

「……っ、嘘じゃないっ」

「嘘だ嘘だ嘘だ!! なんでそんな酷《ひど》い嘘をつく!? 何が目当てだ!? 何が欲しい!?」

叫びながら、スイは信じられない力で掴まれた手を持ち上げた。それを力一杯押し戻して、冬哉が顔を近づける。

「俺は嘘をついてない。欲しいモノもない。ただ、おまえを救《たす》けたい」

「はっ！ 護主様が戻らないとか言って！ ここを出てけってホザいて！ それが俺を救けることになるってのか!?」

唇を吊り上げ、今にも唾を吐きかけそうな顔で嘲《せせ》ら笑うスイにしっかりと頷く。

「そうだ。スイ、なるんだ。そして、おまえがここを去るのは御蔵さんの願いでもある」

「おまえが護主様の名を口にするなぁ！」

スイが吠えた。

「護主様の願いなら、護主様に直接聞く！ そうでなきゃ信じない!!」

「スイ、聞いてくれ」

「聞かない！」

長い髪を乱して、スイが激しく首を振る。

「俺はここで護主様を待つ！　護主様が出て行けと言わない限り、俺はここにいる‼」

「駄目だ！　おまえが御蔵さんを待ち続けるのは、あの人を苦しませるだけだ！」

「なんでそんなことが判る⁉」

冬哉の胸を押し上げるようにして、スイが半身を浮かせた。怒りにぎらつく瞳が冬哉を射抜く。

「余所者《よそもの》のくせに！　俺達のことを何も知らないくせに‼　アンタに俺と護主様の何が判る⁉」

言葉と視線で嚙みつくスイに、冬哉は頷く代わりに顎を引いた。

「確かに俺は余所者だ。だが、余所者だから判ることもあるんだ」

「そんなに判るって言うなら、護主様がどこにいるか言ってみろよ！」

「――――っ」

虚を突かれて冬哉が黙り込んだ。彼が言葉に詰まるのを見て、スイが目を見張る。

「……知……ってる……の……？」

「知らない」

冬哉が首を振る。しかし、否定の言葉は遅過ぎた。

「どこ⁉　護主様はどこにいるの⁉　どうして帰ってこないの⁉」

さっきまでの怒りを一瞬で拭い去って、スイが縋るように冬哉を見る。

「教えて！　冬哉さん！　お願いだよ‼」

「――すまない。言えない」

「なんで!?」

「おまえが会いに行くからだ」

「当たり前――――っ」

勢い込んで叫びかけたスイが、唐突に口をつぐんだ。冬哉の手から逃れようとするのも止めて、一心に考え込む。

「……会いに行く？　俺が……？　それは、行こうと思えば行ける場所ってこと……？」

「――――っ」

しまったと思ってももう遅い。スイの頭に手を突っ込んで、今の言葉を取り戻す術《すべ》はない。

視線を一点に据えて考え込んでいたスイが、はっと目を見張った。

「――――上之社……」

「スイ、違う！」

「あそこに護主様がいる……？」

「いない！　御蔵さんは帝都に行った!!」

冬哉の言葉をスイは聞いていなかった。

動揺する冬哉の隙をついて身体を跳ね上げ、素早く足を抜いて膝で鳩尾《みぞおち》を蹴り上げた。

「ぐ…………っ」

息が詰まり、スイの手首を摑む力が緩んだ。その手を振り払い、冬哉の下から這い出すと同時にスイが床を蹴る。

「待……っ‼」

スイは俊敏だったが、冬哉のほうが一瞬早かった。髪をなびかせて駆け出そうとしたスイの腕を摑んで背中から抱え込む。

「離せ‼」

「行かせない！」

御蔵翁が近くにいるということが、スイに力を与えたのだろう。抵抗は先ほどの比ではなかった。

摑まれた腕を振り、足を滅茶苦茶に蹴り出して、全身を使って冬哉の拘束を逃れようとしている。

「スイ！　駄目だ……っ‼」

「止めるな！　離せ‼」

ここ暫《しばら》くの療養生活で鈍《なま》った身体に、スイの本気の抵抗はきつかった。

どうにか俯《うつぶ》せに押さえ込み、背中に乗り上げた時には、体力に自信がある冬哉もさすがに息を切らしていた。

「……っ、どうしてもここを離れないと言うなら、引きずってでも山から下ろす‼」

「やってみろよ！」

頭を押さえつけられ、床に頬をつけたスイが唇を歪めて言い放つ。

「杖なしじゃ歩けないくせに！　その足で、どうやって俺を引きずり下ろすんだ⁉」

その通りだ。舌打ちする冬哉を、ぎらぎらと目を光らせたスイが睨み上げる。

「――――判った」

いまだ残る躊躇いに気づかれないよう、冬哉がぐっと顎を引いた。

「俺が行く」

「は？」

「どうしても御蔵さんのことが知りたいなら、俺が見てくる」

「なんでだよ！　俺が行く！」

「スイに上之社は許されていない!!」

「――っ!!」

冬哉の言葉に、暴れていたスイの身体から力が抜けた。

「五頭竜様は、護主以外の人間が傍近くに来ることを許さない。そして、御蔵さんはおまえに竜の息吹から上を禁じた。おまえが俺に教えたんだ。違うか？」

「そ……れは……っ」

「俺は結界を破って五頭竜山に入った。その資格もないのに中之社にいる。既に禁忌に触れているんだ。もう一つ罪が増えたところで今更だ。――だが、おまえは？」

言葉を切って、冬哉はスイの耳元に顔を近づけた。

「スイ、おまえは五頭竜様と御蔵さんの命令に逆らうのか？」

話しながらも、苦い思いに唇が引き攣れる。冬哉にとって、五頭竜様と御蔵翁は絶対に頼りたくない相手だった。その言葉を使ってスイを説得するなんて。

しかし、五頭竜様と護主というワードは冬哉のどんな言葉よりもスイには響いた。怒りと激情の入り交じった強い眼差しが、光を失って床に落ちる。

「――――だったら、ここで護主様を待つ」

「駄目だ。ここは近過ぎる」

「なに言ってるんだ!? 俺はずっとここで暮らしてたんだぞ！」

「事情が変わったんだ。下之社――――いや、里に下りろ。結界の外に」

「嫌だ！」

叫ぶと同時に、一度力を失った身体がぐっと強張った。光の戻った目が冬哉を睨む。

「………身代わりで、偽者の巫女でも、俺は五頭竜様と護主様の巫女だ。護主様に去れと言われない限り、絶対にここを離れない……」

食い縛った歯の間から無理矢理押し出された低い声。スイの想《おも》いの強さと気迫が籠もった、ひどく静かな声。それが先ほどまでの叫びではないのが、逆に冬哉の胸を抉《えぐ》る。

「……っ……」

だが、それを哀《かな》しいと思い、切ないと思えばこそ、スイをここに留《とど》まらせる訳にはいかなかった。

スイは梃子《てこ》でもここを動こうとしないだろう。今の自分には、力ずくでスイを引きずり下ろすことは出来ない。

自分が知ったことをスイに告げれば――――、いや、絶対に知られてはならない。逆効果の可能性もあるし、下手をすればスイの心が壊れてしまう。

ならば、どうやってここから立ち去らせる？　冬哉はスイに伸しかかったまま必死で考える。

俺の言葉はスイに届かない。

五頭竜様と御蔵悟堂がスイの全てだ。五頭竜山はスイが唯一知っている世界だ。余所者の俺が、その全てから離れろと言って聞く訳がない。

スイをここから遠ざけるのは、スイ自身が納得しない限り無理だ。

何かないか？

冬哉は必死で思考を巡らせた。スイがここから逃げ出すような何か。自分から山を下りると言わせる何か。

不入《いらず》の山の禁域で、禁忌にがんじがらめに縛られたスイを解放する何か――――、待て。

記憶の隅に何かが引っ掛かった。

なんだ？　俺は何か、大事なことを聞いている。冬哉は歯を食い縛って記憶を探った。

キーワードは『禁忌』。この山でやってはいけないこと。許されないこと。それを侵せば、聖域の住人たる資格を失う行為。

「――――っ」

冬哉は呆然とスイを見おろした。

彼に押さえつけられたままのスイは動かない。諦めたのではなく、冬哉の隙を窺いながら呼吸を整えている。

大柄な冬哉を相手に、渾身の力で暴れ続けたせいだろう。スイの抵抗は弱まっていた。さすがに疲労の色が濃く、弾む息に胸を喘《あえ》がせている。

無理もない。今日は節分の奉祀で、スイは大勢の人達に囲まれて夜更けまで神楽を舞い続け、慣れない環境に気疲れした後、雨の中を急な山道を上って中之社に着いたのは夜半過ぎなのだ。

それから冬哉に衝撃的な言葉を告げられ、本気で取っ組み合った。スイは疲れ切っている。

冬哉は俯せに押さえつけたスイを改めて見つめ直した。

スイの身体はしっとりと湿っていて、濡れて艶を増した長い髪が頬に張りついている。

いつもの野良着では悪いと思ったのだろう。今日のスイは白 縹《しろはなだ》色の作務衣姿で、青みがかった白い着物が雨を吸って身体に纏わりついている。

薄ぼんやりした光を受けた睫毛の影が頬に落ち、激しい動きと激情とで上気した目元に泣きボクロが滲んでいた。

硬いのにやわらかい身体は、しなやかさと弾けるようなバネの両方を持ち合わせている。

巫女として装った名残か、スイからは微かに白粉と伽羅《きゃら》の匂いがした。きつく嚙み締められた目元と唇が、拭《ぬぐ》いきれなかった紅でほんのり赤い。

摑んだ腕はまだ細く、冬哉の指が完全に回る。乗り上げた背中に体重をかけると骨が撓《たわ》み、薄い胸が速い呼吸に忙しなく上下するのを感じる。

微かに吹き込む風を受け、時折揺らめく淡いオレンジ色の灯りの中で、スイは少年にも青年にも少女にも見えた。

人でないようにすら。

――――悪いな、スイ。

心の中で短く詫びる。

――――これ以外、おまえを山から下ろす方法を思いつかない。

冬哉は長い髪をかき上げ、乗り上げた背中に屈み込んだ。


「………？」

首筋にかかる息に、スイがひくんと肩を浮かせた。

横目で冬哉を見上げ、彼が衿足に顔を埋めているのに目を丸くする。

「……とうや……さん………？」

顔を上げようとするスイを、髪を掴んだ手で阻む。冬哉はすんなりとした首筋に唇で触れた。

一度離れて髪の生え際に触れ、もう一度首筋に唇を押し当てる。

「――っ!?」

湿った舌の感触に驚いたスイがひくんと背を浮かせた。その瞬間、冬哉がなめらかな肌をきつく吸い上げた。

「うわ……っ!!」

小さく叫んだスイが、目を見開いて冬哉を見上げた。

「ぬ……っ、濡れ……っ、冬哉さ……っ、俺のく、首、舐め……っ!!」

驚きのあまり跳ね起きようとしたスイを押さえつけ、冬哉が首筋に押しつけた唇をゆっくりと動かしてゆく。髪の生え際から襟足まで、触れて、舐めて、吸い上げる。

「ちょっ……、なにす……っ、冬哉さ――っ、冬哉さん!!」

悲鳴のように名を呼ぶスイに、冬哉は答えない。耳朶の下、薄い肌に軽く歯を立てた後、スイの耳に舌を這わせる。

「――っ!!」

それは、スイにとって初めての感触だったのだろう。組み敷いた身体が突っ張った。

僅かに浮いた身体の下に手を差し入れ、冬哉が作務衣の衿を掴んで思い切り引いた。乱暴に引っ張られた作務衣の紐が千切れ、スイの肩が露になる。

「な……っ、冬哉さんっ!!」

そのまま引き剝がそうとした冬哉の手が止まった。

――この服の下は、どうなってる………?

作務衣を握り締めたまま、呆然と背中を見つめる。

ただの白い肌か？　それとも――……、

「この――っ！」

冬哉の一瞬の躊躇いをスイは見逃さなかった。

身体を跳ね上げ、反転して冬哉を突き飛ばすと、起き上がって冬哉を睨む。

「何するんだ！　ばか!!」

叫ぶスイの表情は、怒りより戸惑いの色が濃い。乱れた衿元をきつく握り締め、眉を寄せて冬哉を見上げる。

「冬哉さん、帰ってからずっと変だよ！　訳が判らない!!」

「…………ああ、そうだな……」

振り払われた拍子に爪が擦り、頬に数条の傷が刻まれていた。滲む血を指先で拭いながら、冬哉が唇を吊り上げる。

「全身全霊をかけて否定し続けたモノに振り回されるなんて、笑えるよな。我ながら、どうかしてると思ってるよ」

「は？」

スイは冬哉が何を言っているのか判らない。

「――――だが、いまさら後には引けないんだ」

きょとんと見上げてくるスイに苦く笑って、冬哉は足首を摑んで一気に引いた。

「――――っ!?」

バランスを崩して倒れたスイの上に乗り上げて、仰向けに押さえ込む。

「…………また？」

先ほどと同じ体勢で伸しかかる冬哉を、呆れ顔のスイが見上げる。

「俺、考えなきゃならないことが山ほどあるんだ。アンタに付き合ってるヒマはないよ」

頭の中は御蔵翁のことでいっぱいなのだろう。スイは自分を組み敷く冬哉を見もせずに呟いた。

スイが見つめているのは文机、洋燈《ランプ》、御蔵翁の座る形に窪《くぼ》んだ座布団。

御蔵翁愛用の品々を思い詰めた目で見つめるスイに屈み込んで、冬哉が彼の視界を自分で覆った。

「俺を見ろ」

「…………？」

低く呟いた冬哉を、スイが投げ遣りに見上げる。

「俺だけ見てろ」

「何を言……っ、冬哉さん？」

冬哉はスイの両手首を摑み、片手で頭の上に押さえつけた。上体を倒し、胸を合わせて、反対の手を作務衣の合わせに滑り込ませる。

「痛いし重い！　どいて！」

拘束を嫌がって身体を捩《ひね》り、冬哉の下から抜け出そうともがくスイの首に唇で触れて吸い上げた。

「え……っ、うわっ!!」

スイの身体が飛び上がる。

「な……っ、なにっ!?」

何をされたか、まだよく判っていないらしい。スイは驚いていたが、それだけだ。

首筋から鎖骨の窪みへ、軽く吸い上げ、舌先で舐めながら唇を動かす。同時に差し入れた手を開いて薄い胸をゆっくりと撫でた。

「…………っ」

肌を這う手と唇に、触れられることに慣れていないスイが身体を硬くする。広げた掌に、スイの緊張が伝わってきた。冬哉はぐっと張り詰めた肌の上、そこだけはやわらかい胸の頂点を親指で弾いた。

「――――っ⁉」

思ってもみない感触だったのだろう。スイが手足を突っ張らせた。見開かれた瞳は嫌悪でも快感でもなく、ただ驚愕《きょうがく》だけを映している。

一気に速くなった鼓動を掌に感じながら、冬哉は中指と人差し指で挟んだそれを擦り合わせた。

「と……、やさ……？」

人肌を知らない身体は、そこから快感を拾い上げるにはまだ幼すぎるようだ。冬哉を見上げるスイの顔には戸惑いしかない。

それでも刺激には反応して、やわらかかったそれが少しずつ硬さを増してきた。冬哉は指先を押し上げる乳首に爪を立て、反対側を口に含む。

「そ……っ、それ、変！　なんか変‼　やめて‼」

叫びながらスイがまた暴れ始めた。困惑と戸惑いで忘れていた抵抗を、初めての感覚が思い出させたらしい。

押さえつけられた手に力を込め、腿に乗り上げた冬哉を振り落とそうと足をバタつかせる。

冬哉は手首を摑んだ手を握り直して床に縫い止め、僅かに腰を浮かせて反対の手を伸ばして作務衣の下肢にもぐり込ませた。

「――――っ!?」

太腿に触れる手に、スイの身体がびくりと硬直する。

「なっ、何を……っ！　冬哉さんっ!?　とう――っ!!」

胸に舌を這わせながら掌を内腿《うちもも》に滑り込ませると、名を呼ぶ声を途切れさせて、スイがくっと息を詰めた。

目を見開いたまま動かなくなる。

――中之社の書庫には膨大な書物があり、中には恋愛の本もあった。

純愛や悲恋を情感たっぷりに書いたものや、色恋を熱っぽく記したもの、性愛を露骨に暴いた下世話なものまで、様々に取り揃えられていて、スイは当然それらを読んでいる。

実体験は皆無でも、知識だけはあるはずだ。

「……と、と、やさ――、これって…………」

さすがに何をされているのか気づいたのだろう。スイが小さく呟いた。

「おまえは俺に抱かれるんだよ」

「――――っ!?」

張り詰めた肌に直《じか》に告げると、スイの身体が強張った。目を見開いたままのスイが、小刻みに震え始める。

下履きの中に手を差し入れると、硬い身体が仰《の》け反《ぞ》った。触れた肌がざわりと粟立《あわだ》ち、胸の鼓動が飛ぶのを舌先に感じる。

「な、なんで……っ、や……、やだ………」

震える声。

構わず下肢に触れ、萎《な》えたそれを緩く摑むと、身体は冷えきったまま、鼓動が一気に速くなった。

「やだ、冬哉さん――、ヤだ、やめて、嫌……、だ………」

スイが譫言《うわごと》のように繰り返す。

「力を抜け」

震える懇願に短く返し、冬哉はスイの中心をリズミカルに刺激し始めた。


――どこまでだ？

組み敷いた身体に舌と手を這わせながら、冬哉が考える。

――全身を舐めて、吸って、男に抱かれた痕を残せば清童ではなくなるのか？

「……だ、やだ、やめ……っ」

恐怖と驚愕と困惑。スイはその全てに縛られ、動くことも出来なくなっている。

冷たい手で冬哉を押し戻そうとするが、そこに先ほどまでの力はない。

「……やだやだやだ、と、やさ……、ヤ――！　やだよぉ……っ」

抵抗というには弱すぎる抵抗を続けながら、スイが拒絶の言葉を切れ切れに繰り返す。

――それでは足りない？　スイが達しないと駄目か？　吐精させる？

冷たい身体に熱を呼び戻そうと下肢を刺激し続けても、スイは身を竦ませるだけだ。怯えきった身体は快感など微塵も感じていない。

――それとも俺がスイの中に精を放つ？　どこまですれば、奴を納得させ――……、

「く……っ」

冬哉が苛立ち混じりの冷笑を吐き捨てた。

――何をバカなことを！『五頭竜様』の思惑など知ったことか！

ともすれば五頭竜山の理《ことわり》に引きずられかける自分を叱咤する。

――俺が納得させるのはスイだ！　スイがどう思うかだけでいい!!

叩きつけるように自分に言い聞かせると、冬哉は荒っぽくスイの下肢の衣類を取り去った。

「――――っ!!　冬哉さ……っ！」

声を上擦らせるスイに構わず、細い腰を両手で摑む。押さえつけていた胸を浮かせて、一気に腰までずり下がった。

むき出しになったスイの中心に顔を寄せると、冬哉は萎えたそれを躊躇いなく口に含んだ。

「ひ――――っ!!」

引き攣った悲鳴を上げて、スイが全身を突っ張らせる。

手で刺激しても萎えたままだった若い雄が、口の中でびくんと跳ねて硬度を増した。

情動は幼く、触れられることに慣れておらずとも、スイは健康な男だ。彼の年頃なら当然精通はし

ているだろうし、自慰も夢精も経験があるだろう。

それでも、他人の熱い粘膜に包まれる感触は強烈だったらしい。

「うわ……っ、や――――っ！　嫌だっ!!」

小さく声を上げたスイが、肘でいざって逃げようとする。それを許さず、腰骨に指が喰い込むほどに手荒く引き寄せて、兆しかけたそれに舌を巻きつけた。

「やぁ――――――っ!!」

くん、と仰け反ったスイが、踵《かかと》で冬哉の背中を蹴った。

「――――っ、それは止めろ。喰い千切っちまう……」

「そ……んな、こと、言――――っ、うわっ、ちょ……っ、無理っ！　やめて……っ!!」

一瞬擦った歯の感触と、自分を口に含んだままの冬哉の籠もった低い声の両方に怯えて、スイの足から力が抜ける。

「嫌だ！　冬哉さん！　ダメ！　そ……っ、駄目！　だ……っ!!」

上体を起こしたスイが、足の間に屈み込む冬哉の頭を両手で押し戻そうとする。

それに構わず舌と上顎を使って口の中のスイを刺激すると、押し退《の》けようとしていた手が、冬哉の髪を握り締めた。

「ど……して、冬哉さ――――、どうして…………っ」

どうして。譫言のように繰り返すスイからは、圧倒的な恐怖が放射されていた。

涙混じりの問いかけを無視して、冬哉は口内のスイを育てる。吸って、舐めて、舌を絡めて喉で締めつける。

「……っく、やっ、やぁっ……っ!!」

上がる声に涙が混じり、震えがひどくなって、スイは冬哉の髪を摑んでいた手を離した。両手を上体に引きつけ、自分を守るように胸の上で拳を握り締める。

がたがたと震えながらも、スイの雄が冬哉の口の中で硬度を増してゆく。息が速くなり、鼓動が激しく胸を叩いている。

しかし、それは若い身体の生理的な反応でしかない。身体が冷えきるほどの恐怖に苛《さいな》まれているスイが、快感など感じる訳がない。

そんなことは百も承知で、冬哉は震えながら立ち上がる幼い雄《オス》に舌を巻きつける。

「お……ねが……っ、嫌、だ、と……やさ……、お、願い——っ」

いっそ詰《なじ》って罵《ののし》ってくれればいいと思うのに、スイの口から小さく漏れるのは懇願だ。

小さな声の必死の哀願。恐怖に冷えた身体。

それは、冬哉に向けられたモノではない恐怖だ。

スイが怯えきり、心の底から恐れているのは——……、

「……っ」

スイの身体と同じくらい冷たく醒めたまま、冬哉が喉に力を込めた。

冷静にスイの限界を見定めながら脈打つそれに軽く歯を立て、思い切り吸い上げる。

「————っ!!」

スイが声にならない悲鳴を上げた。

立てた膝で冬哉を締めつけ、踵で床を蹴って、スイの身体が仰け反る。

「……っぁ……っ……ぁ………っ」

大きく開いた口から切れ切れに声を漏らし、全身をそそけ立たせて、微塵も快感を感じないままスイが達した。

はっ、はっ、はっ、はっ、はっ、は……っ。顔色は蒼白のまま、無理矢理押し上げられた頂《いただき》に、スイの息だけがただ速い。

「は………っ……」

長い息を一つ吐いて、弓なりに反り返ったまま硬直していた身体がゆっくりと弛緩《しかん》してゆく。立てていた膝が床に投げ出され、胸の上で握り締められていた拳が力なく開くのを、冬哉はじっと観察していた。

「————……」

力が抜けきった身体を横たえ、虚ろに天井を見上げるスイに、冬哉が身体を起こした。

細い腰を跨ぎ、何も見ていない目が視線を合わせるのを辛抱強く待って、ゆっくりと口を拭う。唇の端から零れた吐精を指に絡ませ、その手をスイの前に突き出した。

「——おまえが出した。判るか?」

「…………」

視線は合ったが、スイはまだ放心状態だ。何を言われたのか判らなかったらしく、瞬きもせずにその手を見上げてくる。

「おまえは俺に抱かれた」

これが証拠だ。ぼんやりと目を見開くスイに、その事実を力ずくで教え込むように指を擦り合わせ、粘つく粘液を滴《したた》らせる。

「男に抱かれて、ヨがって、俺の口の中でイったんだ」

頬に落ちた吐精を摺り伸ばし、濡れた指でスイの顎を摑んで、ぐっと顔を近づける。

「これでもまだ、おまえは巫女か？」

唇を吊り上げ、伸しかかるようにその目を覗き込んで、冬哉が低く問いかけた。

「穢れを嫌う五頭竜様と、交合を禁じた護主様は、俺に抱かれたおまえを巫女と認めるか？」

「————っ」

五頭竜様。護主様。そのどちらに反応したのか、漂っていた視線が焦点を結んだ。薄く膜の張っていた目に、一気に正気が戻ってくる。

「…………………ぁ」

「元々《もともと》おまえは女じゃない。もう巫女でもない。おまえは男で、たった今俺に抱かれたんだ」

「や……っ、ちが……っ」

ことさら露悪的に嚙いた冬哉に、張り裂けんばかりに目を見開いたスイが小さく首を振った。

「お……、俺、は巫女、だ……っ。五頭竜様と護主様の巫女————っ‼」

「なんだ、出しただけじゃ足りないのか？」

怖気《おぞけ》が立つような嫌悪感を圧し殺して、冬哉は冷えた笑みに頰を歪めた。

「突っ込んで、掻き回されなきゃダメか？」

「え…………？」

意味が判らないらしい。潤んだ目で冬哉を見上げたスイが眉を寄せる。

その幼い表情から目を背《そむ》けたくなるのを怺えて、冬哉は腕を伸ばして机の引き出しに手を突っ込んだ。目当ての物を取り出して、摑んだ顎を持ち上げる。

顔を近づけ、スイの目を覗き込んだまま、冬哉が瓶の蓋を弾いた。瓶を逆さまにして薄い金色の液体を手に受ける。

「おまえのイく顔、悪くなかった」

掌にとろりと溜まったのは丁子油。御蔵翁の机の中にあった、刀の手入れに使う油だ。

少し刺激のある甘い匂いを漂わせる油を手で握り込み、指に馴染ませながら、反対の手でスイの顎を上げさせる。

「反応は幼いが、仕込めば艶も出るだろう」

低く囁きながら濡れた手で萎えた雄を握ると、スイが息を詰めた。

恐怖に縮こまるそれをなぞり、その手をさらに奥へと差し入れる。

「――知ってるか？　男同士のまぐわいは、ココを使うんだぜ」

「ひ……っ……」

硬く閉じた蕾《つぼみ》に油でぬめる指を軽く押し当てると、スイの全身に鳥肌が立った。

意味を悟ったスイが身を強張らせ、張り裂けんばかりに目を見開くのに構わず、体内に指を挿し入れる。

「————————っ!!」

きつい抵抗を無視して強引に指を進ませると、身を竦ませていたスイが身体を跳ね上げた。

他人の指で体内を探られるという、とてつもない違和感が、スイに力を与えたらしい。覆い被《かぶ》さる冬哉を両手で押し上げ、くるりと身体を返したスイが、彼の下から逃れようとした。

「お……っと」

スイは猫のように敏捷《びんしょう》だったが、冬哉のほうが速い。

「放せ……っ!!」

「逃がさねえよ」

肩を摑んで押し倒し、体重をかけて背中に乗り上げる。

「おまえは出してすっきりしてるかもしれないが、俺はまだなんでね」

「嫌だ！　やめろっ!!」

俯せに押さえつけられたまま、いつもの威勢の良さを取り戻したスイが滅茶苦茶に両手を振り回す。

冬哉は暴れるスイを易々《やすやす》と押さえ、膝を割って強引に身体を捩じ込んだ。

腰を摑んで引き寄せ、背中に胸をつけてスイに伸しかかる。

「これが俺の重みだ。覚えとけ」

「ば……っ!!　放せってば！」

乗り上げた冬哉を跳ね上げようと、スイが肘と背中に力を込める。

冬哉はスイの抵抗を肘を払うことで防ぎ、体重をかけて押し潰す。

「おまえも結構やるが、オトナの男の力にはかなわないぜ。おとなしく抱かれとけ」

「絶対嫌だっ!!」

「自分で言うのもなんだが、俺は巧《うま》いぜ。暴れないと約束したら、イイ思いをさせてやる」

冬哉はスイの肩に顎を乗せ、耳に唇をつけて低い囁きを注ぎ込む。

「だ――っ、誰が……っ!!」

「やさしくして欲しけりゃじっとしてろ」

「嫌だ……って、言ってる……だろう、がぁ！　放せよ！　ばかっ!!」

しょうがない。ため息混じりに呟いて、冬哉が床に零れた油に指を浸ける。

「もう少し、付き合ってもらうぜ」

上体を起こした冬哉が、濡れた指でスイの身体をこじ開けた。


「――――――っ!!」

指を増やすと、スイの背中が大きく跳ねた。

悲鳴の形に開かれた唇からは声も出ず、スイはがたがたと震えている。

「……まだ硬いな。こんなんじゃ、俺は挿入《はい》らない」

片手で首を押さえつけ、もう一方の手で内壁に油を塗り込むように指を動かす。

「や……っ、や……ぁ……っ」

痛みより違和感のせいだろう。粟立つ肌を白くそそけ立たせたスイが身体を捩る。

「まだトぶなよ。おまえは、おまえの中で俺がイくのを感じるんだ……」

乱れた髪を唇で掻き分け、耳に直接言葉を注ぎ込むと、動きを封じられたスイが涙の滲む目で冬哉を見た。

「と……やさ——、頼むよ……、おね、お願いだ……から、やめ……っ!!」

お願い。お願いおねがいおねがい。やめてやめてダメ頼む頼むヤダヤダお願い————。

小刻みに震えながら、スイが譫言のように繰り返す。その声と身体から滲むのは混じり気のない恐怖だ。

しかし、それは蹂躙《じゅうりん》される恐怖ではない。

スイが恐れているのは、冬哉であって冬哉ではないのだ。

「いまさら止める訳がないだろ」

それが判るから、冬哉は低い嘲《せせ》ら笑《わら》いをスイの耳に注ぎ込む。

「おまえは俺を受け入れるんだ」

低く囁くと、俯せに押さえつけられたスイが、無理矢理顔を上げて冬哉を見た。

「ど……、どうし……っ」

どうして。どうしてどうしてお願いやめて駄目どうして頼むからやめてやめてやめて――――。

「――――っ」

見開かれた目から涙が溢れ、こめかみを伝って床に落ちる。それを見たくなくて、冬哉はスイの顔を床に押しつけ、膝を使って強引に腰を上げさせた。

角度が変わったためと、たっぷりと塗り込んだ油のせいで滑りの良くなった指で、さらに奥を探る。

「――っ、もり、ぬし、さまぁ！」

びくんと肩を跳ねさせ、床に爪を立てたスイが叫んだ。

「やだ！　助けて！　護主様！　助けてっ!!」

「……っ」

その名を呼ぶな。あいつに助けなど請《こ》うな。そう言いたいのを怺えて、冬哉はずり上がるスイを荒っぽく引き戻す。

「助けてたすけて護主様！　護主様！　もり、ぬしさまぁ……っ！」

涙の滲む声で、スイが呼び続ける。冬哉は自分から逃れようとするスイの腰骨に指を食い込ませる。

暴れる身体の中を掻き回しながら、スイの背中に胸をつけた。

「護主様！　護主様っ！　護主様ぁっ!!」

「怪我をさせたくない」

伸び上がって耳に唇を寄せる。

「無理だと思うが、力を抜いてくれ」

たぶん、スイの耳には届かないだろう。それを承知で、冬哉は暴れるスイの耳元に囁く。

「――――これ以上、おまえの身体も心も傷つけたくないんだ…………」

思わず口から漏れた言葉は、願いというより祈りのようだと思いながら、冬哉は細い首に回した指でスイの頸動脈《けいどうみゃく》を探った。


「――――眠ったか……」

浅く苦しげだった息が治まり、胸が規則正しく上下するのを確かめて、冬哉はまだやわらかさを残す頬を掌で包み込んだ。

涙の跡の残る頬を指先で撫で、張りついた髪を払って、額にかかる髪をかき上げる。泣き過ぎて腫れた目元と噛み切った唇の傷が痛々しい。

血の滲む唇に触れても、スイは無反応だ。

「ふ……っ、当然か……」

呟きは苦い。眠ったと思いたいのは冬哉の願望で、本当はスイの頸動脈に少しずつ力を加えて、窒息しかけているのに気づかぬよう、ゆっくりと失神させたのだから。

「――――悪かったよ……」

謝罪の言葉はさらに苦い。

最初は行為の全てを自覚させ、体内を暴いたことをスイに思い知らせるつもりだった。あとはスイが泣こうが喚こうが、その『事実』を心と身体に叩き込んでしまおうと思っていた。

だが、冬哉はそれをしなかった。否。正確には出来なかった。

「まさか勃《た》たないなんて、な……」

皮肉に唇が吊り上がる。

腹を決めて始めたはずなのに、身体が反応しなかった。

好むと好まざるとにかかわらず、経験は山ほどある。だから抱いてしまえばなんとかなると考えていた。だが、冬哉の雄は萎《な》えたままだった。

身震いするような嫌悪を振り払うことが出来ずに、肝心なところで自分の身体に裏切られた。

スイの身体も力も青年のそれだったが、怯えて哀願する姿には、子供を強姦《ごうかん》しているような醜悪さしか感じなかった。

結果、スイを落として有耶無耶《うやむや》にするしかなかったのだ。

「ふふ……、情けないったらないぜ。おかげで余計な手間が増えた」

思うほどのワルになりきれなかった自分を嗤《わら》い、冬哉は投げ出されたスイの身体に屈み込んだ。

唇を押し当てて強く吸い、肌に犬歯を突き立てて痕を残す。手首、二の腕の内側、胸、脇腹、太腿と膨《ふく》ら脛《はぎ》。肉がやわらかく、痕がつきやすくてスイに見える場所を選んで歯を立てる。

内出血の痕が赤黒く残るように強く、きつく。自分が蹂躙されたのだとスイが思い知るように。

「……こんなモンか」

唾液で汚れた口を手の甲で拭って、冬哉が身体を起こした。

微かに眉を寄せ、薄く口を開いて眠るスイを見おろす。紐が千切れ、肩から落ちかけているが、スイは作務衣の上衣を辛うじて羽織った姿で目を閉じている。

全裸で目覚めたほうが衝撃は大きいだろう。そう思って殆ど脱げかけた作務衣に手をかけた。

「ん……っ……」

身体の下から上衣を抜こうとしたところで、眉を寄せたスイが小さく身動いだ。

「――――っ」

作務衣を握った手が止まった。横を向き、手足を縮めて丸くなったスイを見おろして息を詰める。


――背中、の、竜、は、どうなっている？

　スイが背を向けたら、アレは俺を見る……のか？


「……そこまでやる必要はないか……」

呟いて、脱がせかけた上衣を元に戻す。夜明けは冷えるからな。言い訳だと自分でもよく判っている理屈で無理矢理己を納得させ、冬哉は作務衣の衿元を合わせた。

「さっさと片付けちまおう」

これ以上泣きながら眠るスイを見ていられない。冬哉は自分に気合いを入れて立ち上がった。

まずは御蔵翁の日記を床下に隠す。スイが『護主様』の言い付けを破るとは思えなかったが、万が一にも彼の目に触れさせたくなかった。

いずれ説明することになると思うが、そのときは伝える内容を選ぶつもりだ。スイが全てを知る必要はない。

「――もっとも、スイが俺の話を聞く気になれば、だがな……」

長い髪を乱し、身体を投げ出して眠るスイを一瞥して、冬哉は彼に背を向けた。

床に積み上げた書籍を棚に戻して、冬哉はスイが来たときに握り締めていたメモを拾って文机に向かう。

スイが目覚めたら、またひと騒ぎしなければ。傷つけ、悲しませて、スイの唯一の居場所であった中之社から追い出す仕事が待っている。

それからスイを山から下ろす。謎は謎のまま残るだろうが、それはもうどうでもいい。

五頭竜様から伝説の虚飾を剝ぎ取りたいという気持ちはある。だが、今はスイだ。

伝説など知ったことか。これから起こるであろう事象の解釈も、他の誰かに任せる。とにかくスイのことを最優先で考えなければ。

山を下りたあとはミドリに任せるつもりだ。しかし、スイがどんな反応をするかは正直判らない。

自分がどうしたいのかはもっと判らない。

事の顚末《てんまつ》を最後まで見届けたい気持ちと、この山からもスイからも離れ、一刻も早く日常に戻りたい気持ちが、ちっとも混じり合わずに胸の中で渦を巻いている。

「何をビビってる？　らしくないぜ、青江冬哉」

自分で自分を嘲笑《あざわら》っても、迷いも躊躇いも消えない。それでも――、

「やれることは全部やる。スイのために。俺自身のために……」

そのためには、出来るだけ事態を把握しておかなければ。

弱気を振り払うように頭を振り、下腹に力を込めて、冬哉は文机の上にメモを広げて洋燈《ランプ》を引き寄せた。


ミドリが中之社に来たのは、夜明け間近の時刻だった。

「――っ」

近づいてくる気配に気づいて、冬哉が顔を上げた。

「スイ！　スイ！」

社の門を開くと同時に澄んだ声がスイを呼び始める。

見上げると、明かり取りの窓がぼんやり白くなっていたが、周囲はまだ薄暗かった。

「スイ！　どこにいる!?　スイ!!」

軽い足音が、スイの名を呼びながら小走りに近づいて来る。冬哉は素早く立ち上がって座敷蔵を出

た。廊下の途中で彼女を出迎える。

「冬哉！　スイは⁉」

「静かにしてくれ」

ミドリの腕を摑み、そのまま歩きだすことで座敷蔵から遠ざける。

「スイはどこだ⁉」

「寝てる。ってかまだ明け方だぞ。何をそんなに焦っている？」

「焦りもするだろう⁉　とにかくスイだ！　なぜ出てこない⁉」

冬哉に腕を取られ、つんのめるように歩きながらミドリが叫んだ。

「だから寝てるって。疲れ切ってるから、もう少し眠らせてやってくれ」

「何を呑気なことを‼　そんな場合じゃないだろう！」

「は？」

眉を寄せた冬哉に、ミドリが目を見張った。

「…………おまえ、知らないのか？」

「何を？」

ちっ！　鋭く舌打ちをしたミドリが、逆に冬哉の腕を摑んだ。

「おまえ達は外を見ていないのか⁉　今まで何をしていた⁉」

声を荒げながら座敷を横切り、縁側に面した障子を乱暴に開く。

スイによって手入れされている障子が、たん、と軽い音をさせて一気に全開になった。まだ薄暗く、ひやりと冷えた山の空気の中に、小さな庭とその先に続く森が現れる。

「見ろ!!」

「――――?」

振り向いたミドリが叫ぶ。しかし冬哉には彼女が何を見ろと言っているのか判らない。

夜半まで降り続いた雨は止んでいたが、まだ雨雲は厚く、早暁《そうぎょう》の淡い陽光が薄ぼんやりと景色を霞ませているだけだ。

「なに、を……?」

「ばか！　もっと上だ！　山頂を見ろ!!」

苛立つミドリが目を吊り上げた。

「――――っ!!」

言われた通り、折り重なる樹間を透かし見た冬哉が息を飲んだ。

一瞬身を強張らせた冬哉が、すぐに我に返って動きだす。

裸足で庭に飛び降り、不自由な足で精一杯走る。背の高い木々が僅かに疎《まば》らになっている社の端まで行くと、山頂が見えるようになった。

正確には山頂の上空が。

五頭竜山の山頂は、欝蒼と茂る森に遮られてどこからも見えない。以前は不思議にも思わなかったが、今はそういうふうに森が作られたのを知っている。

「――――……」

「判ったか？」

呆然と見上げる冬哉の横にミドリが並んだ。

「雨は夜半過ぎに止んで、雲が少し薄くなった。その雲を透かして、丁度五頭竜山の上空にあった月が山頂を照らした。そうしたら――」

すっと腕を上げたミドリが山頂の上を指差した。

夜が明け、空に月はない。代わりに朝陽が山肌に添うように昇りかけていて、五頭竜山を濃紫のシルエットにしている。

――その山頂が発光していた。

ぼんやりとした光が、山頂を覆う雲を下から、照らしていた。

その光は太陽光ではない。その証拠に太陽はまだ山の中腹にあって、陽光は山頂に届いていたが、厚い雲に覆われた空は濃淡のある灰色だ。

五頭竜山の上空以外は。

まるで洋燈《ランプ》で照らし上げたように、五頭竜山上にかかる雲の下半分が、ぼんやりと白く光っていた。

強い光ではない。ごく弱い光だ。だが、見間違えようがない。

山頂から放たれた光が、その上空だけを白く浮かび上がらせていた。

「…………太陽の光が雲に反射して――」

言いかけた冬哉が口を噤《つぐ》んだ。もっともらしい理屈は、目の前の光景には通用しない。

陽の光は万物を平等に照らしだす。なにより光は直線で進む。途中で角度を変えて、五頭竜山の山頂だけを発光させはしない。

「村人達が騒いでいると、世話役が伝えに来た。村の古老が凶兆《きょうちょう》だと言っていると……っ」

呟いたミドリが、山頂を見つめたままくっと喉を詰まらせた。

「あれが『徴』なのか⁉　御蔵家に伝わる伝説か⁉」

髪を乱して冬哉を見上げ、拳を握ってミドリが叫ぶ。

「だとしたら、生贄は誰だ⁉　人身御供にされるのは――――っ‼」

「――――まずい」

冬哉が呟いた。

彼にはミドリの叫びは届いておらず、大きな瞳から今にも溢れそうな涙も見ていなかった。ただ呆然と、発光する山頂を見つめていた。

「早過ぎる………」

「どういうことだ⁉」

「もう少し時間があると思っていたのに。こんなに早いなんて……」

「おまえ、何か知っているのか⁉」

「駄目だ。まだ駄目だ。準備も覚悟もまだ………」

「冬哉！」

鋭く名を呼んで、ミドリが冬哉の前に回り込んだ。冬哉の腕を摑んで伸び上がる。

「さっきから何を言っている⁉　私に判るように話せ‼」

「……早い、まだ早い……」

華奢な少女に揺す振られ、ゆらゆらと上体を揺らしながらも、冬哉は山頂を見上げたままだ。焦点のぼやけた眼差しで発光する雲を見上げ、早い、早過ぎると譫言のように呟き続ける。

「何が早い!?　冬哉！　答えろ！　冬哉っ!!」

「…………」

苛立ちの滲む声に呼ばれて、冬哉が虚ろな視線をミドリに向けた。彼女がそこにいるのに初めて気がついたように、不思議そうに彼女を見る。

「…………ミ……ドリ……？」

「そうだ！　ミドリだ！　しっかりしろ!!」

ミドリ。確認するようにその名を呟いた途端、冬哉の目に生気が戻った。ミドリの肩を摑み、屈み込んで視線を合わせる。

「ミドリ、今すぐ下之社へ戻れ。村の世話役を集めて、五頭竜山の巫女として、御蔵家次期当主として命令するんだ」

「とう、や……？」

「すぐに土嚢《どのう》を作れ！　麻袋を掻き集めて土を詰めろ！　それを注連縄の前に積み上げるんだ！　木を伐って組み合わせてそれを補強しろ！　木も土も山のを使え！　神域なんざ構うな!!」

「な……っ、何を……っ!?」

「山津波が起こる」

「————————え？」

冬哉の言葉に、ミドリが目を見張った。

「山津波が……？　ということは、あれは矢張り『徴』なのか!?　五頭竜様のお怒りが————っ!!」

「……っ、とにかく急げ。取りあえず女子供を避難させろ。土累《どるい》を組んだら男達も逃がせ」

そうだとも違うとも言えない冬哉が指示だけを出す。

「どの程度の規模になるかは見当がつかない。だが、間違いなく山津波は起きる。急げ！」

「ど——、どうしてそれが……？」

「説明はあとだ！　とにかく一刻も早く————っ!?」

爪先立って冬哉を見上げていたミドリの頬に、ぽつんと水滴が落ちた。

「————っ!!」

身体全体で振り向き、空を振り仰いだ冬哉の顔にも一つ。

「……あ……め……」

冬哉の声に応えるように、疎《まば》らだった雨が無数の銀色の矢になって降り注ぎ始めた。濃い雨雲が空を覆い、周囲が暗くなって、雨音が二人を包む。

雨足は小雨より少し強い程度だったが、厚みを増した雲に陽光が遮られた。同時にぼんやりと山頂上空の雲を発光させていた光も消えてゆく。

雨が顔を打つのも構わず、息を詰めて光が消えるのを見送った冬哉が、がくりと脱力した。

「————助かった……っ」

呟いて、肺の中の空気を全て吐き切るような深いため息を一つ。

「これで、少しは時間が稼げる」

両手で膝を掴み、ふらつく身体を支えていた冬哉が上体を起こした。

「今夜は保《も》つ。たぶん明日の日中も。――――山津波が起きるのは月の出る夜、つまり『徴』が見える時だ」

「…………理由を説明する時間もないのか？」

「猶予は雨が降っている間だけなんだ。悪いな」

問い質《ただ》したいのを必死で怺える聡い少女に苦く笑い、額に落ちる髪をかき上げる。その手が震えているのに気づいてきつく握り込んだ。

「ミドリ、俺が言ったことを覚えているな？」

背筋を伸ばしてミドリに向き直った冬哉は、もういつもの冷静さを取り戻していた。

「雨が上がり、月が出ると山津波が起きる。その前に土嚢を積み、木を組んで土累を作り、村人を避難させる」

冬哉の危機感が伝わったのだろう。混乱し、戸惑ってもいたが、ミドリは自分の気持ちより事態の対応を優先させた。正確な答えに、冬哉が唇の端を上げる。

「いい子だ。さすが御蔵家次期当主様だ」

「子供扱いするな。それと、あとできちんと説明すると約束しろ！　全部だ!!」

「ふふ……、了解。あんたには俺が知ったことを話す。ただし、全部終わってからだ」

話している間にも周囲はどんどん暗くなり、風が止まった。雲は動かない。雨足はさほど変わらないが、雨雲は腰を据えたようだ。それを確認して、冬哉はミドリを見る。

「時間が惜しい。俺はあとから行くから、一刻も早く里に下りてくれ。――――スイを連れて」

一瞬言葉を喉に詰まらせた冬哉が言った。

「スイを？」

ミドリが眉を寄せる。

「無理だ。スイは私が何を言ってもここを動かない。そういえばスイはどこだ？　こんな大事なときに何をしている？」

「下りる」

苛立たしげに社を振り返ったミドリに、冬哉が投げ出すように告げた。

「あいつはもう、ここへはいられない」

ミドリが身体全体で振り返った。強い視線が、自分を見ない冬哉を捉える。

「――――どういうことだ……？」

「あいつはもう、巫女じゃない」

「……巫女……ではない…………？」

「スイは、その資格を失った」

「――――っ!!」

その言葉を正確に理解したミドリが一瞬目を見張り、次の瞬間、冬哉の頬を力一杯叩いた。

「何故だっ!?」

怒りをエネルギーにしたミドリの渾身《こんしん》の平手は、華奢な少女とは思えない力だった。

「スイを山から下ろすには、それしかなかった」

衝撃でスイにつけられた傷が開いたが、冬哉は血の滲む頬を押さえもせずにミドリを見る。

「ミドリ、スイを連れて山を下りろ。スイを人間に戻してやれ。それが御蔵さんの望みだ」

「悟堂伯父さ……っ!?　どっ、どういう――っ!!」

「説明はあとだと言っただろ。約束する。全部話す」

怒りと混乱に身を震わせるミドリに笑いかけ、冬哉は表情を引き締めて深く頭を下げた。

「すまない。俺にはこんなやり方しか出来なかった。スイを頼む」

「そ……っ、それは私の使命だ！　おまえに頼まれる筋合いは――っ!!」

かたん。冬哉とミドリが小さな音に気づいたのは、殆ど同時だった。

乱れた髪を肩から流し、作務衣の上衣を引っ掛けただけのスイが、幽鬼のように立っていた。

白縹色の作務衣もそこから伸びた細い足も、はだけた上衣から覗く薄い肩も白い。身体に纏《まと》わりつく長い黒髪が、その白さを一層強調している。

薄暗くなった景色の中で、スイはそこだけ色が抜けたような姿で佇んでいた。

「スイっ！」

一声叫んだミドリが駆け寄った。

「大丈夫か!?　いつからそこに!?　私達の話を聞――っ!!」

スイは縁側に取りついて叫ぶミドリを見ていなかった。

見開かれた瞳は虚ろだったが、スイは視線を山頂上空に据えて、身動ぎもせずに立っていた。色のない唇が微かに動く。

「────────しるし」

「徴!? 矢張りアレは『徴』なのか!? 伯父様はなんと言っていた!?」

ミドリの声が聞こえないのか、スイの視線は動かない。

「………や……くそく……。護……主様…………」

「約束!? 伯父様と!? 何を……っ!!」

矢継ぎ早に問い質すミドリを見もせずに、スイがふらりと動いた。背中を向け、宙を踏むような足取りで歩きだす。

「スイ! 待て!!」

泳ぐように遠ざかるスイを追って、ミドリが縁側によじ登った。

自分も続こうとした冬哉が、音も立てずに現れた清姫に遮られる。

スイに命じられて、ミドリと一緒に戻ってきたのだろう。清姫はさっきまでスイが立っていた場所に立ちはだかり、遠ざかるスイとミドリの姿を隠していた。

その巨体と射抜くような視線に冬哉が立ち止まる。

「………俺が許せないか……?」

頭を下げ、背中の毛を逆立てて身構える清姫の全身から、殺気が立ち上っていた。

「引き裂きたいんだろう？　俺を」

静かに語りかける冬哉に応えるように、清姫が無言で白い牙を剝く。

「清姫サンにとっちゃ、俺の喉笛を喰い千切るなんて雑作もないよな。なのに動かないってことは、アンタもスイがここにいちゃヤバいって知ってんだろ？」

冬哉は清姫に、対等なモノとして語りかける。犬相手に何を、とは思わない。そうさせる『何か』を清姫は持っていた。

「俺はスイを傷つけた。身も心も手酷《てひど》く打ちのめした。弁解はしない。だが、他に方法がなかった。判ってもらえたと思っていいか？」

ぐるる……。清姫が喉で低く唸ることで、理解はするが許しはしないと冬哉に告げる。

清姫のコトバを読み取れることを、冬哉は今更不思議にも思わない。

「アンタが俺を許すとは思ってない。ただ、スイを救けたいってことだけは判ってくれ」

冬哉は金茶色の瞳で真っすぐに清姫を見た。清姫が黄色い瞳で見つめ返す。

先に動いたのは清姫だった。触れれば切れそうな視線で冬哉を睨んでいた清姫が視線を外した。彼に背を向け、社の奥へと姿を消す。

「――――ありがとう」

全身に殺気を纏った後ろ姿に一礼して、冬哉も清姫の後を追った。

清姫の先導を待つまでもなく、冬哉は御蔵翁の座敷蔵へと向かった。

スイが向かうのはここだと思っていたので、二人を見つけても驚きはしない。

ただ、場所が妙だった。二人は狭い床の間の壁に向かって屈み込んでいたのだ。スイは膝をついて側面の壁に手を添えており、洋燈《ランプ》を掲げたミドリが彼の手元を照らしている。

「――何をしている？」

「ここに隠し扉か金庫のようなものがあるようだ」

冬哉に応えたのはミドリだ。スイは背中を向けたまま、机の中にあった先端が鍵状になった薄い金属片を壁と柱の間に差し込み、上下に動かしている。

「ここにも仕掛けが？　全く、ここは忍者屋敷か？」

冬哉が足早に近寄るのと殆ど同時に、小さな音がして壁に細い隙間が出来た。

スイが手に持った金属片で壁を引っ掛けて引く。巧妙に蝶番《ちょうつがい》が隠してあったらしく、きいっという軽い音を立てて側面の壁が開き、細長い空洞が現れた。

「何が入っている？」

ミドリが洋燈《ランプ》を上げて中を照らそうとするのに構わず、スイが腕を突っ込んだ。

「――なんだコレは……」

スイが取り出した品物にミドリが呟いた。

床の間に置かれたのは、大きさの割には重そうな巾着袋だった。手に取ったミドリが袋を開けると、小粒の金《きん》がぎっしりと詰まっていた。それから膨らんだ長財布。高額紙幣ではち切れそうになっている。スイがさらに奥に手を伸ばした。

「―――っ」

その手に何が触れたのか、ゆうにひと財産になる金と紙幣には無反応だったスイの背中が小さく跳ねた。息を詰めたスイが取り出したのは手紙だった。

「……護主様の字だ……」

呟いたスイが、両手で包んだ手紙を胸に抱く。

「スイ、大事なのは判るが、宛名だけでも見せてくれ」

「…………」

手を差し出すミドリから守るように背を向けて、スイが胸に抱いた手紙をそっと離した。

その手の中に、手紙が三通。

表書きに『スイへ』とだけ書かれた大きくて分厚い手紙。それから現御蔵家当主であり、ミドリの父である御蔵蒼馬《そうま》宛の封書。そして、最後の一通は柏原左京宛だった。

「―――柏原左京宛……?」

スイを刺激したくなくて、出来るだけ気配を消して後ろに下がっていた冬哉が思わず呟く。

「手紙……っ、護主様から俺への……っ……」

しかし、今のスイにその気遣いは無用だった。自分宛の手紙を見た瞬間から、スイは周囲を気にする余裕を失っていた。

「……護主様から言われてた。もし『徴』が顕現して、そのとき自分がいなければ、隠し扉を開けて中を見ろって……」

残りの二通をミドリに押しつけ、震える手で封を開きながら、スイが誰に言うともなく呟く。

「初めて言われたのは五年くらい前。護主様が隠し扉の場所と開け方を教えてくださった。……そして、中にある書き付け通りにするようにって約束させられた。それから毎年、春の節分の奉祀のあとに開け方を復習して、俺に同じ約束を繰り返させた……」

感情の失せた声で呟きながら、スイが丁寧に便箋を開いてゆく。封筒の中にはかなりの枚数の便箋と、もう一通の封筒が入っていた。

「……書き付けには俺がやらなければならないことが書いてあるから、絶対にその指示に従うようにって……。必ず守ると約束しろって……、俺が頷くまで、怖いお顔で何度も何度も……っ……」

きゅっと唇を噛んだスイが、一回り小さな封筒を取り出した。万年筆で書かれた便箋とは違い、厳重に封のされた厚みのある封書は墨書きだった。宛名は『翠殿』。

翠殿？　スイではなく？　二人は素早く視線を交わした。ミドリがスイの手元を覗き込み、その肩越しに冬哉も身を乗り出す。

二人を空気のように無視したスイは、翠名義の封書を大切そうに懐にしまい、便箋を開いた。

「――どういうことだ……？」

素早く目を走らせたミドリが眉を寄せる。冬哉も同じ言葉を胸の中で呟いた。

かなり前に書かれたものなのか、すこし褪せたインクで記されていたのは、御蔵翁の心情を伝える文章ではなく、いくつかの指示と、それを行うための説明書きのようなものだった。

紙幣の種類と使い方、五頭竜山から東京へ出る道順と地図、汽車と路面電車の乗り方、金《きん》を紙幣に替える方法、宿の取り方といくつかの旅館の名前、御蔵家本家の住所と電話番号。

そして、最後に新たに書き加えられたらしい、他と違うインクの色で柏原左京の住所と地図、電話番号があり、宿を取ったらまず柏原左京へ連絡を取って左京宛の手紙を見せ、それから御蔵家へ封書を送ってもらうよう依頼しろと書いてあった。

「――伯父様は、スイに山を下りろと言っているのか？」

「それどころじゃない。ここを去って東京へ行けと指示している。それも、御蔵家じゃなくて柏原左京を訪ねろと……」

訳が判らない。冬哉が苛立ちに髪をかき上げる。

左京が冬哉にした説明を信じるならば、二人は数通の手紙のやり取りだけで、会ったことはおろか、言葉を交わしたことすらないはずだ。

彼が五頭竜伝説を知り、興味を持ったのはせいぜい半年前。それ以前に左京がこの地方に目を向けたことはない。

御蔵悟堂と柏原左京にどんな繋がりが？　御蔵翁がそこまで左京に信を置く理由は――――、

「――そういえば、俺と会うのに御蔵さんは何か条件を出して、左京さんがそれを了承したと……」

冬哉は最初で最後だった御蔵翁とのやり取りを思い出した。なんだか随分《ずいぶん》昔のような気がするが、彼に出会い、話を聞いたのは、ほんの二ヵ月前なのだ。

これがそれなのか？　御蔵翁は左京にスイのことを頼んだのか？　具体的には何を？

あの時きちんと確かめなかった自分に腹が立つ。それ以上に、自分にそれを告げなかった御蔵翁と左京に腹が立つ。

「ちっ！」

鋭く舌打ちをして左京宛の手紙を睨みつけると、懇切丁寧だが事務的な指示書を何度も繰り返し読んでいたスイが、数枚の便箋をもう一度胸に抱いてから封筒にしまった。

「――――二人とも、出てって」

振り返らずに呟く。

「これは護主様が初めて俺にくれた手紙だ。俺だけが読む」

懐にしまった封書を上衣の上から押さえ、スイが背中でミドリと冬哉を拒んだ。

「…………向こうにいる」

短く言って、ミドリが立ち上がった。無言の冬哉がそれに続く。

代わりに部屋の隅に控えていた清姫が、足音も立てずにスイの傍らに寄り添った。

「ミドリさん」

冬哉が前を歩くミドリを呼び止めた。

「スイは俺が見張る。あんたは一刻も早く里へ向かってくれ」

御蔵翁の部屋から出ると、現実がどっと襲ってきた。スイの出現と、その後のやり取りで一時頭から消えていた問題に焦りが募る。

「『徴』と山津波――、か……」

置いてきたスイが気になるのだろう。振り返ったミドリが御蔵翁の部屋を見つめて呟く。

「何度も言うが、山津波は起こる。絶対にだ。時間がない、急いでくれ」

「スイはどうする？」

「あの状態じゃ、今すぐ動かすのは無理だ。落ち着くのを待って山から下ろす」

「冬哉は？」

「俺は後から行く」

「後から？　スイと一緒ではなく？」

「――あんたに嘘はつきたくないな。上之社に行く」

ため息をついた冬哉が呟いた。ミドリが目を見開く。

「上之社……っ!?　何を言っている!?　あそこは……っ!!」

「スイと約束したんだ。あいつを行かせない代わりに俺が見てくるって」

「禁忌に触れるぞ!!」

「俺は勝手に結界の中に入り込んだ。とっくに禁忌に触れてる。今更だろ」

「それだけじゃない！　山津波が起こると言ったのは冬哉だ!!」

「どうしても、確かめなきゃならないんだ」

苦笑に唇を歪める冬哉にミドリが詰め寄る。爪先立って睨み上げてくるミドリに、冬哉が苦笑を微笑に変えた。

「スイのためだけじゃなく、俺自身のために」

微笑む冬哉に、ミドリが唇を嚙んで目を伏せる。

「……っ……それも、言う気がないんだな…………」

「今は、だ。全部終わったら必ず話す。約束する。それまで待ってくれ」

「────……」

黙り込み、しばらく動かなかったミドリがゆっくりと顔を上げた。

「──その約束、守らなかったらおまえを殺す。覚えておけ」

光の強い瞳に殺気を漲《みなぎ》らせ、刺すように冬哉を睨みつけると、ミドリはくるりと背を向けた。

「仰せのままに。ミドリ様」

華奢な背中に敬意を込めて一礼した冬哉が、すぐに彼女の後を追った。

「雨で道が悪いし清姫の護衛もないが、一人で山を下りられるか？」

「ばかにするな！」

「里の対応を頼むぞ」

「それが私の仕事だ！　おまえに頼まれる筋合いはない‼」

「……だな。全部任せる」

「――――っ」

冬哉の言葉に、ミドリが勢い良く振り返った。その目には涙が一杯に溜まっており、噛み締めた唇が震えていた。

「――伯父様は、スイを御蔵家に……っ、私に任せてはくださらなかった……っ‼」

「それは……っ」

冬哉が何か言う前に、ミドリは身を翻《ひるがえ》して走りだした。長い髪をなびかせ、足音が遠ざかる。

「――それが自分の仕事、ね……。本当、イイ女だよ」

ならば、俺は俺の仕事をする。

ぐっと顔を上げた冬哉が、降り続く雨越しに山頂を睨んだ。

下巻につづく

あとがき

やっほー！　皆様お元気!?　久能千明《くのうちあき》でっす!!

初めまして！　お久しぶりです！　こんにちは！　こんばんは！　私、生きてます!!

のっけからテンションがおかしいのは、前回本が出てから何年も経っているからです。

あ、ヒかないで！　逃げないでお客様！　ここに至るまでホントに色々あったので、何を書けばいいのかわかんなくなってるんですお客様!!

そしてコレは上巻なので、後書きではなく中書き。言えないことも多いのです。

時代設定はぼんやり大正後期から昭和初期。架空の伝説伝承に私の趣味嗜好をぶちまけた、和風幻想小説もどきです。幻想小説はファンタジーの日本語訳ですが、なんかファンタジーと言いたくなくて幻想小説と言ってみました。

幻想小説と銘打つもかなり恥ずかしいんですが、他に言い方が見つからなくて……。

長くSFもどきのシリーズを書いていたのに、今度は現代すっ飛ばして過去。どうやら私の頭には中間がないらしいです。

小学生くらいからSFと時代小説が同じくらい好きで読み漁って今に至るので、私の中では違和感がありません。小松左京《こまつさきょう》様、半村良《はんむらりょう》様、矢野徹《やのてつ》様、筒井康隆《つついやすたか》様、眉村卓《まゆむらたく》様、星《ほし》新一《しんいち》様他多数に夢中で、お小遣いを握り締めて古本屋さんを駆けずり回ってました。

ただ今回の話は歴史モノというより、伝説—伝承モノになるんでしょうね。実は民俗学というのも大好物なんです。ざっくり言ってしまうと、遠野物語《とおのものがたり》みたいな土着の物語に強く惹かれます。陰陽師とかが活躍するスマートな話ではなく、湿った土の匂いのする、得体の知れないモノが暗がりでもぞもぞと蠢いているようなのがね、好きなの。思えば生まれて初めて書いた小説も、暗がりでもぞもぞ系でした。結局好きなんでしょうね。

た〜だ〜し！　伝説を一から作り出して人物設定してＢＬに持ってくるのが好きなワケではなく！　それに加えて、これを書いていた一年間にひどいギックリ腰、右手骨折（尺骨と橈骨を二本とも）、持病再発で二週間の入院手術、極め付きが愛犬の闘病と死。

友人に「一年に詰め込む不幸じゃない」と呆れられて、思わず笑っちゃったというか笑うしかなかったというか……。そんななか、文字通り七転八倒しながら書き続け、挙げ句に過去最高枚数を更新した本書に愛着はひとしおです。

ここまでが前置きです。長いな。ここから少し本編の話をします。

伝説と禁忌の山、五頭竜山《ごずりゅうさん》に身代わりの巫女として棲み、周囲の人間達にはいることすら知られていない存在のスイ。

神やあやかしの存在を一切信じず、全ての現象に科学的根拠があると主張する理系の男でありながら、風変わりな後見人の依頼で神の山である五頭竜山に赴いた冬哉《とうや》。

出会うはずのない二人が出会い、のっぴきならない事情で一緒に暮らすことになる。不入の山の結界の中、二人だけの時間と様々な出来事が二人の距離を縮めてゆく。伝説の中に棲み、山頂に御座す五頭竜様の存在を疑わないスイ。そんなスイに苛立ち、神やあやかしは人間の都合だと断じて『伝説が必要とされた理由』を探ろうとする冬哉。しかし、そんな冬哉にも決して口にしない秘密があって……。

相容れない二人が、或る出来事を境に否応なく異界に引きずり込まれてゆく――――。とまあ、こんな感じです。上巻はその途中。なので詳しいことは言えないの。

二人の関係をゆっくりじっくり見て欲しくて、上巻の七割はほぼ二人だけです。女の子書くの大好き久能さんは、途中で辛抱たまらなくなってミドリ様を加えた。ワンコ大好き久能さんは、スイに寄り添う山犬も加えた。イラストが動物と女の子を描くのが物凄く巧い蓮川《はすかわ》さんに決まったとき、グッジョブ私！　と拳を握りました。

遅筆の名をほしいままにしている（ちっとも欲しくないやい!!）久能さんですが、この一人と一頭を書くときだけは筆が進むこと進むこと！

スイの明朗快活で喜怒哀楽がはっきりした性格が、下手をすると隠微なお耽美になりかねないストーリーに明るい色を添えてくれたのも嬉しい。

冬哉を美形としたのは、BL的なお約束というのもあったのですが、最初は美形であることに意味がありました。というか、あったらしいです。

でも久能さん、途中でその意味を忘れちった。あはあは。

まともなプロットを出さず、今書いてることがどこにどう繋がるか考えず、明日は明日の風が吹く方式でやってるもんで、忘れたらもう取り返しがつかないんですよ。

その結果、冬哉は美形の意味を失いました。それで困らなかったからいいかな、と。

こんなワヤな書き方をしている罰はしっかり受けまして、下巻の後半がどーしても上手く繋がらず、一度は付けたエンドを止めて、三十ページ以上バッサリ切って全然違う形に書き直し、更にずーっと遡って色々と手を加える羽目になりました。

どんだけ書き直したか覚えてないです。プロットって大事ですよ。ホントに。

泣きを見た私が言うんだから間違いないです。でも次回も「頑張れ明日の私！」方式でやると思う。ってか、それしか出来ない。

こんなアホっぽい作者ですが、内容については心血を注ぎ、必死で考えて愛情をしこたま込めております。それだけは胸を張って言えます。

それでは皆様、下巻でお会いできることを心から願いつつ——————。

久能千明　拝

リンクスロマンスノベル

あやしあやかし　彼誰妖奇譚　上

2024年3月31日 第1刷発行

著者　久《く》能《のう》千《ち》明《あき》

イラスト　蓮《はす》川《かわ》愛《あい》

発行人　石原正康

発行元　株式会社 幻冬舎コミックス
〒151-0051 東京都渋谷区千駄ヶ谷4-9-7
電話03（5411）6431（編集）

発売元　株式会社 幻冬舎
〒151-0051 東京都渋谷区千駄ヶ谷4-9-7
電話03（5411）6222（営業）
振替 00120-8-767643

デザイン　kotoyo design

印刷・製本所　株式会社光邦

検印廃止

©KUNOU CHIAKI,GENTOSHA COMICS 2024／ISBN978-4-344-85384-3 C0093／Printed in Japan
幻冬舎コミックスホームページ　https://www.gentosha-comics.net

本作品はフィクションです。実在の人物・団体・事件などには関係ありません。